U0091407

魔豆

魔豆

我，
精靈王
缺錢
Elf, foods,
and save the world!
12
完
醉琉璃——著

12 完

目錄

楔子 …… 05
第1章 …… 11
第2章 …… 37
第3章 …… 59
第4章 …… 79
第5章 …… 105

第6章 …… 135
第7章 …… 161
第8章 …… 183
第9章 …… 205
第10章 …… 241
第11章 …… 267
第12章 …… 291
最終章 …… 313
尾聲 …… 339
後記／醉琉璃 …… 343

楔子

誘人的香氣一波波湧來，映入眼中的赫然是冒著熱氣、撒上了芝麻與海苔屑的巨大飯糰山，山下是一座噴出各種口味汽水的噴泉。

可樂、雪碧、芬達橘子、葡萄、蘋果西打……不同色彩的汽水形成了彩色噴泉。

除此之外，還有一個個盤子在空中飛舞。

放眼望去，能見到盤子裡有表面酥脆微焦的烤羊腿、烤乳豬切片，切面粉紅還滲著肉汁的牛排……

惠窈的口水幾乎要流下來了。

美食寶貝們，等等我！我馬上就來臨幸你們！

正當惠窈準備投奔這座美麗天堂之際，面前的美食倏地「砰」一聲爆炸，在一片白霧瀰漫中，有誰急切地喊著。

「■■，醒來！你快醒來！」

「你不要我們了嗎？」

白霧漸漸散去，惠窈隱約看到人影……正當他想努力看得清楚一點，驟然砸落的砰砰聲瞬間讓人自夢中驚醒。

「小窈？小窈？該起床了！」

敲門聲不斷響起，伴隨著憂心忡忡的喊聲。

躺在床上的黑髮美少女睜開眼睛，迷茫地盯著天花板，像在回想自己剛剛夢到了什麼。

啊啊啊——他的羊腿、牛排、烤乳豬！

惠窈握拳捶了下床鋪，鬱悶至極地翻了個身，拉起棉被想繼續悶頭睡大覺，看能不能重回美食天堂之夢。

房外的人仍在敲著門板，「小窈？小窈！」

惠窈閉上眼，壓根沒把門外催促放在心上，感受到朦朦朧朧的睡意似乎捲土重來。

但緊接而來的一句話，卻讓床上之人嚇得睡意全失，眼睛瞪得老大。

「你再不起來，你媽就提著刀子上來親自叫你了……啊啊，她上來了！快快快！」

惠窈立即用最快速度掀被坐起，嘴上不忘緊張大喊一聲，「我起來了！」

「啊，起來了嗎？」一道清冷女聲像是惋惜地說。

「真的，起來了！超級清醒的！」惠窈跳下床，打開衣櫃，隨意從掛得滿滿的裙子森林中挑出一件。

「那弄一弄就趕緊下來吃早餐吧。」

聽見門外的腳步聲逐漸遠去，惠窈只覺劫後餘生地鬆了一口氣。

老爹剛說的可不是什麼誇飾法。

要是再繼續賴床，偉大又可怕的母親大人真的會提著她的武器直接踹門叫人。

即使假日，他們家也規定十點半前就得起床。

惠窈先去房內的浴室刷完牙、洗完臉，將擰乾的毛巾掛回架上，轉身正要踏出浴室，又猛地一頓腳步，飛也似地扭過頭。

鏡子裡是一張狐疑困惑的臉。

錯覺嗎……剛怎麼覺得好像看到綠色的……綠色的……什麼？

盯著鏡子半晌，確定裡頭影像沒長出一朵花，惠窈這才走出去，脫下鬆餅圖案的睡裙。

擺在牆邊的穿衣鏡映照出惠窈換衣的身影。

面容妍麗的年輕人將換下的睡裙扔到一邊，漆黑滑順的長髮披散在背後，手腳細長但覆著薄薄的一層肌肉。

雖然體型纖細，但突出的喉結與過度平坦的胸膛無一不說明了一項事實——

就算穿的是裙子，惠窈仍是貨眞價實的男孩子。

原來他不是黑髮美少女，而是一位黑髮美少年。

穿女裝並不是因爲惠窈對漂亮裙子有什麼特別愛好，純粹是因爲算命師的交代。

那是惠窈剛出生不久的事。

長輩介紹的算命師曾說他到大學畢業前都得穿裙子，否則會有一個過不去的人生大劫。

惠窈的父母並沒有將此視爲胡言亂語或迷信，因爲他們與普通人有著極大的差異，對算命師批的命格反倒相當信服。

所以從小到大，惠窈都以女裝示人，就算上學唸書也是穿女生制服。

除了親朋好友知道眞相外，惠窈父母對外也習慣說自己養了個女兒。

撥了撥滑順的黑長直髮，惠窈把手機往口袋一塞、拎起包包，準備下樓吃早餐。

啊啊，不知道今天早餐吃什麼？

是巷口那家的燒餅加油條呢？還是隔壁街醬料一絕的粉漿蛋餅？也可能老媽難得親自下廚，做了她最擅長，也只擅長的那道番茄蛋包飯。

惠窈滿懷期待，越想嘴裡的口水也忍不住分泌更多。

他這個人很簡單，就喜歡好吃的、好喝的。

誰要是敢跟他爭奪美食，那就是結了深仇大恨！

「早安。」惠窈從樓梯上走下來。

餐桌前只看到穿著黑西裝，在室內還戴著墨鏡的父親。惠窈習慣性地瞄了眼客廳方向，發現自己母親果然正在聚精會神地追劇。

今天餐桌上的既不是惠窈預想的燒餅油條、粉漿蛋餅，當然也不是番茄蛋包飯，而是一疊看不太出原色的薄鬆餅。

鬆餅香混著焦香，聞起來是很香，但看著堪稱面目全非的鬆餅，惠窈很難昧著良心說看起來非常美味。

「你媽煎的。」惠先生對著兒子小小聲地說。

言下之意就是——千萬別嫌棄，嫌了就等著被你媽打。

惠窈可不敢挑戰家裡金字塔頂端的威權，他看著那疊薄鬆餅，心裡想的則是厚鬆餅。

他更喜歡的是那種厚厚鬆軟、搖晃起來像布丁Q彈的舒芙蕾厚鬆餅，再淋個桂花奶醬就更完美了。

決定了，晚點就去吃個厚鬆餅吧！

「小窈，你等等要出門嗎？」惠先生注意到自家孩子是拎著包下來的。

「唔嗯嗯……」惠窈咬著聞起來挺香，但咬起來全是焦味的鬆餅，臉上露出痛苦的表情，費了九牛二虎之力才把食物吞下，「對，跟維安學長約好了，要跟他去巡視一下，聽說東區那邊最近有騷動。」

惠窈說得含糊，惠先生卻能理解。

「自己多注意安全……記得要遠離那些不懷好意的臭男人。若是他們靠近你……」

「哎唷，爸爸你好煩，我是男的又不是真的女生。」惠窈嫌焦味太重，去廚房拿了瓶蜂蜜在上面擠了一大坨。

結果焦味蓋掉不少，但不小心失手加太多，反倒甜得讓他的臉痛苦地皺成一團。

惠先生痛心疾首地對兒子灌輸重要觀念，「小窈你不懂，現在男孩子也很危險的啊！」

「啊啊，我要出門了，快遲到了！」惠窈迅速抓起包包，拔腿往外跑，才不想留在飯廳裡聽老爹的碎碎唸，「我走啦！」

想著晚點就能吃到香噴噴、軟呼呼的厚鬆餅，惠窈腳步輕快地離開家裡。

當他從落地窗前經過時，渾然沒有發現玻璃窗上一閃而過的倒影——瞬間竟成了身著奇異服飾的綠髮青年。

第1章

惠窈比學長早到會面地點。

他買了一杯草莓派星冰樂，咬著吸管，隨意站在一家店家的櫥窗外等待。

他今天穿著簡單的白T恤、牛仔短裙加黑色內搭褲襪，腰間繫了件短外套，戴著一頂球帽。黑得發亮的長直髮整齊地散落在背後，看起來青春又俏麗。

誰也不會想到他其實是男的。

拒絕了幾個意圖索要LINE帳號的男生，惠窈總算看到自己等待的對象。他一口氣吸光剩下的星冰樂，朝前方賣力揮手。

「學長！這裡、這裡！」

「抱歉、抱歉……遲到了一會，你沒等太久吧？」斜揹著包包的學長小跑步過來。

學長有張帶著些許雀斑的娃娃臉，一頭鬈髮像鳥巢亂翹，明明大他好幾歲，可看起來比他這個大學生還要嫩。

「還好啦，也沒等多久。」惠窈把喝空的杯子扔進垃圾桶內，一轉頭就對學長露出甜甜的笑容，「只要工作結束後請我吃草莓泡芙家的厚鬆餅就行了，要豪華三層，鋪滿麝香葡萄的那種。」

「等等，等等等等……」學長被搞糊塗了，「你是要吃草莓泡芙還是厚鬆餅？還有我剛剛是不是聽到很貴的某種水果？」

「麝香葡萄。」惠窈很樂意重覆一遍，「那家店就叫『草莓泡芙』，專賣厚鬆餅的。」

學長盯著那張笑盈盈的臉蛋一會，隨即飛快掏出手機，在螢幕戳戳按按，找到了惠窈說的店家的食記。

「我靠！」學長簡直要心絞痛了，「一份八百元的鬆餅!?它是鑲金還鑲鑽！」

「鑲麝香葡萄囉。」

「你是要把我錢包裡的錢都吃光嗎？」

「我才不吃錢，我只是吃東西比較花錢而已。」惠窈大言不慚地說，「學長你找我幫忙，我都沒跟你要薪水了，只是請我吃東西很划算吧。」

「這樣對待學長，你的良心不會痛嗎？」學長心痛地指責。

「我只在乎我的肚子會不會餓。」惠窈理直氣壯地答，「而且我的肚子只接受美食。」

「可惡啊，你這個吃錢學弟……」學長摸了摸自己的錢包，心裡爲它流了一把眼淚，

「我絕對會把你奴役到晚上十二點才放你回家的！」

「只要有提供下午茶、晚餐、晚茶，還有宵夜，我就沒問題。」惠窈算盤撥得劈啪響，「反正太晚我就直接回租屋處睡。」

「你想得美喔，只有鬆餅而已，其他自理。一定讓你走到鐵腿，回家哇哇叫！」學長露出陰險的一面，毫不客氣地把東區大部分區域劃分給惠窈。

看著自己被分配的大大巡視範圍，惠窈聳聳肩，他對體力還算有信心，起碼肯定比學長好上許多。

大不了走累了就找間超商進去吹冷氣嘛。

學長交代了一些注意事項，就與惠窈分頭朝不同方向出發。

他們這次巡視，爲的是找到網路上最近傳聞的獵殺麻雀凶手。

繁星市東區這一帶，近期常發現麻雀屍體，大多是被開膛剖腹，體內整個掏空。

這件事也上了新聞，懷疑有心理變態專對麻雀下手，只是至今尚未鎖定嫌疑犯。

但這只是表面看起來。

學長和惠窈接獲情報，知道那個犯人可不是普通人類，而是——

妖怪。

這個世間有人，亦有妖怪與神明。

妖怪擁有異於常人的力量，一旦爲惡，人類將難以抵抗。

於是神明賜予部分力量給人類，讓他們成爲神明使者——專門獵捕爲非作歹妖怪的神使。

但也不是所有妖怪都與人類爲敵。

有些妖怪融入人類社會，只想平靜生活。

也有部分妖怪主動與神使合作，成爲夥伴，一同創立神使公會，找來了更多神使和妖怪加入，逐漸壯大組織勢力。

惠窈的父母都是神使公會的一分子，耳濡目染下，他自然而然地選擇踏上與父母相同的道路。

目前他算是公會的實習生，等大學畢業，就能轉爲正式員工。

惠窈對於未來的工作環境滿懷期待，尤其他聽說加入他老爹所在的部門，天天都有豪華三層下午茶可以吃！

這福利也太好了，說什麼都不能錯過！

只要想著今天的辛苦，都是爲了未來的下午茶福利，惠窈不由得充滿幹勁。

他戴著無線耳機，邊有一搭、沒一搭地和學長通訊閒扯，邊看著手機上的犯人情報。

犯人的原形是一隻像黑色大鳥的妖怪，擁有三顆腦袋，尾羽和翅膀有著鮮紅似烈焰的花紋，會發出嬰兒般的尖銳哭啼。

「我們這次要抓的……就是這個叫奇美拉的妖怪嗎？」惠窈跟手機另一端的學長確認。

「啊啊啊？怎麼會叫奇美拉？」學長詫異的疑問傳來，「小窈你是看到哪去了？明明是叫啖心的妖怪才對啊。」

「咦？但傳來的資料上寫了……」惠窈低頭看向螢幕，黑亮的眼珠倏地染上愕然。

上一刻他明明看見的是「奇美拉」三個字，可現在再看，竟變成了「啖心」。

這是怎麼回事？是眼花看錯嗎？

但兩者之間不管是筆畫或讀音都天差地別，他究竟是怎麼把它們弄混在一塊的？

「小窈？惠窈？」手機裡的沉默讓學長關切地詢問。

「沒事……」惠窈連忙回過神，「總之這個啖心……吃完四十四隻麻雀的話，力量能夠再進化，就會開始鎖定攻擊人類對吧。」

「嗯啊。」學長回應，「根據消息，啖心目前僞裝成穿著大衣、戴著帽子，把自己包得密不透風的男人。也多虧他這跟變態沒兩樣的裝扮，才能很快得知他的行蹤……你那邊現在有啥發現嗎？」

「沒有……」惠窈拉長尾音，「倒是很想吃鬆餅、霜淇淋、酥皮濃湯、雞排、生煎包……」

「啊？剛訊號不好，我沒聽見。你們畢業照拍完了嗎？」學長果斷地無視惠窈的暗示，轉移了話題。

「系上的拍完啦，不過到時還會跟同學去別的地方拍照。」惠窈想起之前與大學同學的約定，「明天就約好了要回繁星高中一趟。」

「回去記得去那邊的小七買杯咖啡喝啊。」繁星高中也是學長的母校，他給出了不懷好意的提議。

「才不要，那間小七的咖啡爆炸難喝耶！」只要想到那又酸又苦的咖啡，惠窈忍不住想打一個寒顫。

他忙不迭揮開可怕的回憶，就在這時，前方霍地傳來驚叫聲。

「呀啊啊啊——」

「好像出事了，晚點聊！」惠窈一凜，急忙邁開步伐，飛也似地朝聲音來源處跑。

前頭是幾個圍在一塊的小朋友，看年紀差不多三、四年級，他們神色惶惶，面色發白。

「怎麼了？發生什麼事了？」惠窈關切地追問。

一見到有大人，幾個小朋友彷彿溺水之人抓到浮木，七嘴八舌地說個不停。

「我們看到有奇怪的人跑走了！」

「一定是他殺了小鳥！」

「他穿得一身黑，還戴著帽子……整個人看起來就很奇怪！」

隨著小朋友們往旁退開，惠窈登時清楚瞧見先前被擋住的究竟是什麼。

他在內心罵了聲髒話。

赫然是一隻被開膛剖腹，體內還被挖空的麻雀淒慘地躺在水泥地上。

惠窈摸了摸包包，拿出一條手帕，蓋在麻雀屍體上，「你們有看到那個奇怪的人往哪邊跑嗎？」

「那邊！那邊！」

小朋友們有默契地伸手指向同一方向。

「好喔，謝謝你們……你們誰再幫我打個電話給1999，請他們派人來處理這隻麻雀！」

惠窈匆匆交代完就要去追逐犯人。

身後卻突然響起一道甜美稚嫩的嗓音說：

「——**你會死在這裡。**」

惠窈腳步一頓，猛地回過頭。

幾個小朋友正在猜拳決定誰負責打電話。

發現惠窈看過來，他們抬起頭，疑惑地回望過去。

惠窈搖搖頭，開始懷疑自己是不是沒吃點心才會產生幻覺。

不再多想，惠窈拔腿朝著犯人逃逸的方向跑去。

「學長，發現啖心的蹤影了！」惠窈看著手機地圖，與另一端的學長回報，「他往紅心路那邊過去了！」

「收到，我馬上過去，你自己也注意安全！」

結束和學長的通話，惠窈卯足了勁在路上狂奔，也不管路人對他投予注目的視線。

雖說是土生土長的繁星市人，但東區其實不算惠窈平日的活動範圍。

要他來說，這裡的地圖尚屬灰色區塊，目前還未開通。

惠窈突然瞧見前方有個符合情報特徵的黑衣人影。

黑帽子、黑大衣，還有藏不住的腥臭妖氣！

就是他了，啖心！

惠窈不想打草驚蛇，他放慢腳步，打算裝作一般路人逐漸縮短與啖心的距離。

可惜運氣似乎不站在惠窈這邊。

惠窈肯定自己沒有哪裡露餡，他看起來眞的很平凡——除了臉比大部分人要美之外，但這是天生的，也不能怪他天生麗質不是嗎——偏偏在剩不到幾步時，啖心驟然回過頭。

然後拔腿跑了！

惠窈大吃一驚，不明白對方是怎麼察覺到不對勁，可無論如何都不能讓人從自己眼皮下跑了。

一男一女的你跑我追格外引人矚目。

有熱心民眾以爲惠窈是被人偷了東西，馬上加入追逐行列。

惠窈「嘶」了一聲，果斷地朝那位好心人喊，「大哥，那傢伙是個劈腿渣男！我自己來就好了！」

與其讓無辜市民受到牽連、被妖怪攻擊，不如犧牲自己的名聲，阻止對方的熱情。

果然，一聽見是情侶間的紛爭，那人先是愣住，接著如惠窈所想地停下腳步。

惠窈正要鬆口氣，下一秒映入眼中的畫面讓他忍不住罵了髒話。

啖心的背後倏地鑽出一對黑色翅膀，鮮紅紋路如火焰繚繞。

隨著那對漆黑翅膀大力拍動，啖心竟是在眾目睽睽下飛上天空逃逸。

「那個人在飛！」

「他長了翅膀！」

「是拍戲嗎？他是不是綁了鋼絲？」

驚呼聲此起彼落，反應快的已經拿出手機拍攝。

惠窈當機立斷跑離此處，免得被人抓著追問不停。

畢竟他剛剛還稱啖心是劈腿渣男。

「學長、學長，啖心他從空中逃了！他飛起來了！」惠窈急忙向學長報告情況，「從方向看，應該還是紅心路的方向！」

「飛……噫！！等等估計就上爆料×社了！」學長咂了下舌，「我會從黑桃路那邊切過去，你繼續沿著紅心路追！」

「收到！」惠窈瞄見路邊有機車出租店，馬上借了一台機車。

犯人都在天上飛了，他還用兩條腿追又不是傻了。

當然是人類科技萬歲！

惠窈催動油門，像道流星衝了出去，市區限速被他拋到腦後。

要是吃了罰單，就跟神使公會報公帳！

兩旁景象快速倒退，像是糊成一片的濃厚油畫。

追了一段路之後，惠窈望見遠處高空霍然出現異象。

金燦花紋直衝雲霄，在天邊圍成偌大的圓。金環內的景物瞬間出現疊影，又回復原狀。

是學長的神使結界，他找到啖心了！

就像證明惠窈的猜想，手機緊接著傳來學長分享的位置資訊。

惠窈趁停紅燈時張望四周，確認自己目前所在地點。

十字路口的路牌分別寫著「白房子路」和「安古蘭路」。

惠窈不禁疑惑，他什麼時候偏離紅心路了？還是說紅心路沒那麼長？

惠窈放大地圖局部，想判斷眼下離學長傳來的位置還有多遠。

然而地圖上沒有白房子路和安古蘭路。

惠窈一愣，連忙再抬頭確認路名。

這一次，進入他視野中的變成「凱亞拉」和「蘿麗塔」。

連「路」字都不見了。

惠窈心下愕然，就算他對這區不熟，也知道繁星市的路牌不可能長這樣。

惠窈拿起手機想把這怪異的狀況拍下，後頭冷不防傳來催促的喇叭聲。

綠燈了。

見惠窈機車不動，後面車輛連按了幾聲喇叭。

惠窈匆匆把手機往口袋塞，雙手搭上龍頭，目光再掃向路牌時，卻發現上面的文字又變了一個樣。

一個是紅心路，一個是地圖上剛瞄到的梅花街。

彷彿他方才所見不過是一場幻覺。

還有先前那宛如詛咒的孩童細語……

——你會死在這裡。

惠窈心裡一沉，直覺有怪異的事正在他身邊上演，偏偏又尋不到什麼蛛絲馬跡。

但眼下還有啖心得處理，惠窈強行壓下疑慮，催足油門，直衝學長提供的地點。

當惠窈騎車穿越過一個路口，一種奇異的氛圍霎時撲面而來，他知道自己進入了學長架設的神使結界。

只要在結界範圍內，一切事物損害都不會反映到現實裡。

除此之外，也能避免無辜人士被捲進戰鬥內。

不用特意尋找，只要追尋哪裡有猛烈動靜，就能找到學長和啖心的位置。

飛車繞過一個轉角，惠窈瞧見學長和三頭巨鳥的戰鬥已快接近尾聲。

學長的額頭上浮現肖似眼睛的金色圖紋。

那是神紋，神使的象徵。

學長手裡握著一支等身高的巨大毛筆，筆尖蘸滿了濃艷的金黃墨水。

超過一人高的巨鳥如今正被金墨纏住身軀，三張尖長鳥喙裡發出嬰兒般的啼叫。

「嗚哇哇！嗚哇哇！嗚哇哇哇哇——」

恢復原形的啖心憤怒地想要掙脫束縛，但越掙扎，那些宛如藤蔓纏繞的金墨越嵌進它的體內，同時還散發出驚人的高溫。

「學長！」惠窈停下車，快步迎上前。

惠窈的出現顯然刺激到啖心，三顆腦袋再次發出尖銳的啼叫。

下一剎那，中間那張布滿利齒的嘴裡竟噴吐出多根鋒利如刃的粗大羽毛。

黑羽挾帶凜凜之勢直襲惠窈。

若惠窈是普通人，只怕早已避不過攻擊，落得重傷、甚至死亡的下場。

然而惠窈不是普通人，只不過他與他的學長不一樣。

他不是神使。

面對凌厲射來的危險羽毛，惠窈沒有閃躲之意，一雙烏黑的眼睛出現異變。

瞳孔中心的幽黑往外擴散，染黑了眼白位置。

與之相反的是瞳孔褪成蒼白。

不到眨眼，那雙眼睛就成了令人怵目的黑眼白瞳。

「亂丟垃圾可是不好的，要丟好歹也丟美食過來啊。」惠窈嘴角噙著笑。

在啖心瞠大了眼，尖聲吶喊出「是妖氣！妳明明該與我站在同一邊的！」同時——

惠窈手上猝然平空燃起闃黑焰火。

黑焰凝聚成威力十足的炮彈，毫不留情地朝著羽毛，以及羽毛後的啖心直撲而去。

惠窈從頭到尾都不是人類。

這名容貌妍麗的少年——是妖怪。

熾烈的黑色火焰悍然吞噬了羽毛，也撲上被束縛的啖心。

擁有三顆腦袋的妖鳥只能發出痛苦的嚎叫，無法阻止烈焰在身上遊走。

它的羽毛化成灰燼，表皮被高熱燒成焦黑，熱度還繼續往下入侵，鑽進臟腑裡肆虐。

啖心恨不得能在地上瘋狂打滾，好把身上的火焰撲熄。然而由金墨形成的鎖鍊怎樣也擺脫不了，反倒隨著它的劇烈動作帶來更凶猛的傷害。

眼看火焰即將逼至心臟，啖心驟然尖嘯一聲，宛如瀕死鳥類的鳴叫，淒厲又刺耳。

音波直鑽入學長與惠窈耳內，就像看不見的刀捅刺他們的神經，令他們只能反射性摀住耳，臉色發白。

「不能原諒！無法原諒！」啖心的三顆腦袋像在憎恨詛咒著面前的一人一妖，字字句句有若淬上毒汁，「跟神使聯手的妖怪，背叛者！都該去死、去死去死去死——」

三顆腦袋高聲咆哮。

「**惠窈——你會死在這裡！**」

惠窈瞳孔遽然收縮，可不待他揚聲逼問啖心為何會知道自己的名字，手腕猛地已被人一把抓住。

學長臉色看起來更白了，那張娃娃臉簡直像是褪色一般，如同呻吟的叫喊從喉頭擠出。

「要命，長出來了……它的欲線長出來了啊！」

「什——」惠窈倒吸一口氣，目光急忙掃向啖心胸口。

他什麼也看不見。

不是神使的他，無法看見欲線的存在。

只要是生物都會擁有欲望，無論是好的或壞的。欲望一失去平衡，就會具現化形成又細又長的黑線，那正是所謂的欲線。

而倘若欲線長及觸地，就會召來——名為「瘴」的妖怪。

惠窈可以理解學長的心情，就連他都想罵聲髒話了。

世間妖怪百百種，可偏偏有一種最為棘手，也最為無所不在。

無論神明、人類，甚至妖怪，都忌憚。

那種妖怪沒有固定形體，像是黑霧又像黑氣，擁有一雙血紅色的眼睛。它們潛藏在黑暗裡，等待濃烈的欲望味道透過欲線傳來。

它們有著一個共同的稱呼，瘴。

它們是專門吞噬欲望的妖怪，瘴。

一旦被瘴寄附入侵，宿主自身的力量就會增強，繼而危害世間。

惠窈雖不像學長能夠瞧見欲線，但能看見啖心身下出現了翻騰的黑影。

不祥黑影彷若活物，下一瞬驀然自地面衝出，像條大魚直竄高空，再猛地扭轉——

咧開的大口毫不留情地將底下毫無自覺的巨鳥一口氣吞沒。

層層黑氣將啖心包得密不透風，看起來像是一塊黑暗的黏土，被透明的大掌搓揉變形，從裡頭溢出的妖氣急劇暴漲。

「要來了！」學長的警告才剛落下，猛烈的氣流便朝四面八方炸開。

若不是學長及時以毛筆在地面畫了一道，金光升起，形成一面盾牌，只怕他們倆都要被撞飛出去。

透過半透明的金盾，惠窈能看見黑氣如潮水退散，露出了裡頭的醜惡存在。

原本是巨鳥模樣的啖心遭受瘴的入侵後，徹底大變了模樣。

它的三顆腦袋如今像是犀牛般，額際頂著又粗又大的犄角，全身卻披著厚厚的灰色毛皮，乍看下彷彿披了件毛毯在身上。

但最教人怵目驚心的莫過於它的腳。

那不是鳥類的雙足，亦不是犀牛的四蹄。

支撐那具身體的赫然是一堆密密麻麻、交纏在一起的紫黑色觸鬚，上頭布滿吸盤，還泛著滑膩的光澤。

「嗚啊，有夠噁……超級讓人沒食欲的！」惠窈發出了呻吟。

像是聽見惠窈的嫌棄，瘴緊閉的雙眼立時張開。

那是雙宛如充斥鮮血的血紅色眼睛。

「你會死、你會死、你會死！」瘴咧開嘴，唇角弧度就像一個歪斜的大大笑容，「把你的生命、靈魂、希望、願望、欲望——通通都挖出來給我！」

瘴放聲大笑，笑聲接著又轉成接近獸類的吠叫。

「惠窈啊，你會死在這裡！把你的一切都獻給吾主吧——」

「它說了什麼？」學長愕然扭頭，「這醜八怪背後還有主人？而且為什麼針對你……」

「這種事我也想知道！」惠窈比學長還要震驚，「我才不跟不能吃的東西打交道呢！」

重重疑雲盤踞在惠窈心裡，可眼下沒有多餘時間思考了。

那隻醜惡猙獰的妖怪甩動大量觸鬚，下一秒就像台橫衝直撞的坦克，以驚人速度和力道直撞至惠窈他們面前。

防護金盾只撐了幾秒便爬滿裂紋，最後清脆的裂響接連響起。

金光剎那間全數碎裂。

惠窈與學長在金盾破碎的前一瞬往不同方向飛快退離。

搭檔多次的兩人早有默契，惠窈即刻朝瘴發出挑釁，好為學長爭取時間。

「你這個醜不啦嘰還不能吃的傢伙……」

但顯然瘴的目標一開始就鎖定惠窈。

黑髮少年的挑釁都還沒說完，那隻駭人的妖怪已快速扭轉方向，身下多道觸鬚如長鞭揚起，迅雷不及掩耳地飛甩出去。

惠窈連連閃退，張開的掌心燃起漆黑焰火。等到其中一條觸鬚凶猛襲來，黑焰霎時壯大，成爲威力十足的炮彈轟出。

惠窈邊敏捷竄躍，邊接連扔出火焰彈，那些試圖抓住他的觸鬚都被烈焰逼得只能後退。

惠窈飛快朝學長方向瞄了一眼。

學長在路面快速塗寫，凌亂的金艷筆畫看似毫無章法四散各處，其實已來到收尾階段。

惠窈心領神會，馬上虛晃一招，誘使瘴再次追在自己身後。

全神放在獵殺惠窈的瘴沒留意到自己正被人蓄意遛著，不知不覺被引至了那堆潦草金字的前方。

惠窈刻意放慢速度，營造出只要再前進一點就能抓住他的假象。

瘴果然上鉤，尤其它飛舞的觸鬚遮擋住自身視線，以至於完全忽略那些金痕的存在。

惠窈看見學長無聲地數著一、二、三。

當數到「三」，惠窈就像張開雙翼的飛鳥高高躍入空中，脫離了瘴的視線範圍。

這一瞬間，沾著金墨的毛筆也大力從中畫下，猶如拉出一條長長帶勾的尾巴。

「一筆蓮華，華光綻！」

地上金痕剎那暴漲出耀眼金光，層層疊疊的光芒像無數鋒利武器直劈向措手不及的瘴。

三雙猩紅眼睛驚駭瞠大，眼珠彷彿要從眼眶擠出，但衝勢過猛的身軀已然停不下來。

銳利的金光一往無前，勢如破竹地砍上面前獵物。

瘴爆發出痛苦的嚎叫，深可見骨的裂口接二連三地在它身上迸開，盤繞其下的觸鬚也不能倖免，被切得七零八落。

那些飛散的紫黑色觸鬚好似一條條蟲子，在地面奄奄一息地蠕動。

瘴遭到重創，只要再補上一擊就能結束與它的戰鬥，可它的身體冷不防發生詭異變化。

左右兩側的頭顱猝地從脖子上掉了下來。

黑黝黝的圓狀物砸落地面，發出令人不安的沉重聲響。

兩顆犀牛似的腦袋一落地，即刻張嘴吐出人言。

「■■，你不是已經死了嗎？」

冰涼的耳語從各方湧來，像黏人的絲線纏繞在惠窈的四肢百骸。

惠窈腦中出現片刻空白，他甚至不明白發生了什麼事。

但看在學長眼裡，則是惠窈看見那兩顆腦袋落地，聽見它們喘吠了幾聲，就突然像是發呆般站在原地不動。

而那兩顆腦袋吠叫完之後，未閉合的嘴裡竟吐出了紫黑色觸鬚。

粗大的觸鬚疾若毒蛇，全往呆愣的惠窈而去。

「惠窈！」學長提著毛筆就想衝去救援。

沒想到以為失去反抗能力的瘴驟然暴起，它像用盡最後的力氣，拖著傷痕累累還散發焦臭的軀體撞向學長的方向。

自顧不暇的學長看著似乎還沒回過神的惠窈，只覺血液倒流，目眥欲裂，恐懼的情緒化成了撕心的吶喊。

「惠窈小心——」

那道尖銳的叫喊終於讓惠窈回神，可觸鬚已逼至眼前，末端甚至裂成了四瓣，如同異形之嘴，一口就要將他吞吃入腹。

只要再一秒，或者不到一秒，這名黑髮少年就要成為觸鬚的盤中飧。

就連惠窈自己也這麼覺得。

從未與死亡如此接近，他後頸的寒毛不受控地豎起，手腳溫度也跟著退去。

明明站在太陽底下，卻恍若身處冰窖當中。

蒼白的瞳孔不自覺凝縮，倒映出的影像彷彿慢動作。

異形的大口越來越近，越來越近……

然後重重撞上一層平空閃現的白色光壁。

「什麼!?」惠窈不禁失聲大叫，沒想過這次自己能逃過一劫。

可眼前的光壁依舊眞實存在，還接連往不同方向延伸出去，飛速成爲一座堅固的堡壘，將惠窈牢牢地保護其中，不受到丁點傷害。

不只惠窈傻眼，學長也大吃一驚。

那是什麼？難道有支援？是其他神使嗎？

「該死啊！就差一點……就差一點點……」功虧一簣，瘴的紅眼閃爍著瘋狂之色，「我的宿主說想吃，吃吃吃！它想吃更多！我也想吃，所有的欲望欲望欲望——差點就能從你心臟挖出來吃掉！**然後你該死在這裡的，惠窈！**」

含帶強烈憎怨的吼聲還未散去，兩道人影已迅若流星地闖入戰場。

由於妖怪身分，惠窈對自己的動態視力向來引以爲豪。

可這一次，他居然差點跟不上其中一條人影的速度。

好快，也太快了吧！

領先的那道人影蜻蜓點水般地躍至其中一顆犀牛腦袋上，手裡持握著兩把彎刀。

一把風馳電掣地往下劈斬，另一把則是精準沒入另一顆妖怪腦袋的正中央。

兩把刀的刀面上展開更多枚形如羽毛的刀片，直接將那顆腦袋深處完全攪爛，讓那雙紅瞳裡的生命光芒再也沒有亮起的機會。

見到兩顆犀牛腦袋被人收割了，落後的那名少女只好選擇剩下的那一個。

白髮少女抽出腰間的小木杖，轉眼讓它化成一支頂端造形像是鎚子的長柄法杖。

下一瞬，法杖上方冒出漩渦狀的烈火，簡直就像法杖上赤紅紋路的具現一樣。

「可惡的奇美拉！敢欺負翠翠，就得被珊瑚大人『轟』地燒光光——」少女高舉法杖，火焰頓如多顆炮彈飛出，聲勢浩大地全衝向瘴的本體。

本來便只剩一口氣的瘴只能目露恐懼，連慘嚎的機會都沒有，頃刻成為一團焦炭。

意想不到的發展讓惠窈與學長看得目瞪口呆，一時半會回不了神。

惠窈甚至沒發覺到保護自己的光箱跟著消失。

「終於找到你了……翠翠，你沒事吧，我有來得及成功地保護你嗎？」溫柔的女聲無預警自惠窈身後傳出。

惠窈吃了一驚，連忙扭過頭。他正想說自己不叫「翠翠」或「脆脆」，但映入眼中的白髮少女令他瞪大了眼。

那是一名膚白如雪的美麗少女，氣質文靜嫻雅；同樣如雪瑩白的長髮用髮帶鬆鬆地纏繞著，其中的一綹髮絲是海洋般的深邃藍色。

她的嘴角噙著淺淺的微笑，淺藍眸子裡則盛著深深的情感，像大海在風雨來時掀起的波濤。她的手裡也握著一根特異法杖，乍看下猶如剔透冰晶凝成。

惠窈還沒開口問出「妳是誰？妳找錯人了吧？」，後方又響起活力十足的吶喊。

「翠翠！」

惠窈反射性向後看，用火焰把瘴烤成一團焦黑的白髮少女竟像枚出膛的子彈往自己方向撲了過來。

這還是惠窈頭一次面對這種狀況，這讓他的大腦罕見地當機了，做不出更多反應。

只不過少女衝到一半，一柄羽刀從天而降，阻斷她的衝刺，讓她只能緊急煞住腳步。

這也讓白髮男人成功搶先她好幾步，來到惠窈面前。

「啊啊啊！瑪瑙你這個大混蛋、大壞蛋！」重新追上來的少女氣得跳腳，想要一腳踢向她口中的瑪瑙。

瑪瑙看也不看她一眼，可手上的羽刀像長了眼睛，刀尖準確地對上她的腳，逼得她只能氣呼呼地收回，臉頰鼓起，像隻膨脹的河豚。

惠窈傻愣愣地瞅著站在他跟前的一男一女。

這兩人的服裝和武器與剛剛那名少女一樣，像是奇幻遊戲或電影、動漫裡會有的裝扮。重點是，他們還都有一雙長長的尖耳朵！簡直更奇幻了！

高個的男人長相精緻俊美，半長的雪白髮絲綁成俐落的馬尾，旁側一綹末端夾雜一抹如春天嫩芽的碧綠，一雙金瞳彷彿日光被揉碎融入其中。

三人中最爲嬌小的少女神采奕奕，桃紅色的眼眸閃閃發亮，帶著一絲不馴的野性。蓬鬆似雲朵的頭髮只用一條紅色髮帶固定，尖尖的蝴蝶結爲她帶來俏皮感。

「你……你們是誰？」惠窈總算尋回自己的聲音。

他其實更想問，你們在玩COSPLAY嗎？

但他們展現的身手與力量，普通的COSER絕對做不到。

不料惠窈剛問出這麼一句，三人的神情齊刷刷地變了。

不同色澤的眼眸裡染上的是相同的打擊和悲傷。

惠窈不知道該如何形容，那感覺就像是……就像是自己不小心踢到可憐的小狗狗一腳，讓他的心底不由自主地被濃烈的罪惡感充斥。

惠窈張張嘴，想試著再擠出一些話補救——雖然他也不曉得自己該說些什麼。

正當他內心糾結之際，三人又猝然齊齊撲向了他，動作之猛，彷彿掙脫鎖鍊的野獸。個子最嬌小的少女雙眼蓄滿淚水，她想一把抱住惠窈，身旁男人卻暗中將她擠開。委屈和氣憤交織在一起，讓她「哇」的一聲哭了出來。

「翠翠忘記我們了……翠翠怎麼能真的忘了珊瑚大人！」

「但我真的不是……」惠窈試圖讓他們理解他們找錯人了。

「你是！」自稱「珊瑚」的少女淚水爬滿臉頰，「你是翡翠，是我們的翠翠！」

少女慟哭般的吶喊響徹了天際。

「快想起來啊，翠翠——」

第2章

「翠翠——」

陰暗的天色下，撕心裂肺的喊聲迴盪在白房子村的街道上。

被一圈圈奇美拉包圍的白色結界裡，斯利斐爾冷靜到近乎冷酷地宣告一個糟透的消息。

「主人可能會死去。」

「騙人！你說翠翠會死⁉」珊瑚的反應最激烈，她不敢置信地爆出大叫，雙手比大腦快一步地有了動作，想一把揪住對方的衣領猛力搖晃。

似乎這樣做就能讓銀髮紅眼的小男孩將說出口的話再吞回去。

是珍珠攔住了她。

素白的手指安撫般地按至珊瑚的肩膀，沒有施加太多力氣，卻讓珊瑚瞬間像洩了氣的皮球，垂下雙手。

「斯利斐爾是說，翠翠可能會……有危險。」珍珠不願說出那個字眼，那讓她本能地感到不安。

「要怎麼救翠翠？」瑪瑙只有這句話，金瞳裡透出的是鋼鐵般的堅定意志。

在珍珠能力的運用下，白光形成一片片屏障將所有人從上到下、從左到右地全部包圍在中央。

刺耳粗啞的獸類咆哮此起彼落，數隻形貌恐怖的奇美拉意圖破開面前的障礙物；爪子、尖牙、魔法不時齊發，撞擊在淡白光壁上，產生劇烈的震響。

結界依舊頑強屹立著。

結界後，路那利面若寒霜，一雙藍眼深處凍著化不開的嚴冰，直視著那些醜惡的人造魔物。

水之魔女不須吟誦咒文，在他心念電轉間，空氣中的水氣便凝成冰稜，如同漫天冰雨朝著前仆後繼的奇美拉不留情灑落。

尖利的寒冰貫穿了奇美拉的身軀，一股股鮮血淌溢出來，落至地面積成灘灘血泊。

但仍有更多奇美拉往這裡聚集而來。

天空被墨染般的灰雲重重遮掩，明明還是白晝，如今卻暗如深夜，似乎隨時會承載不住水氣的重量，降下滂沱大雨。

天空上的巨大發光法陣也因此變得格外醒目。

牽領一眾奇美拉的紫髮小女孩飄浮在空中，背後的金黃蝠翼伸展至極限。

披著暗夜族小公主外皮的人形怪物咯咯笑著，天真的笑顏裡滿是殘酷與惡意。

「嘻嘻，你們能撐多久呢？」蘿麗塔像哼著歌，「沒關係，我也很有耐心，會耐心看著你們被奇美拉扯斷四肢、踩爛脊椎、咬碎心臟，然後把你們的生命全都獻給吾主。」

「妳還是閉嘴別開口，畢竟妳那張嘴巴臭得跟水溝裡的垃圾沒兩樣。」路那利冷笑，吐出淬滿毒汁似的刻薄話語。

路那利的羞辱讓蘿麗塔銀眸裡閃現殺氣，可下一瞬她又漾起甜甜的微笑。

「我不跟只會吠叫的喪家之犬計較，你們無能爲力，最終只能眼睜睜看翡翠死去。等他一死，就輪到你們啦，一個、兩個、三個、四個……」

甜美婉轉的嗓音倏然轉成不懷好意的語氣。

「所有的精靈都得死——都得，死在這裡！」

路那利瞳孔微縮，這還是他第一次直面翡翠等人的眞正身分。

精靈，傳說中早該滅絕的幻想種。

但路那利表面不顯動搖，操控冰刺的動作沒有停下。

溶化的水混著鮮血，讓地面染上黏膩濃稠的血色。

堅固光箱阻擋了來自外界的所有侵襲，但阻止不了綠髮青年逐漸流逝的生命力。

瑪瑙三人圍繞在翡翠身旁，被驚憂染白的臉色在白光映照下更添幾分脆弱。

外貌年紀縮水的斯利斐爾跪坐在翡翠另一側，褐色手指緊握著翡翠的手。

並不是因爲擔憂翡翠的狀況，才想要靠著這動作給予心靈上的安慰。

而是藉著這個動作，才能穩定對方紊亂竄動的魔力。

斯利斐爾半斂著眸，感受到翡翠的魔力在橫衝直撞，一個控制不當可能會讓肉體崩解。他將竄來的魔力重新調整，確定恢復平穩才讓它再流回翡翠體內。

翡翠雙眼緊閉，臉色蒼白如紙，沒被布料覆蓋的皮膚上爬著詭異不祥的暗黑字紋。

那些歪曲的不明文字一個連著一個，好似層層鎖鍊纏繞在翡翠身上。

翡翠的腰腹間染著一灘怵目血漬，就算傷口已被瑪瑙的治癒之力復元，但變得暗紅的顏色證明著那裡曾經受到傷害。

那是被凱亞拉深深捅進一刀所造成的。

那名綠髮精靈同樣陷入昏迷，臉上除了覆著猙獰的鮮紅斑紋外，靠近眼下的位置赫然還開綻著一朵——

花。

名為「安古蘭」的花。

為了避免凱亞拉再出現任何異狀，珍珠在他身周多加了一層結界。

但無論凱亞拉的模樣多淒慘、恐怖，瑪瑙他們都生不起同情之意。

只要想到是這人傷害了他們最重要之人，殺意彷彿沸騰岩漿在他們心頭蠢蠢欲動，隨時會從胸口噴發。

如果不是他，如果不是這個人……

就算是精靈又怎樣？

只要傷害了翠翠……

「珊瑚大人要殺了他，可以殺了他吧！」珊瑚咬牙切齒，像意圖掙脫鐐銬的野獸，想一口咬斷凱亞拉的喉嚨。

「那不是現在妳該做的事，把妳的衝動和愚蠢收起來。」瑪瑙語氣冷酷地警告，壓按在羽刀刀柄上的手指關節泛成青白。

他只是外表看上去冷靜，內心的殺意比在場所有人更甚。

瑪瑙沒有第一時間動手的原因，在於——凱亞拉得先活著。

凱亞拉活著，他們才有辦法救回翡翠。

「我不管你們討論出結果沒，我只要知道有沒有辦法。」路那利神情冷厲地穿刺奇美拉，「除非你們想讓我的小蝴蝶變成眞的標本。」

「才不是你的，是我們的！」珊瑚氣憤地罵道。

「你們該死地再不想辦法，小蝴蝶就不是你們的也不是我的了！」路那利伸手在空中畫了幾個圈，「他要變成眞神的了！」

水氣凝成大型冰錐，他的手再一揮劃，如同發洩鬱怒般，將冰錐對著結界外圈的奇美拉轟然砸下。

數雙眼睛心急如焚地緊盯著唯一知道解救之法的斯利斐爾。

斯利斐爾指著翡翠皮膚上的黑色字紋，「主人被種下的是噬心咒，會讓他沉睡在虛假的夢境裡。一旦他在夢裡死亡，那麼現實中的他也將眞正死去，所以你們必須進去阻止夢境將他殺死。」

「要如何進去？」瑪瑙急促問道。

「在下會幫助你們。」斯利斐爾沉穩地說，「你們三個人都得進去，唯有如此，你們才找得到主人的位置。」

「如果連我也進去的話……」珍珠掛心翡翠的安危，可看著如浪潮一波波逼來的奇美拉，又忍不住憂心目前的險況。

倘若她不能保持清醒，守護眾人的結界就會在瞬間崩潰。

這樣一來，斯利斐爾又該如何保護他們四個人？

不待珍珠將自己的疑慮說出口，街頭處霍地鑽冒出大量粗壯綠藤。

它們矯健遊走，如大蛇張牙舞爪，凡是阻擋在前方的奇美拉都遭到它們的纏絞。

奇美拉要是劇烈掙扎，換來的只會是綠藤收緊、再收緊，最末勒斷一節節骨頭，製造出卡啦卡啦的聲響。

後方的異動讓蘿麗塔猛地扭頭，見到綠藤如退潮海水迅速往兩旁分開，連帶那些被它們絞緊的奇美拉也被甩至一邊。

一名高挑窈窕的女人騎著一隻閃閃發亮的大金羊，像道疾風穿越藤蔓開出的通道。

「是大金羊！綠綠的卡薩布蘭加！」珊瑚驚喜高呼，「還有大鬍子！」

原來卡薩布蘭加身後還坐著暗夜族的加爾罕。

「卡薩布蘭加就好，綠綠的不用加上去！來了來了，我們來救你們於水深火熱中了，搶了別人外皮的冒牌貨果然是盯上你們啦！」當變回幻羊族的桑回猛地一旋身，四蹄也一併煞住，卡薩布蘭加俐落地從羊背縱躍下來，法杖重重拄地。

綠藤又像翻湧的浪潮淹沒中間通道，就算再有奇美拉過來，也難以輕易通過。

「好難過喔，你們的腸子怎麼沒有被掏出來呢？骨頭怎麼沒有被打碎呢？整個人怎麼沒有變成一團肉泥呢？」

蘿麗塔無比失望地看見卡薩布蘭加等人出現，雖說他們負傷前來，但這點程度的傷勢與她預期的完全不一樣。

「可惜沒有就是沒有。」卡薩布蘭加聳聳肩膀，很樂意為蘿麗塔送上這個壞消息，「畢竟我也不想讓鬱金小可憐哭死嘛。他要是把眼睛哭瞎了我會很煩惱的，他的眼睛我可是很喜歡的，要是看不到他的眼睛……」

「你們還……翡翠他怎麼了？」桑回眨眼變回人形，及時打斷卡薩布蘭加的喋喋不休，本就顯得蒼白病弱的臉色，乍一見到躺在地上不動的翡翠，登時更白了。

「在下的主人被詛咒了，須要瑪瑙他們進入他的內心世界。」斯利斐爾簡單歸納重點，「在下幫他們進入。」

「懂了，我們負責保護。先讓我進去一下，晚點剩下的交給我們。」卡薩布蘭加迅速領悟，結界開出一條縫隙後立即進入，握著木杖開始吟唱咒文。

「別留然送死。」桑回抹去唇邊不小心咳出的血，另一手拍上眼神陰鬱的加爾罕肩頭。

桑回沒再多說什麼，但加爾罕清楚他的意思。

暗夜族的大鬍子劍士以怨毒的眼神看向空中的「蘿麗塔」——那個佔有他們公主外貌還殘害他同胞的怪物。

他的拳頭攥得緊緊，青筋在手背浮冒，恨意與怒意如滾冒的毒液泡泡不斷翻騰，但最後僅存的一絲理智還是猛地拽住他。

桑回說的沒錯，貿然送死只會讓那個冒牌貨暢快，自己不但報不了仇，也得不到什麼。

加爾罕咬緊牙根，強迫自己挪開視線，與桑回一同衝向了嘶吼的奇美拉。

綠藤彷如不知疲倦的巨蛇，時而纏絞奇美拉，時而捲起奇美拉猛地往地上砸。

援軍到來，珍珠不禁鬆一口氣，立即朝斯利斐爾點點頭，示意她準備好了。

「把手放在主人身上。」斯利斐爾平穩地說，「接下來閉上眼，放鬆就好。在下無法保證你們進入後看到的會是何種模樣的世界，一切都會反映主人深處的記憶。萬一不是你們熟悉的地方，那麼有非常大的機率，他會遺忘你們，甚至遺忘這裡的所有。」

珊瑚吸了吸鼻子，大聲說，「珊瑚大人才不怕！」

「翠翠不記得，還有我們記得。」珍珠輕聲地說。

「就算他忘了我們……」瑪瑙眼中充滿堅定，「我們也會竭盡全力趕到翠翠身邊。」

「那很好，在下要開始了。找不到人的話，你們就握住彼此的手。」斯利斐爾只交代了這句就閉口不語。

下一剎那白色字紋從斯利斐爾指尖溢出，一鑽進翡翠皮膚，立刻遭到黑色字紋圍攻。

它們如同無數漆黑小蟲，意圖將這個外來者咬噬殆盡。

可白色字紋異常靈活，好似水中游魚，同時它也在快速分裂，更多的白色浮現在翡翠的手臂。

白與黑就像在互相交鋒。

即便黑色不肯退讓，但白色步步進逼，開始強勢往前推進，一路衝鋒陷陣地來到了翡翠的肩胛處，沒入他的衣領下。

縱使看不見白紋如今佔據的範圍，但斯利斐爾依舊能從魔力的波動感受到白紋的動靜。

它們前進到翡翠的心口了。

就是現在！

白紋驟然亮起微光，像星塵遍布在翡翠身體上。

三、二、一——

隨著三名精靈抽離意識，一直守護眾人的白色光壁也瞬時消失。

卡薩布蘭加的咒文同時來到尾聲，木杖往前揮動。

大量褐色枯藤在她身後拔地衝起，交錯纏繞，建造出一個新的庇護所，將斯利斐爾等人圍在其中。

「妳行嗎？」路那利的手指往虛空一撫，一柄鋒利冰劍被他握於手中。

「哎，好女人可不能說不行的啊！」卡薩布蘭加咧嘴一笑，眸裡的自信熠熠生輝，她的法杖冒出綠芽，綠芽轉瞬抽成長鞭似的枝蔓。

兩人對視一眼，二話不說地衝入戰場裡，與奇美拉展開激烈的戰鬥。

✣✣✣

起初是無邊無盡的黑暗，瑪瑙、珍珠和珊瑚遍尋不著方向。

接著前方亮起微光，猶如黑夜中唯一閃爍的星子。

直覺那是指引他們的光芒，瑪瑙一馬當先地前行，珍珠和珊瑚緊跟在後。

他們只覺自己走了沒幾步，本來尚遠的星光卻突然近在眼前，彷彿縮地成寸。

下一秒星光暴漲，猝不及防地將他們一舉吞沒。

熾亮的光線讓瑪瑙三人反射性緊閉著眼，隔著眼皮似乎還能感受到亮光的灼目。

待光線消失，耳邊出現吵雜熱鬧的人聲及難以辨認來源的聲響後，精靈們才睜開了眼。

映入眼中的是一個前所未見的世界——

許多灰色調和金屬色爲主的高聳建築物彷彿要衝入雲霄，帶點灰濛的天空被切割成不規則的形狀。

路上行人全都穿著奇裝異服，大部分人手裡拿著一個巴掌大的長方形物體，貼在耳邊說話，或拿在眼前，手指不停在上面滑動。

瑪瑙他們站在一條紅磚路上，面前是寬敞、深灰的堅硬路面，材質像由碎石鋪製而成。路上有的地方畫著一排整齊的白色條紋，路人在上面穿梭。白條紋的不遠處矗立著像是路燈的東西，不過它們有著三隻眼睛，有的亮綠光，有的亮紅光。

等到其中一根路燈從綠燈變成紅燈，停在白條紋後面的眾多金屬塊開始移動，裝在下面的厚重輪子快速轉動，讓它們一下飛掠出去。

目睹此景，縱然是情緒鮮少外露的瑪瑙和珍珠也掩不住一臉錯愕，更別說總是藏不住心情的珊瑚了。

珊瑚目瞪口呆，桃紅色的眸子瞠得又大又圓。

要是有面鏡子在她面前，她可能都要懷疑自己的眼睛是不是會從眼眶裡掉出來了。

「哇！這什麼？好多好多奇怪的東西！」珊瑚恨不得自己身上有帶映畫石，就能把這些神奇的景象儲存進去，等回去後就能拿給翡翠看。

她忘了自己現在不是實體，只有意識被投放到翡翠的內心世界。就算身上眞有映畫石，也無法把所見保存下來。

珊瑚閉不上嘴，只能靠著不停叫嚷來宣洩她的震撼。

「這裡到底是哪？法法依特大陸有這種地方嗎？好高的屋子！好多會跑的金屬塊！快看，天空還有金屬大鳥在飛！」

瑪瑙和珍珠順著珊瑚指的方向仰頭一看，眼裡納入一抹疑似飛鳥的影子。

金屬大鳥離他們距離相當遠，飛行在那些高聳建物的上方。不敢想像降落下來會是多麼驚人的龐然大物。

不像珊瑚無法冷靜，至今仍處於亢奮激動的狀態中，瑪瑙和珍珠對望一眼，在彼此眼裡看見相同的想法。

這裡……不可能是法法依特大陸。

倘若不是法法依特大陸，又是哪個世界？

爲什麼翠翠的內心會反映出這個對他們而言無比陌生的古怪世界？

對，古怪。

除了這個詞，瑪瑙和珍珠一時想不出更適合的形容。

不僅周遭的人事物全古怪萬分，就連他們的存在也變得十分不和諧。

震驚過後，瑪瑙三人很快察覺到，這裡來來往往的人對路邊的他們視若無睹，皆快步地從他們身旁經過。

就好像在對方眼裡，他們是個透明人，壓根看不見。

證明他們猜測的，是珊瑚突如其來的行爲。

「欸欸，你有看過我們的翠翠嗎？綠頭髮、黑眼睛，長得超級漂亮！」珊瑚興沖沖地伸手想攔下一個路人。

可那名男子看也沒看地繞開珊瑚而走，連一眼都沒瞥過去。

珊瑚氣惱地跺跺腳，不死心地又跑去攔另一個女性。

同樣情景再度發生。

再如何遲鈍，珊瑚也終於反應過來事情不太對勁。

似曾相識的一幕，讓瑪瑙他們不約而同回想起在白房子村時面臨的異狀。

那裡的村人同樣看不見他們這些外來者。

「珍珠、珍珠，怎麼回事？這裡的人難不成看不見我們嗎？」珊瑚錯愕不已。

「我猜……就像我們在白房子村碰到的情況差不多。妳別一個人亂跑，我們還不清楚這到底是怎樣的一個世界。」珍珠叮嚀。

珊瑚向來最聽翡翠和珍珠的話，她用力點點頭。

「可是……這不是翠翠的內心嗎？」珊瑚猶猶豫豫地又開口，「爲什麼翠翠的內心世界，是長成這個奇怪的樣子？」

這點也是瑪瑙和珍珠想弄明白的。

假如翡翠一直待在法法依特大陸，照理說他們如今所見不該如此陌生。

斯利斐爾不久前的交代倏地浮起——

「在下無法保證你們進入後看到的會是何種模樣的世界，一切都會反映主人深處的記憶。萬一不是你們熟悉的地方，那麼有非常大的機率他會遺忘你們，甚至遺忘這裡的所有。」

一個匪夷所思的念頭躍出，使得瑪瑙和珍珠瞳孔一縮。

翠翠是不是……曾經在異界待過？

如果是這樣，他又是如何來到法法依特大陸的？

不知同伴們的內心正受到狂風驟雨般的衝擊，珊瑚東張西望，試圖從熙來攘往的人群裡找到熟悉身影。

但是……沒有、沒有、沒有，還是沒有。

偶爾能瞥見綠髮的人影，可追過去一看，發現只是一個陌生人。

一再的失望消磨了珊瑚對這個新世界的好奇與新鮮感，比起探索這個世界，她現在只想要他們的翠翠立刻出現在面前。

珊瑚瞅著兩名同伴，眼裡含帶冀望，覺得他們一定有辦法。

「斯利斐爾說過，找不到人的時候，我們就握住彼此的手。」珍珠慢慢地說，接著毫不意外珊瑚朝瑪瑙擺出了露骨的嫌棄臉。

瑪瑙面無表情，從口袋掏出手帕纏繞在自己的手指上，這才向珊瑚遞出手。

要不是一心記掛著翡翠的下落，珊瑚早就對瑪瑙哇哇大叫。

太過分了!!珊瑚大人才沒有髒兮兮的!

三名精靈手牽在一塊，圍成一個圓。

他們相信斯利斐爾的話，這能幫助他們找到翡翠。

一開始，三人並沒有感覺到異樣，是珊瑚眼神偷偷亂飄，才霍然注意到地上出現了怪異的光景。

「我們的影子！」珊瑚差點想抽出手，指著地面。

珍珠把珊瑚的手握得緊緊，她不知道鬆開是否會打斷這個儀式的過程。她垂下目光，藍眸頓時張大。

本該是人形的影子不知不覺間成爲了金色光影，它們輪廓歪曲變異，彷彿有無數隻看不見的手在揉捏、拉長，使它們飛快地向外擴張，有如樹枝延展、捲曲。

無論是紅磚路、深灰路面，或是聳立在周遭的建築物外牆，都被光絲攀爬佔據。

乍看下，猶如一棵參天大樹瘋狂增長。

而瑪瑙他們就是樹的中心點。

光之樹飄出更多細碎的光點，光點在枝葉旁邊纏繞出星星、月亮、太陽的圖紋。

與瑪瑙、珍珠、珊瑚後頸位置的圖案一模一樣。

三名精靈眼中倒映出光樹上的星月日，不曾見過的記憶碎片無預警流進他們腦海。

他們看到了另一棵光之樹，就屹立在法法依特大陸的浮空之島上。

比眼前所見的更巍峨、更巨大。

鋪天蓋地的枝葉高舉著星星、月亮和太陽。

一道道虛幻人影平空顯現，他們有男有女，昳麗精緻的面容這一刻卻染著迫切——從髮間露出的尖長耳朵，說明了他們可能是妖精或是精靈。

但瑪瑙他們能清楚地感知到，那些人和他們一樣——都是精靈。

這是……精靈族滅絕前發生的事。

接下來的畫面如同進入快轉，一幀幀地在三人腦中快速閃過。

精靈們焦急地朝光之樹奔跑，嘴裡像在喊叫，然而瑪瑙他們並未聽見任何聲音。

宛如在看一場來自過去的默劇。

只見那些來自四面八方的精靈將手貼上了光之樹的樹幹，不過眨眼間，他們的身軀就化成了光點，被吸收至巨樹內部。

更多人影出現。

更多的光點被樹木吸收。

光之樹越發茁壯絢麗，它的枝葉彷彿無止盡往外延伸，像是能納入整座法法依特大陸。

但它從壯麗到凋零卻是瞬息之間。

它瓦解成無數熒光，如同點點流金回歸至地面。

最末形成了三顆金蛋。

形成了……他們。

瑪瑙、珍珠、珊瑚震驚地望著在他們腦中浮現的景象。

而在瞧見光之樹化作金蛋之後，更多記憶像不絕的流水湧進來了。宛如一條時光之河，將他們帶至他們不曾參與的過去。

光之樹是世界樹，亦是精靈族的聖樹。

所有精靈皆是從樹上孵育。

眞神創造了世界樹，世界樹又誕生了精靈。

精靈成爲了眞神的寵兒。

但寵兒得到了神之贈予，終有一天也將歸還。

眞神需要他們的時候，精靈的力量就會反哺回世界樹，藉由它傳遞至眞神手上。

沒有精靈可以抗拒世界樹的呼喚，那是刻印在他們靈魂深處的印記。

即便是與他族通婚的混血，或是與魔物之血交融的混種，全都無法抵抗。

隨著不祥的雪帶來漆黑的災難，法法依特大陸逐漸被無盡的黑覆蓋，死亡陰影籠罩在大陸所有生物之上。

歸還的那一日也終於到來。

世界樹在呼喚。

無論身處何地，無論多麼遙遠，精靈的力量化成了光點，紛紛飛向了它們的歸途。

眞神使用精靈力量修補世界，可依舊阻止不了黑雪在大陸上擴散，世間淪爲黑色死寂。

無法阻止的災厄讓法法依特大陸面臨破滅的下場。

這讓眞神最後只能選擇保留某段時空，再重新讀取，讓世界的時間線回到黑雪尚未出現之前。

一次、兩次、三次……無數次，最終來到現今的第九十九次。

也是最後的一次。

倘若這次也阻止不了黑雪的侵蝕，那麼法法依特大陸將眞正迎來終焉。

氣力耗竭的眞神也會在沉眠中殞落。

如今黑雪已經降臨，時間正在倒數，他們必須搶在世界被黑色徹底覆蓋之前，拯救這個世界。

而在拯救世界之前，他們必須先找到他們的王。

腦海中的過去影像驟然消逝，沉睡在瑪瑙、珍珠、珊瑚體內的世界樹本能也隨之甦醒。

沒有精靈能抗拒他們的呼喚。

精靈的靈魂會散發出只有他們能聽見的聲音，像是風中的鈴鐺清脆作響。

叮鈴、叮鈴、叮鈴……

鈴音順著光絲傳遞至他們的耳中，三雙不同色澤的眼瞳霎時透出狂喜。

找到了！

瑪瑙毫不遲疑地收回手，就算隔著手帕，與翡翠以外的人接觸無疑是挑戰他的忍耐度。

珊瑚也無暇抱怨瑪瑙這赤裸裸的嫌棄行爲，激動的心情佔據了她的腦子。

珊瑚拉著珍珠的手，「是翠翠！我們感應到翠翠的位置了對不對？」

「翠翠就在西南邊。」珍珠的眉眼藏不住欣喜。

「那我們快點……啊！」發現瑪瑙連聲招呼都不打就先跑了，珊瑚氣憤地一跺腳，連忙拉著珍珠趕緊跑起來。

不管是路上走動的行人，坐在四輪金屬塊或兩輪長條金屬上的人，全都像沒看見他們，這也讓三名精靈能夠無所顧忌地全速奔馳。

他們追尋著鈴音，穿梭在這個猶如鋼鐵打造的世界裡。

直到他們看見一條紫黑的醜陋觸鬚裂開四瓣，血盆大口將吞噬他們絕不會錯認的身影。

就算外貌不同了，可靈魂還是相同。

精靈的鈴音正從那人體內發出，熟悉的波長令他們幾乎熱淚盈眶。

翡翠、翡翠、翡翠。

他們的唯一，他們的王，他們此生最重要之人。

所以——誰都不允許傷害他！

第3章

好的，惠窈現在知道面前有著稀世美貌的三人組——

叫作瑪瑙、珊瑚、珍珠。

惠窈素來對自己的美貌有些自戀，卻也不得不承認這三位不知來歷也不知身分，甚至連種族也未知的男女，比自己還要更加好看。

但這對弄清眼下局面沒什麼幫助。

惠窈有絲手足無措地高舉著雙手，不知道自己該不該拍拍三名陌生人的背，他們簡直像迷路孩童終於尋找到父母一樣。

可是天啊……其中那名白髮男人看上去比自己還成熟！

「那個，你們別哭啊……」惠窈乾巴巴地安慰著。

聽見他的聲音，顯然讓這三人情緒更加激動了，他都看見繫著蝴蝶結髮帶的少女擤出一個鼻涕泡泡。

學長這時也從震愕回過神，見到自個兒學弟遭到三名不明人士包圍，他趕緊上前救援。

「不好意思！讓一下、讓一下！」學長假裝沒看到三道像要戳穿他的視線，一把拉住了惠窈，「小窈你跟我過來。」

「呃，我過去一下喔……」明知道自己沒有向瑪瑙幾人報備的必要，惠窈還是下意識說道，或許是他不想再看見那宛若被拋棄小狗的眼神了。

有了惠窈的交代，三人果然忍耐著沒有動作，可目光還是直勾勾地追著他不放，彷彿深怕一不留神，他就會消失到看不見的地方。

「唔哇，搞得我好像什麼十惡不赦的綁架犯……」學長拉著惠窈到一邊，與他咬著耳朵，「喂喂，這是怎麼回事？那三個像在玩COSPLAY的人……你朋友？」

「怎麼可能！」惠窈大感冤枉，「我壓根不曉得他們是誰，而且學長你沒聽到嗎？他們喊的是什麼翡翠、翠翠……啊，說到翡翠我就想到翡翠湯……」

「夠了，食物話題禁止！」學長及時喊卡，以免惠窈完全偏離重點，只顧著分享滔滔不絕的美食心得。

有個吃貨學弟就是讓人這麼頭大。

「言歸正傳。」學長擺出嚴肅的表情，「你確定真的不認識他們？他們感覺……跟你很熟很熟耶。」

「確定、肯定，以及一定。」惠窈只差沒舉手發誓了。

「可是……」學長還是持狐疑態度，「你剛剛還手忙腳亂地安慰人家吧……別以爲我不知道你的個性，你哪可能對陌生人那麼好？」

「這、這是……」惠窈沒忘記自己方才的反應，他一時語塞，可很快又找到理由反駁回去，「那也不能怪我，他們給人的感覺就像可憐小狗狗。要是忽然有三名小天使出現在學長你面前，你肯定也會跟我一樣的態度吧。」

「啊，這……」這下無話可說的換成學長了。

他的死穴就是全世界三歲以下的可愛小朋友，他總是暱稱他們爲「小天使」。

「算了，這個我們就先跳過。」學長做了一個放旁邊去的手勢，「那三個人是尖耳朵耶，又穿得像奇幻遊戲的角色。重點是普通人噴不出火，也弄不出保護用的結界，問題是也不像神使啊……難道說，妖怪？」

「最有可能了吧。」惠窈認同地說，「除了妖怪我也想不到其他可能性。他們妖氣估計藏得很好，我才聞不到。不過他們究竟是怎麼……把我認成別人的？」

即使兩人自認把音量壓到最小了，卻不知道那三人的聽力異於常人，因此他們的交談一字不漏地被聽得一清二楚。

聽見惠窈說他們認錯人了，三人登即按捺不住，主動靠上前。

三名俊男美女氣勢太懾人，學長差點反射性把惠窈拉到自己面前擋著。

「沒有認錯。」瑪瑙望向惠窈的金眸寫著毫不掩飾的傷心欲絕，這和他先前散發出生人勿近的冷氣團截然不同，「翠翠就是翠翠。」

「不是……但我叫惠窈啊。」惠窈小聲地說，有種自己在打擊他人的莫名愧疚感，「你們確定沒找錯人嗎？你們的翠翠，跟我長得很像？」

「翠翠你本來是綠頭髮、黑眼睛……啊，更早之前是紫色眼睛喔。」珊瑚開心地說。

「果然是找……」惠窈一對上瑪瑙泫然欲泣的眼神，剩下的話完全說不出口了。

學長倒是被挑動記憶，「這聽起來……跟國中時的你很像耶，惠窈。你那時候也染了一頭綠頭髮嘛，馬尾還挑染一大綹的白。」

「欸？好像是……」惠窈摸摸自己現在的長直髮，差點忘了自己也有一段年少輕狂的過去，「但就算這樣也說不通。」

學長忽地歪了下頭，給人稚氣感的大眼睛直直地望著他，「或許是夢中認識的呢？也說不定我們現在都在作夢呢。」

「夢？」惠窈一怔，神色出現剎那的恍惚，「夢……」

「我開玩笑的啦。」學長哈哈一笑，「別當眞呀，想想我們才跟瘴打完而已，那可不是假的。」

「不好意思，有件事想請教你。」珍珠忽地對學長提出一個和前面話題不相關的問題，「你看得到我們？」

「咦？欸？要我裝作看不到你們也太難了吧。」學長一臉困擾地說，「你們長得太引人注目了。雖說我帥哥美女看很多，可是你們眞的有夠誇張耶。」

「沒錯、沒錯。」惠窈連連點著頭，他這個自認貌美的人都覺得輸了一大截，「你們太好看了。」

「哪有？」珊瑚吃驚地嚷嚷，「翠翠你才是最好看的啊，你比我們還要漂亮！」

珍珠和瑪瑙不約而同地點頭同意。

惠窈與學長對望一眼，在彼此眼裡看見難以置信。

「我？」惠窈指著自己。

「他？」學長指著惠窈。

「比你們漂亮!?」兩人震驚地異口同聲大叫。

三名精靈不假思索地點頭，這對他們來說是無庸置疑的事實。

下一秒，學長冷不防用力拍上惠窈的背，「總之他們三個就交給你負責了，不好帶回家就帶去你的租屋處吧。要好好相處喔，下次見啦。」

「什……等等，學長！」惠窈不敢置信，「你難道要丟下我？」

「自信點，把『難道要』給去掉。」學長露出一個燦爛的笑容，朝惠窈比出大拇指，接著出其不意地搶走惠窈租借的機車，一溜煙離開現場了。

學長一離去，也代表著他架設出來的神使結界過不久就會解除，留在這裡的燒焦妖怪屍體也會暴露出來。

惠窈磨著牙，他合理懷疑學長根本是想趁機賴掉說好要請他的麝香葡萄鬆餅。

「翠翠，要把他抓回來嗎？」瑪瑙的手指按上羽刀刀柄。雖說那個二輪金屬物很快，可他對自己的速度也相當有信心。

「……算了。」惠窈耙亂一頭黑髮，深吸了一口氣再用力吐出，「先把這團焦炭物處理掉吧，不然被看到還是挺麻煩的。」

話聲落下，惠窈豎起食指，朝指尖吹了口氣。

闃黑的火焰轉瞬熊熊燃起，像矯健黑龍衝刺向地上的妖怪殘骸，一口氣將它燒得連灰也不剩。

這還是瑪瑙他們首次看見惠窈展現出這種力量。

「翠翠跟我一樣會用火耶！」珊瑚驚奇地睜大眼，「可是以前怎都沒看你用過。」

惠窈還眞不曉得該如何回答這個問題。「以前」究竟是什麼時候？他肯定自己至今的人生都沒和他們接觸過。

可只要憶起瑪瑙他們方才流露的難過眼神，惠窈忍不住將該吐出的質問又吞下肚。就當今天太陽太大，把他曬昏頭了，連帶該有的警戒心也一併跑得無影無蹤。

管他們是什麼來歷，今天就都跟著他回家吧！

「我們趕緊先離開這裡，不然等人聚集過來就有點麻煩了。」確認妖怪遺骸被燒個精光，惠窈朝三人招招手，帶著他們轉往偏僻的小路。

令惠窈哭笑不得的是，瑪瑙和珍珠一左一右地將他夾在中間，珊瑚則是走在他前面，手裡緊握著法杖，不時東張西望，像隻對周圍充滿戒備的小貓。

「不用那麼緊張，我們這裡很安全的。」惠窈笑著安撫。

「不不不，翠翠你們住的地方明明就好危險，居然會跑出那麼大的奇美拉！」珊瑚才不相信，她可沒忘記之前攻擊翡翠的危險怪物。

奇美拉？這三個字讓惠窈恍惚了下，覺得自己好像在哪聽過，偏偏又想不起來。

「那個不叫奇美拉，那個其實是瘴變成的。」

「瘴？瘴是什麼？」

「你們不知道瘴？」換惠窈驚訝了，「你們不是妖怪嗎？」

有著非人的尖耳朵，又能使用非常人的力量，就連身手也矯健得嚇人……

加上學長判斷過他們沒有神使的氣味，惠窈才會自然而然地將他們視爲妖怪。

「妖怪又是什麼？」珊瑚的疑問如連珠炮射出，「魔物的一種嗎？跟瘴差在哪裡？」

「等一下……」惠窈有些被弄糊塗了，「如果不是妖怪，那你們究竟是什麼？」

「和翠翠你一樣啊。」珊瑚開心地說，「都是■■。」

惠窈確實看到珊瑚嘴唇在張合，可後面的幾個音節卻始終聽不清楚，像有道風故意把話聲吹散。

「什麼？」惠窈又問了一次。

「我們是■■。」這次是瑪瑙說道。

「啊？喔。」惠窈其實仍然沒聽見，他胡亂點了點頭，想著既然都和自己一樣了，那果然還是妖怪。

只不過，不知道是哪一族的妖怪就是了。

「總之先跟我回去吧，但你們得答應我一件事。」惠窈認眞與三人約法三章，「我明天有事要出門一趟，你們要乖乖待在我住的地方別亂跑，要等我回來。」

「翠翠明天要去哪裡？」珍珠眼睫抬起。

「明天我跟同學約好啦。」惠窈展顏一笑，眉眼飛揚，「要回我高中母校拍照呢！」

惠窈決定把人帶回他的租屋處。

雖然就讀的大學和自家在同一城市，但身爲大學生，自由是一定要的。

所以惠窈大二後還是在外租了小套房，確保自己在早上沒課時能一路昏睡到中午。

沒辦法，家裡規定就算假日也不准賴床超過十點半。

珊瑚對周遭一切深感興趣，沿路不停發問。

就連自動門和超商響起的「歡迎光臨」都能讓她新奇地大呼小叫。

相較起來，瑪瑙和珍珠冷靜多了。

假如惠窈沒看到他們兩人眼裡發出的光芒。

惠窈開始懷疑瑪瑙、珍珠和珊瑚究竟是從哪裡來的。

即使是在深山裡生活的妖怪，但也太不知世事了吧。

簡直對現今的科技生活一無所知。

有時候，惠窈都忍不住懷疑他們三人難道是從別的世界穿越過來的嗎？

可這念頭剛浮出，莫名就會自動消弭。

接著他便不記得自己曾這麼懷疑過了。

「翠翠，剛才那個魔物……妖怪。」珍珠入境隨俗地改變說法，「你說它是瘴變成的，瘴和妖怪不一樣嗎？」

這下惠窈更加認定，瑪瑙他們是生活在與外界斷絕來往的深山野林裡。

恐怕身邊也沒有長輩教導，才會缺乏這些妖怪該有的基本認知。

「瘴跟我們一樣，也是妖怪的一種喔。」

「我們？」瑪瑙沒忽略這個細節。

「對呢，我們。」惠窈笑咪咪地比著自己，「我也是妖怪啊。雖然是混血，也就是半妖，不過妖的血脈比較強，蓋過人類的氣味，所以很難被察覺是混血的。」

要是平常，惠窈絕不會跟外人說起這個祕密。

雖是現代社會，有些妖怪還是會搞起歧視那套。

可明明面前的三名男女是初次見面的陌生人，惠窈卻像全然忘記該提起的防備。

最終他歸因於對方實在太合他眼緣了。

「翠翠居然是……」珊瑚的嘴巴張得大大的，似乎都能塞進一顆雞蛋。

「說到瘴啊……」重新回到這話題，惠窈眉頭不禁皺起。

瘴可以說是妖怪界的萬妖嫌了。

聽著惠窈徐徐道來，一種前所未聞的魔物在瑪瑙他們面前勾勒出形貌。

只要是生物都有欲望，一旦欲望失衡，就會變成黑色的欲線，從心口跑出來。

欲線會吸引瘴，繼而被瘴入侵。

「誰都不想被這麼討厭的傢伙佔據身體啊。」惠窈做了結論。

「翠翠有被入侵過嗎？」珊瑚好奇問道。

惠窈一愣，隨即噗哧一笑，「怎麼可能？我都想不出自己會爲什麼事讓欲望失衡呢。」

就算他再熱愛美食，也不可能因爲美食跑去做出不該做的事。

極力避開人群，惠窈總算把人成功帶回公寓裡。

即使瑪瑙他們彷彿是從與世隔絕的深山來的，可他們的學習力大大出乎惠窈意料。

簡直就像一塊海綿，飛也似地將所有知識吸收進去。

不用半天，他們就能將租屋處的家電跟３Ｃ產品運用自如。

惠窈對他們的聰明程度大感咂舌。

這絕對是天才了吧！

惠窈這邊震驚不已，瑪瑙和珍珠也陷入沉默。

後來究竟發生了什麼事，才會讓本該生活在此界的翡翠……出現在法法依特大陸？

但這些事，瑪瑙他們也不知道該如何問出口。

無論是精靈、法法依特大陸，或是其餘關鍵字眼，他們雖然能說出來，然而進入惠窈耳中，就會像被遮蔽訊號，變成無意義的音節。

除此之外，惠窈在這個世界看起來很開心。

這樣的他，是自願前來法法依特大陸的嗎？

這個想法一冒出，便如同一塊巨石沉甸甸地壓在瑪瑙他們的心頭上。

瑪瑙他們不敢想，也不敢問。

惠窈自是不知瑪瑙等人在想什麼，他像隻勤勞的小蜜蜂，爲他們準備衣服、盥洗用具。

深怕自己哪邊做得不夠，讓他們餓到、渴到、冷到。

由於床鋪只有一張，惠窈下意識就想將床讓給客人們。

不知道爲什麼，他就是想讓瑪瑙他們有最好的。

這提議自然被強力否決了。

一番推拒後，雙方終於達成協議，一起在地板打地鋪。

誰睡惠窈身邊又引發了一場爭奪戰。

最後惠窈拍板定案，他再怎麼像女的，也還是個男性，就讓瑪瑙睡他旁邊吧。

瑪瑙像是不經意地瞥了兩名女孩一眼，可嘴角挑釁的笑意怎樣也壓不住。

確認三人躺好後，惠窈關了燈，自己也躺下來。

「明天我要出門，你們記得待屋裡別亂跑出去。」

閉上眼之前，惠窈也不知道自己為什麼會突然開玩笑般地這麼一說，就好像話語自動從他嘴裡跑出來。

「不然會看到可怕的事喔。」

惠窈一大早就出門了。

穿著一件黑色的寬大長袍，大大的黑白V字領，長袍底下穿有另一套衣服。

「翠翠今天不穿裙子嗎？」珊瑚疑惑地問。

昨天的裙子就很好看，回去後她還想繼續看翠翠穿。

反正路那利有很多裙子嘛，叫他分一二三四五六件……給翠翠！

瑪瑙話少，可行動力最強，轉眼就從衣櫃拎了兩件，金眸飽含期待。

惠窈心軟三秒鐘，又堅定地拒絕了。

憋了那麼多年，他總算可以正式穿個褲子，當然是先穿個爽再說。

至於算命先生說的大學畢業才能穿——畢業照都拍完了，這也算是畢業了吧。

「我出門了，記得要乖乖的。」明明瑪瑙他們都不是小孩子，惠窈就是忍不住用對待孩童的口吻跟他們說話。

與擺出乖巧模樣的三人揮揮手，穿著學士服的惠窈離開了租屋處。

憑藉優異的耳力，捕捉到門外腳步聲遠去，留在套房內的三名精靈知道，惠窈已經下樓離開了。

「翠翠爲什麼不帶我們一起去拍那個什麼照片啊？」珊瑚托著臉頰，一臉鬱悶地說，「他說的同學有我們好看嗎？有我們漂亮嗎？」

「比不上我們，但肯定比得上妳愚蠢的腦袋。」瑪瑙走至窗邊，低頭向下看，確認周圍沒有人煙。

「你說什麼？」珊瑚一秒被氣得跳起，「瑪瑙你才是……」

「該走了。」瑪瑙忽然說。

「瑪瑙你到時別衝太快，記得不能被翠翠發現。」珍珠拍拍裙襬站起。

「咦？咦咦咦？」珊瑚困惑地看看珍珠，再看看瑪瑙，不懂他們在打什麼啞謎，「走？走去哪裡？翠翠不是要我們留在這裡別亂跑嗎？」

瑪瑙終於回頭看了珊瑚一眼，「妳總是可以笨得超出我的預期。」

「我們進來翠翠的內心世界，就是要防止翠翠受到致死傷害。」珍珠搶在珊瑚火冒三丈前，柔聲轉移她的注意力，讓她看向自己，「所以我們一定得跟好他，才能避免他受傷。」

「唔嗯嗯嗯……」珊瑚陷入糾結，「可是我們又答應過翠翠……」

「只要不被他發現，他就不會知道我們跑出來了，對吧。」珍珠微微一笑。

珊瑚恍然大悟，「珍珠說的對耶！」

瑪瑙輕嗤了聲，不想再理會珊瑚。

與她相處久了，他都擔心翠翠會不會嫌他也變笨了。

瑪瑙是第一個跨出窗口、俐落跳下的人，接著是珍珠、珊瑚。

三人一落地，即刻往惠窈最後消失的方向追去。

只是在後方追了一段路之後，瑪瑙他們就意識到必須改變策略。

自從昨天和惠窈接觸，他們在這個世界擁有了存在感。

惠窈的學長也能看見他們，路上行人更是不再對他們視若無睹。

事實上，凡是瞧見他們的人，無一不是被他們驚人的美貌震懾住，差點邁不動雙腳，更不用說從他們嘴裡發出的驚歎聲了。

在前方惠窈察覺後頭騷動前，瑪瑙果斷地帶著珍珠、珊瑚躲開人群，迅速鑽進暗巷裡。

「得換個方法才行。」珍珠苦惱地吐了口氣，「不然翠翠很快就會發現我們跟在後面。」

瑪瑙仰頭順著建築物的外牆向上看。

跑進暗巷前，他記得街上的建築物都是一幢一幢接連在一起。

「從上面吧。」瑪瑙簡潔有力地說。

三人二話不說利用珍珠展開至半空的光板，敏捷地一路向上，來到大樓屋頂。

就算有時碰到大樓之間的間隔較遠，也不曾阻礙他們前行的腳步。

誰也沒察覺到高樓屋頂被人當成一條道路。

瑪瑙他們隨時留意底下翡翠的動態，隨著對方的方向左彎、右拐或直行。

當他們來到一處大十字路口附近，他們的跟蹤碰到了阻礙。

想要從空中通過眼前偌大的空地，不依靠珍珠的力量是不可能的。

但這裡與高樓不同，在沒有遮蔽物的情況下，他們一眼就會被察覺，隨即引發騷動。

在惠窈的教導下，瑪瑙他們知道這個世界普通人類居多，魔物得好好隱藏自身的異樣。

就在這當下，下方的惠窈攔下一個形狀特別長的金屬盒子。

他們現在懂得那是公車。

惠窈若是上車，他們很可能就會追不上了。

「先下去。」瑪瑙當機立斷，與同伴們疾速往大樓外牆縱躍而下。

狹窄的光板不停在空中突出、收起，爲三名精靈闢開一道向下的階梯。

一踏到地面，三人即刻朝外衝，想要跟惠窈搭上同一班公車。

這時也顧不得會不會被惠窈發現了，對方的安危最重要！

然而三人才剛從窄巷跑出來，路上行人瞬間就像被按下暫停鍵，全都停住腳步，齊刷刷地轉過頭。

無數雙眼睛就像玻璃珠般盯著他們，前一秒生動的表情變成一片木然。

有如詛咒的低語像浪潮一波波襲來，最末匯聚成滔天巨浪。

「惠窈必須死在這裡。」

「惠窈必須死在這裡。」

「他不死，你們就找不回你們的翡翠。」

「只有惠窈不在了，翡翠才會出現。」

「所以——惠窈必須死在這裡。」

「胡說八道！看珊瑚大人把你們通通……」珊瑚勃然大怒，像隻掙脫束縛的野獸要撲上前，撕裂那些敵人。

「別管他們，快追上去！」瑪瑙冷聲一喝。

珍珠抓住珊瑚的手，拉著她跟在瑪瑙身後。

惠窈絲毫不知後方發生何事，那些詛咒之語彷彿傳遞不到他的身邊。

他搭上公車，關閉的車門擋住了他的背影。

「翠翠！」瑪瑙大叫，卻只能眼睜睜看著公車駛去。

公車眨眼便消失在瑪瑙他們的視野內。

要追上已經來不及。

竊竊私語依舊如影隨形。

「想要你們的翡翠回來，就必須先讓惠窈死去。」

「惠窈不死，翡翠就永遠出不來。」

「胡說、胡說！」珊瑚齜牙咧嘴，眉眼凶狠。

瑪瑙強迫自己不去聽那些蠱惑。

惠窈只提過他要回去一個叫繁星高中的地方，但沒說那裡該如何到達。

「珍珠、珊瑚。」瑪瑙舉起雙手。

見狀，兩名女孩會意過來，牽起彼此的手。

三人後頸圖紋亮起，腳下影子霎時噴湧出大量光絲，勾勒出巨大的世界樹形狀。

屬於惠窈的鈴音響起，指引他們該前去的方向。

第4章

藍天白雲，陽光燦爛，是個適合拍照的好天氣。

就是熱得要命。

金燦燦的日光不遺餘力地往下灑落，照亮了屹立在一家便利超商對面的繁星高中。

在高中拍完照片的惠窈熱得忍不住抬手搧了搧風，但超商裡的冷氣又太強，吹得他頭痛，所以他進去不到一會又趕忙跑出來。

惠窈雖然低頭滑手機，可心思卻沒放在上面，腦裡想的是暫住自己租屋的妖怪們。不曉得瑪瑙他們現在怎樣？有沒有聽他的吩咐，好好地待在屋裡不要亂跑……

惠窈也不知道是怎麼回事，就是下意識地認爲——今天不該讓那三人出來。

他想轉頭進去超商，跟同學說一聲他要提早離開，可腳後跟剛提起，莫名地又放下。

有個聲音告訴自己，他現在就得站在這裡，不能隨便移動。

因爲這是註定好的。

註定好的……什麼？

惠窈臉上閃過剎那疑惑，他搖了搖頭，覺得這股遲疑很奇怪，他想再舉步往店內走。

同時，超商的自動門開啓，有客人從裡頭走了出來。

「你不能動。」那名陌生人冷不防看著惠窈說。

惠窈一愣。

下一瞬間，從超商外經過的人、在馬路對面的人、在騎樓停車的人，他們不約而同地都開口：

「你不能動。」

詭異的場景令惠窈寒毛直豎，他直覺事情不對勁，最好拔腿逃開這個地方。

但那些言語宛如一條條無形絲線，纏綑住他的身體和心智。

惠窈眼裡一下浮現茫然，一下又浮現抗拒，就像體內有兩個人在掙扎。

最後惠窈停住不動了，他站在原地，像是沒看見前方有道刺眼光線伴隨著震耳欲聾的喇叭聲猛然襲來。

「看啊，惠窈，你必須死在這裡。」呢喃聲緊緊貼靠在惠窈耳邊。

「是的，我必須……」惠窈瞳孔渙散，明明強光刺激得他溢出眼淚，他卻彷彿毫無所覺，依舊睜大眼睛，任憑倒映在瞳孔裡的車影越漸放大。

失速的小貨車直直朝三角窗位置的超商衝來，眼看就要撞上呆站在騎樓下的惠窈——

說時遲、那時快，淒厲的喊聲撕裂了白日。

「翠翠！」

銀白光盾沖天而起，生生攔阻在惠窈之前。

沒有減速的貨車衝撞上去，卻在撞擊光盾的前一瞬像被按下了暫停鍵，整台車凝滯不動，本該高速旋轉的車輪也靜止下來。

不只貨車，周遭一切都凝固了。

行走的人、打半開的自動門、在空中飛翔的麻雀、惠窈被強勁氣流吹動的髮絲……

除了疾奔過來的三名精靈，全都陷入停滯。

瑪瑙、珍珠、珊瑚壓根無暇留意四周異狀，他們的心跳幾乎停了好幾秒，直到親眼確認惠窈仍安然無事地站在原地，像是罷工的心臟才又猛烈跳動。

怦咚！怦咚！用力得像要撞出他們的胸膛。

只要想到若他們再晚幾秒，最恐怖的事情就會發生，他們流動在血管裡的血液都能成爲寒冷的冰塊。

瑪瑙他們跑至惠窈身邊，團團將他圍住，臉上是掩不住的驚悸。

「翠翠，你沒事吧？你還好嗎？」

一聲連著一聲的呼喚，卻始終沒有得到回應。

直到這時，三人終於察覺到不對勁。只有他們能動，其他人事物的時間像是被停止了。

「翠翠！」珊瑚一把握住惠窈的手，急得淚水在眼眶打轉。可不論她怎麼喊，往常會笑著回應的人還是沒有反應，「珍珠、瑪瑙，翠翠怎麼了？現在要怎麼辦啊！」

「把翠翠帶到安全的地方。」瑪瑙強制壓下如大火席捲的焦灼。

「喔喔，好！」珊瑚想將惠窈往肩上揹，才正要行動，就聽到珍珠一聲悶哼。她連忙望過去，卻見到珍珠臉色變得蒼白，緊握著雙生杖的手微微發顫。

珊瑚當即意會過來，這是珍珠的結界受到外力攻擊，才會令對方感到難受。

可是，那個叫「車子」的金屬塊不是也靜止了嗎？

瑪瑙反應比珊瑚快，他猛地回頭，只見前一刻停下的貨車竟又動了。

車輪高速旋轉，在路面磨擦出火星，車頭緊緊貼壓著光盾，將龐大壓力施加其上。

「珊瑚，快！」珍珠高喊一聲。

珊瑚本能地聽從指令行動，一把扛起像座雕塑的惠窈，拔腿就要往安全處跑。

然而邁出的腳步硬生生停下。

珊瑚的臉上全是茫然，她發現旁邊根本沒有地方可以跑。

她不知道發生什麼事，爲什麼他們四周突然全都消失了？

他們的立足之地僅剩小小一塊，只夠他們四人站著。

觸目所及全是白茫茫的一片，既像雲又像霧，甚至不知道踩下去會不會失足掉落。

唯獨那輛貨車還在發出嚇人的聲響，車燈閃閃滅滅，像是一頭張牙舞爪的金屬怪物，意圖突破珍珠的防護。

下一剎那，停在光盾前的貨車扭曲了形態，轉眼竟化爲貨眞價實的怪物。

深藍色的皮毛覆在巨大強健的身軀上，頸間圍著一圈醒目的黑色鬃毛，三張獅臉上各有五隻眼睛。

隨著眾多眼睛霍然張開，三顆獅首也發出狂暴的怒吼，再次猛力衝撞阻擋在前的光盾。

其中兩顆腦袋更從嘴裡吐出火焰和冰息，源源不絕地噴吐至發光的結界。

珍珠及時將光盾轉爲封閉式的光箱，可同時受到三方攻擊讓她額角沁出豆大冷汗，但握住雙生杖的雙手就算顫抖也從未鬆放。

「珍珠，開個出口給我。」瑪瑙抽出羽刀，神情冷戾。

「我知道了。」珍珠心念一動，上方光壁瞬間出現足以讓一人通過的缺口。

瑪瑙快若疾風地竄躍出去，珊瑚緊追在後。

待兩名同伴脫離自己的結界，珍珠馬上又閉起光箱，不讓敵人有入侵的機會。

瑪瑙二人踩在光箱之上，正要出手攻擊那隻曾在白房子村見過的奇美拉，從白茫茫中驟然飄出一道道人聲，它們交疊在一起，像此起彼落的浪潮。

「你們不想要你們的翡翠了嗎？」

「你們也發現到了吧，現在的惠窈不是你們的翡翠。」

「只有惠窈死了，你們的翡翠才會回來。」

「惠窈不死，他就永遠不會變成你們的翡翠，更不會回到你們的身邊。」

「你騙人！」珊瑚急紅了眼，她不明白前後關係，只知道那些聲音在說不好的事，「惠窈就是翠翠！」

「他不是，他不認識你們，他不記得你們是誰，更不會前去法法依特大陸。」

「只要他不死，你們就會永遠失去你們的翡翠。」

「翡翠被惠窈壓制住了，你們要讓他醒過來。」

「只有死亡——才能眞正喚醒他！」

「什麼意思？到底是什麼意思？」珊瑚被說得心頭慌亂，她只能求助地望向身旁的瑪瑙，「翠翠不是一直都在嗎？惠窈身上的『聲音』……明明就是翠翠沒錯啊！」

瑪瑙的側臉無比凌厲冷峻，他沒有給珊瑚答案，卻也沒有否定那些聲音。

自從來到這個世界後，他就察覺到，珍珠肯定也意識到了。

爲什麼翡翠跟他們不一樣？爲什麼他不是生而知之，不具備著精靈族的傳承？

因爲……這裡才是翡翠原本生活的世界。

在成爲翡翠之前，他叫作惠窈。

惠窈是經歷死亡才會來到法法依特大陸，才會……變爲他們如今熟悉的翡翠。

「就算他想不起來又如何？就算他忘了我們又如何？」

面對前方體型宛如吹氣球般急速膨脹的奇美拉，那猙獰的三張大嘴眼看能一口將他們吞下，瑪瑙的語氣也不見任何退怯。

「我們記得就可以，我們——永遠會主動到他身邊去！」

沒有絲毫猶豫，瑪瑙金瞳如刃，手中羽刀以雷霆萬鈞之力朝奇美拉劈下。

熾紅烈焰緊追而上，挾帶高溫與迫人威勢，如火龍般凶悍地隨刀光衝向了奇美拉。

當奇美拉的身軀遭到撕裂，外觀又變回原本的貨車，再一眨眼，化爲大量光點四散。

光點似雪片紛飛，周圍白茫迅速退去，不同色彩重新染上，最終回復原來的光景。

他們還在騎樓下，還在超商前，還在那個對他們而言光怪陸離的世界。貨車消失了，那些呢喃耳語也不復存在。

然而時空仍舊像是停滯的。行走的人、半開的自動門、在空中飛翔的麻雀……

珊瑚一時反應不過來，臉上全是迷茫，可緊接著她被身後的驚叫嚇了一跳。

「翠翠！」

踩在光箱上的兩名精靈馬上回頭往下望，見到的是珍珠驚惶的神情。沒有惠窈。

光箱裡的黑髮人影消失了。

瑪瑙和珊瑚臉色驟變，他們從光箱躍下，和隨即收回防護的珍珠面對面。

「怎麼回事？翠翠人呢？」瑪瑙掩不住慌張，素來冷漠的神色再也繃不住。

「我不知道，他突然……」珍珠心慌意亂，驀地她瞪大眼，直視前方，「翠翠在那！」

瑪瑙、珊瑚連忙再回頭，迸出狂喜的眼眸裡倒映出那條陌生但又熟悉的身影。

穿著學士服的黑髮少年就佇立在前方馬路上，他的髮絲不再凝停於風中，而是自然地垂落在肩前。

更重要的是，他不再茫然地望著他們。

「翠翠！」瑪瑙等人想也不想地往前跑，想用最短時間到達他們最重要之人身邊。可探出的手臂從指尖竟開始轉爲透明，他們就像要被重新流動在這空間的風吹散。

三名精靈面露惶恐，直到他們看見惠窈對他們露出笑容，說出四個字：

「等我回去。」

浮在高空的一顆心頓時安穩地回到地面。

奔跑至惠窈面前的前一剎那，三名精靈徹底淡化消散，再也不見蹤影……

留在原地的人影同時也發生變化，長長的黑髮縮短，春芽般的碧綠取代了漆黑；黑色的寬大學士服也大變模樣，成爲和瑪瑙他們服裝相仿的款式。

綠髮青年伸出手，手指虛虛一握，一支前端呈倒勾模樣的長柄木杖平空出現在他掌心。

從他眞正「醒來」後，他就理解這個詛咒究竟是怎麼回事了。

噬心咒只是利用他的記憶——無論他想起來的，或是沒想起來的——重新編組出一串串幻象，包括那些蠱惑人心的話語。

但也多虧這個詛咒，他才能再尋回原來世界的記憶。

他是惠窈，是妖怪。

也是翡翠，更是——

精靈王！

翡翠的瞳孔瞬間由黑染白，無盡黑焰磅礴燃起，席捲向這個令他無比懷念，但也不再屬於現今自己的世界。

在漆黑的烈焰當中，他依稀看見一名綠髮人影，那人臉上被墨綠紋路佔據，乍看下宛若開了一朵奇異的花。

人影對著翡翠彎身行禮，下一瞬間，隨同這個空間被黑焰吞噬……

躺在地上的綠髮青年倏地發出長長的吸氣聲，就像是溺水之人終於吸進大口新鮮空氣。翡翠嗆咳著撐起身體，從喉嚨竄出的癢意一時難以停止，彷彿有羽毛不停在裡面撓搔。

「翠翠！」

「翡翠！」

「小蝴蝶！」

驚喜的喊聲此起彼落響起。

一道藍影更是要翩然撲向翡翠——假使沒有一把凌厲羽刀擋在面前。

路那利輕彈下舌尖，看著近到幾乎貼上自己鼻尖的刀鋒，迫不得已收回雙手，可一雙眼睛仍痴迷地停留在翡翠身上。

蝴蝶標本很美，但還是鮮活的小蝴蝶才能眞正展現極致的美麗。

「翠翠，你還好嗎？」珍珠輕輕拍撫翡翠的背，希望能藉這個動作讓他舒服一點。

待那股不適過去，翡翠拍拍珍珠的手，表示自己沒問題了。

他迅速打量此刻環境，想第一時間掌握目前情況。

翡翠發現他們所有人是待在一間屋子裡。

屋內保有鮮明的生活痕跡，家具擺設被推到一邊，清出一片空地出來。屋外則相當安靜，沒有令人心驚膽跳的獸吼聲。

這裡的所有人除了他們己方，路那利、桑回、卡薩布蘭加、加爾罕、斯利斐爾、瑪瑙、珍珠、珊瑚以外，也包括——蘿麗塔。

或者說蘿麗塔的冒牌貨。

蘿麗塔全身被綠藤捆縛得密密實實，周圍還有豎起的藤蔓如守衛看守。

她雙眸緊閉，雪白的臉龐上布滿細密裂紋，宛如一尊破損的洋娃娃坐在一邊。

就算看起來像沒了氣息，翡翠也不認爲對方已經死去。

死人可是不用被如此嚴密防守的。

翡翠眉頭忽地蹙起，他發現這裡少了一個人。

受蘿麗塔操縱，身不由己地讓他重傷，差點陷入內心世界回不來的那名綠髮精靈。

「凱亞拉呢？」翡翠一出聲，頓覺聲音啞得像好幾天沒喝水。

珍珠從包內拿出水瓶，替翡翠扭開瓶蓋。她本來還想餵他喝水的，但被他拒絕了。

翡翠喝了幾口水，緩解喉嚨傳來的刺痛，「我沒看到凱亞拉……他人還好嗎？他臉上的安古蘭……」

「他死了。」斯利斐爾平淡地扔下震撼彈，「正確來說，他的靈魂再也不復存在。」

「什麼……意思？」翡翠雖說早已做好心理準備——畢竟在夢境裡見到凱亞拉的身影一閃而逝就已有預感——但仍大感震驚，「是他身體撐不住了？還是那個詛咒將他殺了？」

「唔嗯嗯，雖然我很想爲你解釋，那種可以說上三天三夜都說不完的解釋……」卡薩布蘭加看著翡翠面露驚恐，遺憾地嘆了口氣，「但詳細還是得靠你的這位小朋友說明，畢竟我也不知道前因後果到底是如何。這眞的實在是……」

「卡薩布蘭加，不知道就不要浪費時間廢話了……咳咳咳。」桑回虛弱且堅定地截斷了同事的話。

翡翠露骨地鬆口氣，他眞的不想一醒來就得聽對方嘮叨個三天三夜，太可怕了。

「斯利斐爾，你說凱亞拉他的靈魂……不復存在是什麼意思？」

「因爲啊，他本來就是可憐的亡靈啦，只是廢物再利用。」

回答的是另一道宛若唱歌般的聲音。

所有人猛地往旁邊看，被藤條層層捆住的蘿麗塔不知何時睜開了雙眼，銀瞳裡閃爍著冰冷的惡毒色彩。

她動了下身子，發現身體完全被藤蔓限制住也不在意，嘴角仍噙掛著甜美的笑意，可吐出來的話語淬滿了毒液。

「這村子的人都一樣，都是亡靈唷。吾主賜予他們再生的機會，他們被怎樣蹂躪、撕裂、破壞都不會死喔，再也沒有比他們更適合餵養奇美拉的材料了對吧。可惜，可惜你們破壞了法陣，也奪走他們活下去的機會了，你們好殘忍喔。」

「妳閉嘴！」加爾罕全身發顫，無法忍受那張臉擺出天眞無辜的神情，「不要再用我們殿下的模樣！」

「現在是我的模樣啦。」蘿麗塔歪著頭，銀色睫毛柔軟地撲搧幾下，「沒用的凱亞拉居然在最後清醒過來自我犧牲了。他自己破壞了花，打破了吾主精心設計的法陣，但沒關係，反正實驗場的能量也收集夠了。」

「什麼東西的實驗場？」桑回神色一凜，「奇美拉嗎？你們的目的到底是……」

蘿麗塔咯咯笑著，笑聲倏然越拔越高，瞧見眾人面露警戒地盯著自己時，她露出一抹大大的歪斜笑容。

她說：

「吾主要見你們。」

說時遲、那時快，蘿麗塔伸出舌頭，舌上驟然浮現法陣，眾人還沒反應過來之際，魔法已然啓動。

面前忽地出現銀色物質，它們飛快往四周擴散，頃刻間浮出一面巨大銀鏡。

「是通訊魔法！」桑回一眼辨認出來。

下一刹那，銀白轉成繽紛色彩，截然不同的光景躍入眾人眼內。

銀鏡裡映出的是一處室內空間。

身著華麗白袍的男人慵懶地坐在寬大的椅子裡，繡紋在光線下折閃出流水似的輝芒。

他手撐著臉頰，姿態恣意傲慢，一頭墨黑長髮披散至肩上、手肘間，末端染上赤豔的紅色，猶如烈焰纏繞其上。

男人的雙眼被紅布覆住，可強烈的視線感依舊能透過通訊魔法精準傳出，讓屋子裡的人們深刻感受到——自己正被那人看著。

像看著微不足道的小蟲，像看著路邊的螻蟻。

「他好像有點眼熟，我是不是在哪看過……我真的覺得曾經在哪裡看過。」卡薩布蘭加唸唸有詞，「桑回你有沒有同樣的感覺？這人長得……」

不待卡薩布蘭加和桑回從記憶裡搜尋到對應的人物，挾裹著濃濃恨意的喊聲已如箭矢直衝雲霄。

「大壞蛋伊利葉！」

珊瑚的身體總是比大腦還要快一步行動，她抄起雙生杖，凶悍的烈焰轉瞬對著前方的黑髮男人噴吐出去。

火焰穿過邊緣閃爍銀光的巨大水鏡，撞擊上更後方的牆壁，將木頭門窗燒成焦黑。

光滑的鏡面出現短暫的漣漪，隨後又回復原來的清晰。

在那裡的本來就不是真正的伊利葉，無論火炎魔法再如何強悍，也傷不了他分毫。

「伊利葉」這三個字像是煙火在卡薩布蘭加和桑回耳邊轟然炸開。

「伊利葉？大魔法師伊利葉？」卡薩布蘭加第一時間不禁懷疑自己聽錯了，或者對方只是剛好跟大魔法師同名的人。

桑回忽地從包包裡掏出一本破爛的書，尚可辨識的書名是「超困難超難見的魔法知識」。

「這不是魔法師夢寐以求的夢幻逸品？你怎麼會有這個？」

「之前好不容易搜尋到的，是新作品參考用的資料。我想寫一隻魔法天才美少豬被男人傷透心，憤而離開魔法學園，旅途中不斷收獲優質美男，展開全新豬生的故事。」

「你剛是說了『豬』這個字吧！」卡薩布蘭加被震驚得連話都變少了。

桑回沒有理會同事，他急促地翻開書，顧不得過大的手勁會不會讓這本書分崩離析，很快地，他找到想找的頁數。

「卡薩布蘭加，妳快看這個！」

卡薩布蘭加視線掃過，然後身體僵住，她不敢置信地盯著書本上的人物肖像，再猛地抬頭往前望。

水鏡另一端的男人和書上的肖像畫……太像了。

差異或許只在前者的雙眼被紅布條覆住。

卡薩布蘭加連忙伸出手指蓋住書上人物的眼睛，接著她倒吸一口涼氣，慢慢地抬頭看著前方。

這樣看起來，兩人根本一模一樣。

水鏡裡的那個人，難道眞的就是大魔法師伊利葉？

「但……」卡薩布蘭加震驚脫口喊道：「伊利葉不是已經死了？早就死兩百多年了！」

「是亡靈……」桑回啞聲地說，「他的身體，是半透明的。」

卡薩布蘭加再定睛一看。果然就如桑回所說，水鏡裡的黑髮男人軀體並不是完全實體，隱隱約約還能看見他身後的椅子輪廓。

是了，這樣一來全說得通了。

伊利葉確實是死了，但又以亡靈狀態留在世上。

但是，爲什麼會選在這時候出現？

蘿麗塔還稱他爲主人……

換言之，白房子村的實驗，那些人造奇美拉……也都是伊利葉在幕後下指令!?

無數疑問在卡薩布蘭加腦中翻騰，化成言語前，伊利葉先豎起手指了。

伊利葉將食指輕置唇邊，「在我說可以開口前，你們只能閉嘴。」

「憑什麼！」珊瑚不服氣地嚷嚷，但即刻被珍珠摀住了嘴。

珊瑚瞠大眼，像是不明白珍珠爲什麼要聽那個大壞蛋的話。

珍珠搖了搖頭，藍眸無聲地制止。

從緋月鎮的那次事件就知道，水鏡裡的黑髮男人並不是隨便說說。

他既然敢這麼下指令，就表示他一定做了什麼。

「啊啊，珊瑚妳說話了。」伊利葉的手指做了個彈放的動作，「所以，砰。」

爆炸聲響猛地從屋外傳來。

聲音有些模糊，像隔了一段距離，可足以令眾人一震。

離窗口最近的桑回急忙撲過去，望見遠方有光柱沖起。

鮮紅的光輝在天幕下泛著不祥的意味，一會兒過後才消散。

桑回差點就想脫口質問，但理智及時制止了他。

他沒忘記那道光柱就是因爲珊瑚開口才出現。

「你們晚點就會知道那是什麼。」伊利葉不急不徐地說，「我不喜歡你們現在的眼神，但你們終會和其餘人一樣——跪下，只能仰視我。」

注意到眾人的眼神恨不得能化爲利刃，伊利葉輕笑一聲。

「冒險公會和教團追得太緊了，簡直像惹人厭的鬣狗。還有你們，繁星冒險團，所以我得爲你們找點事做。」

桑回與卡薩布蘭加飛速對望一眼，在彼此眼中看見相同驚疑。

他們公會最近和教團一起在追的，是進行奇美拉計畫的榮光會。

伊利葉這個說法，加上蘿麗塔先前的言論……無疑挑明了一個驚人的事實。

伊利葉就是榮光會如今的掌權人！

「看得出你們有很多疑問，但不行。」伊利葉抬手往下壓了壓，嘴角彎起一抹弧度，「我還沒允許你們說話，你們現在只能聽我說。」

性子最急躁的珊瑚攥緊拳頭，氣得全身發抖。

要不是珍珠拉著她，只怕她就要撲上去了。

伊利葉慵懶緩慢的聲音從水鏡透出，迴盪在屋內。

「我得找點事讓你們做才行，免得你們窮追不捨，像蟲子一樣惹人煩。」

「首先，這裡是示範給你們看的實驗場，正式的規模有三個，一個就在雪霧林。剩餘的兩個，你們有十五天的時間，你們就竭盡力氣、狼狽萬分地把它們找出來吧。」

「其次，看在你們在白房子村那麼努力的份上，我可以告訴你們三件事。」

伊利葉豎起食指。

「奇美拉計畫是我推動的，我更喜歡稱它爲夜災計畫。」

伊利葉豎起第二根手指。

「海棘島的冒險獵人和弦月區的半妖精是我讓人帶走的，實驗場的維持都靠他們的身體。這一區的已經變成屍體了，你們可以試著把他們找出來。」

兩名公會負責人的心直落谷底。

雖然早有預感白房子村的冒險獵人可能早遭遇不測，但當這個猜想被證實了，仍令人心情沉重。

伊利葉豎起最後一根手指。

「暗夜族，是非常棒的材料。」伊利葉笑容輕柔，又令人毛骨悚然，「沒有他們，實驗就不會成功。」

加爾罕只覺胃部像被狠揍一拳，讓他反胃欲嘔。

他想起包含他在內的不少族人，都是因爲聽聞蘿麗塔尚存活於世的消息，才會遠離浮光密林。

他不知道他們目前的狀況，而伊利葉的說法分明是……

「你對他們……你對我的族人做了什麼！」

加爾罕雙眼通紅，表情扭曲恐怖，搖搖欲墜的理智線這瞬間斷裂了。

「啊啊啊啊你這混帳！我要殺了你！」

再也顧不得伊利葉的威脅，加爾罕拔刀衝向前。

但揮斬的刀鋒只劈到一片虛無。

伊利葉本就不曾出現在此地。

「我不喜歡有人違逆我的話……所以，該下雪了。」

那是伊利葉留下來的最後一句。

矜慢的尾音還在空氣裡打個旋，水鏡裡的色彩已被銀色全數覆蓋。

再一眨眼，半空中的銀色液體嘩啦啦地墜落，觸地之前又化爲烏有。

伊利葉消失了。

蘿麗塔仍在原地，她的四肢仍被纏縛，怎麼看都無法逃出生天。

可那張稚氣精緻的臉蛋忽地揚起，無比歡快地說著：

「雪來了。」

其他人一愣。雪？她是說雪嗎？但現在分明不是下雪的季節……

陡然間，上方的屋頂被一股強橫外力掀開。

不再被巨型法陣覆蓋的天空下，赫然飄浮著一道人影。

那是一名年輕英俊的男人，身後展開漆黑的蝠翼。

他的金黃髮絲猶如被日光親吻過，湛藍眸子好似一碧如洗的晴空，只不過眼珠深處一片冰冷，像是兩顆無溫的玻璃珠。

這讓他看起來像一尊沒有情感也沒有溫度的大型人偶。

「啊啊……啊啊啊啊！」熟悉之人的面容讓加爾罕從喉頭擠出了絕望痛苦的呻吟，「伊迪亞！」

那人的外表，赫然是與暗夜族小公主一同身殞在神棄之地的伊迪亞。

加爾罕知道，這絕不是什麼巧合。

這全是因爲眼前的男人，在伊迪亞變成灰後……把他給吃了！

加爾罕的雙眼被血絲染成赤紅，怨毒光芒流洩。他緊握刀柄，手背和脖頸的青筋一條條迸起。

相較於加爾罕的注意力全放在那名與自己同伴擁有同樣外表的男人身上，翡翠等人卻是被天空中的其他存在奪走目光。

翡翠只覺血液倒流，體內溫度像要被一口氣剝離。

除了伊迪亞，空中還有著「什麼」。

一開始看像是許多細密的黑色小點。

彷彿有誰對天空做了惡作劇，在上面留下污漬。

緊接著它們越飄越多，越來越往下接近。

當所有人仰著頭，烙印進眼底的是宛如一場季節錯亂的雪。

正如蘿麗塔所說，雪落下了。

只不過雪的顏色如此不祥。

那是……黑雪。

電光石火間，答案也跟著躍然而出。

這裡是什麼地方的實驗場？

是黑雪。

紅光則是實驗場運轉的預兆。

伊利葉竟然能讓黑雪降臨！

冷風挾帶著漆黑的雪屑一股腦灌進了屋內。

「珍珠！」翡翠厲聲大喝。

那道清越的喊聲還未落下，珍珠已雙手往兩側拉開，泛著白光的光壁在空中展開，像是一道大型盾牌擋護在所有人的頭頂，阻隔了與黑雪的接觸。

伊迪亞飄立在黑雪中，漠然俯視下方眾人。

即便看見同伴落入翡翠幾人手中，也沒有絲毫情緒起伏。

「吾主交代了，他要回收他的部下，就算即將化作垃圾，她也該在應該待的地方發揮最後一絲餘力。」

說時遲、那時快，伊迪亞的背後鑽出多條蒼白觸鬚。

它們一部分像光潔的白蛇，迅雷不及掩耳地朝下方俯衝，狠狠擊上珍珠的光盾。

還有一部分，竟是貫穿屋子的門窗，從四方展開突襲。

如同活物的觸鬚末端分裂出更多細絲，上面帶著尖刺，往屋內所有人而去。

面對來勢洶洶的觸鬚，翡翠等人無暇分神在蘿麗塔身上。

這也讓伊迪亞的觸鬚鑽到了空隙。

觸鬚看似柔軟卻鋒利得超乎尋常，一排尖刺掃過，登時讓束縛蘿麗塔的藤蔓斷裂。

蘿麗塔重獲自由。

背上的金黃蝠翼飛快展開，嬌小的人影就像旋風般衝掠出屋外。

桑回眼角餘光捕捉到那抹金耀，來不及細思，他的身體反射性有了行動。

砂金髮色的病弱男人眨眼化爲毛色金亮的大金羊，四蹄邁出，疾風驟雨地追了出去。

「桑回！」

「伊斯坦先生！」

桑回速度太快，等翡翠幾人發現，後者的身影已如一道金澄閃電縱躍至黑雪當中。

偏偏伊迪亞的觸鬚依舊如影隨形，糾纏著屋內眾人不放。

「桑回——」卡薩布蘭加的吶喊嘶啞得像被鐵鏽磨過，仍阻止不了那道頭也不回的金影。

黑雪冉冉落下，無可避免地飄落在那閃亮的柔軟羊毛尖上。

雪屑太輕，穿梭在黑雪下的桑回感受不到什麼重量。

他的蹄甲使勁蹬地，屈起的四肢像裝了強而有力的彈簧。

金羊一個高高躍起，剎那間逼至蘿麗塔身後。

蘿麗塔太過相信自己的速度了，一飛出屋外就不曾回頭。

等到右腿傳來異樣感時，才猛然發現金羊竟狠狠咬住自己的小腿。

像不鬆口的鯊魚，把她整個人往下拖。

「該死的！」蘿麗塔神情驟變，她不想在這耗費時間，她還必須回到主人的身邊。

主人說了，自己還有用處，他還有用到自己的地方。

蘿麗塔毫不猶豫地讓右小腿化成白石般的存在。

下一瞬間，自動斷裂。

失去了連結，金羊直直從高處墜落，與蘿麗塔的距離也越來越遠。

擺脫累贅的蘿麗塔大力拍振翅膀，一晃眼便飛至伊迪亞身邊。

伊迪亞收回所有觸鬚，抱住失去半隻腳的小女孩，藍眼珠冷酷地掃視下方眾人。

「在南大陸被這場暗夜的災禍徹底吞噬之前，你們就筋疲力盡，做著無力的掙扎，成爲吾主打發時間的娛樂吧。」

「不如你先用你的命來爲我們打發時間！」

路那利將水氣凝成弓矢，冰箭搭在弓弦上，隨著他鬆開水弦箭矢疾速射出，直取伊迪亞的心臟處。

……但還是落空了。

伊迪亞的身下猝然浮現圓形圖陣，光芒竄高，不到片刻就吞沒了他和蘿麗塔，兩人消失在大夥面前。

空中再也不見任何人影，只剩黑雪仍在不停飄落，像在嘲笑所有人的無能爲力。

第5章

兩人突如其來的消失讓翡翠一行人驚愕一瞬，可也僅僅一瞬。

他們有更在意的事。

桑回！

「珍珠，接下來繼續拜託妳了，我們要移動出去！」翡翠心裡焦灼，要不是理智拉住他的腳步，只怕他也要一個箭步往外衝了。

不僅因爲桑回是他的朋友，更是他的……

就在翡翠想著桑回的同時，追出屋外的華格那負責人已出現在大夥視野內。

大金羊快步跑進屋內，但才邁過門口幾步，又霍地煞住步伐。

他先將咬在嘴裡的東西吐到地上，再低聲向珍珠要求。

「珍珠，妳能再弄個結界把我關在裡面嗎？我怕身上的雪會濺到你們。」

珍珠眼中飽含傷痛，她沉默地再喚出一個光之箱，讓桑回抖動身軀時，落下的黑雪不會四處飄濺。

有道聲音忽地打破凝滯室內的死寂。

「那個啊……有件事很奇怪，不知道你們有沒有注意到？」翡翠慢慢地開口，「桑回，你不覺得你身上落下的黑雪好像有點……太多了？」

「那是因爲有隻令人懷疑腦子少了東西的羊跑到外面去，主動讓黑雪淋了一身。桑回，你今天是把智商都長到你的羊毛上面去了嗎？」

卡薩布蘭加簡直要被自己同事的衝動氣壞了。

蘿麗塔就算脫逃又怎樣？

那個冒牌公主豈能與桑回自己的生命相比！

只要一想到桑回如今也被黑雪入侵，神棄之地當時的光景不知何時會重演，卡薩布蘭加感覺胃部像塞入了大量冰塊。

她想抓著桑回的肩猛力搖晃，或是痛打他一頓，但在雙手有動作之前，翡翠前一刻的問話像煙火在腦中炸開。

卡薩布蘭加愣住，目光直直地盯著桑回……或者說，桑回腳下那些堆積的黑雪。

是啊，爲什麼會有這麼多雪？

黑雪最後會像一般的雪融化沒錯，可它一沾碰到生物，不是該瞬間滲入皮膚底下，開始侵蝕進體內嗎？

然而眼前的大金羊，居然還有辦法帶著這麼多黑雪回來。這是不是表示著……

桑回顯然也反應過來了，瞪圓的眼瞳寫滿震驚和不敢置信。

他瞬間從羊變回人形，蹲下身子，伸手主動向那些令人聞之色變的黑雪摸上去。

在多雙眼睛的注視下，黑雪被桑回捏起、在指尖摩挲，接著又從他手裡滑落。

全然沒有入侵桑回體內的跡象。

「我的天！我的天！我的天！眞神在上啊！」卡薩布蘭加用了一長串驚呼表達內心滿溢出來的狂喜。

「太好了，伊斯坦先生！」珍珠差點喜極而泣。

路那利對桑回能否存活不感興趣，他一彈手指，屋頂的大洞登時被寒冰堵起，阻隔了黑雪的降落。

見狀，珍珠順勢解除上方的防護光盾，並一併收回關住桑回的光之箱。

堆積在地面的黑雪半融，下一秒就被路那利用水流沖刷出去，確保屋內的安全。

沒了黑雪，卡薩布蘭加馬上打算實行她剛剛想對桑回做的事。

就算人沒事，也不表示他不顧自身安危這件事可以輕輕揭過。

沒想到有人比她的速度更快。

一道人影快如旋風地撲至桑回面前。

不是桑回的死忠讀者珍珠，赫然是翡翠。

「桑回你到底怎麼做到的？」翡翠迫切地抓住桑回的衣領，渾然沒察覺對方的臉色因爲他而嚇得慘白。

只要過於接近翡翠，桑回就本能地感受到肉體危機，可以說這已成爲一種制約反應了。

「是因爲羊肉進化了嗎？是羊肉的力量吧！咬一口的話我也能有這體質嗎？」翡翠毫不掩飾自己赤裸的欲望。

桑回覺得黑雪帶給他的威脅性，恐怕都沒有面前的綠髮美青年強。

「用腦子想都知道不是。」斯利斐爾冷漠地瞥了自己主人一眼，「抱歉，在下忘記您本來就缺少那東西了。」

「喂！」翡翠惱怒地瞪視回去。

「我自己也不清楚，但肯定不是因爲我的肉！」發現瑪瑙似乎想拔刀，就連路那利好似也有一絲蠢蠢欲動，深怕再不阻止，自己的肉體就要不保，桑回慘叫一聲，忙不迭拔腿躲至卡薩布蘭加身側。

「可是……爲什麼呢？爲什麼桑回能平安無事？」加爾罕艱澀地擠出字句。

他更想問的是——同樣遭遇黑雪，爲什麼他的公主殿下和同伴就沒有如此幸運？

他們被黑雪留在神棄之地，再也回不了家鄉，還被那兩個怪物如此褻瀆。

加爾罕的疑問，也是眾人想釐清的。

「種族嗎？幻羊族的緣故？」翡翠在私人頻道裡問著斯利斐爾。

「不。」斯利斐爾否定這個可能，「根據眞神留給在下的資訊，幻羊族在上一次，以及更多的上上次，都沒有成功倖免。」

他們與大陸其他生靈一樣，皆消亡在黑雪之下。

面對多雙眼睛，桑回自己也茫然無比。

他追出去時，壓根沒想過自己能在黑雪下安然無事。

桑回絞盡腦汁，極力思索自己剛才是不是做了什麼特別的事。

但這個猜想立刻被他推翻。

所以會是什麼？是什麼讓自己能夠倖免於黑雪的入侵？

自己是幻羊族，與其他族人似乎也沒什麼不……

驟然爬上的癢意，讓桑回控制不住地咳得撕心裂肺。

等到咳嗽稍歇，桑回用手帕擦去掌心和嘴角的血液。

他看著帕上的血漬，一個念頭電光石火閃現出來。

「有沒有一個可能……」桑回舔舔嘴唇，還能嚐到嘴裡的鐵鏽味，「是因爲……我是一個混種？」

這話一出，彷彿一道驚雷霍然劈下。

加爾罕愕然望著面色蒼白的華格那負責人，「你是……混種？」

「魔物與不同種族的混血，一律稱爲『混種』。」斯利斐爾冷淡的聲音在翡翠腦中冒出。

「其實不用你說，我當然也……」翡翠試圖逞強。

「您當然也不知道。」斯利斐爾不留情地打斷，還附帶一聲冷笑。

「囉嗦，那兩字聽起來就不好吃，我沒記住也是再正常不過的吧。」既然斯利斐爾都揭了自己的底，翡翠也不裝了，「混種還有什麼特別的，你就順便一起說一說吧，反正你是百科全書嘛，只是時常缺頁。」

斯利斐爾用實際行動表明他才沒有缺頁。

「混種在法法依特大陸數量不多，與魔物交配產下的後代大多有缺陷，並且早夭。同時混種在大陸上易受到歧視，不被兩邊接受，因此他們通常會隱瞞身分。」

「混血就混血，幹嘛還非得搞一個混種出來？」翡翠嘀嘀咕咕地說。

換作他們世界，混種不過就是混血妖怪。

這樣算起來，就連翡翠自己也能算是個混種了。

「等等……」翡翠驟然靈光乍現，「那要是我去碰黑雪？」

「在下知道您沒腦子，但在下不建議您這麼做。」斯利斐爾重重嘆了口氣，斜睨向翡翠的眼神像在看一塊大朽木，還是被白蟻蛀空的那種，「您可以先想想瑪瑙他們。」

翡翠內心燃起的躍躍欲試馬上縮了回去。

他家小精靈好不容易才把自己從內心世界帶出來，他要是再去找死……

一想到瑪瑙他們會露出怎樣的表情，翡翠就想打自己一巴掌。

雖說法法依特大陸對混種帶有歧視，但顯然不包含如今和桑回共處一室的人們。

「是混種嗎？是混種才能在黑雪中逃過一劫嗎？」加爾罕喃喃地說，神情裡是掩不住的頹喪。

「我只能如此猜測了……」桑回低聲地說，「這是我和其他人最大的差異處了。」

翡翠覺得差異不只這點，「咳得要死不活，三不五時吐些血也和一般人不同吧。」

「那個嗎？那個其實就是……咳咳咳咳，咳咳……」桑回的話說到一半，又被猛烈的咳嗽打斷。

眼看他一時半會平復不下來，卡薩布蘭加義不容辭地把講解的責任攬下來。

「交給我吧，身爲桑回的好同事、好夥伴，說明這種小事就由我爲大家盡一分心力吧。首先我們從認識混種開始，這就要從……」

「給我……咳咳咳咳咳，住嘴！」

爲了阻止卡薩布蘭加的滔滔不絕，桑回用盡全身力氣暫時壓抑住咳嗽，沙啞地把解釋權拿回自己手上。

讓卡薩布蘭加說下去，估計這裡的黑雪停了，她都還停不了。

不得不說，桑回的舉動讓大夥露骨地鬆口氣。

「混種大多有缺陷，我的缺陷就是比常人衰弱的身體，也就是你們看到的這樣。」桑回擠出蒼白的微笑。

珊瑚專注力短暫，又不像珍珠願意花心思在桑回身上，一下就被其他事物吸引。

「翠翠，這是什麼？」她跑到一個白色的東西前面，好奇地用雙生杖戳了戳，「看起來好像腳啊。」

眾人心神跟著轉移，目光也落至桑回帶回的物品上。

如同珊瑚所說，那看上去就像一隻白石雕刻的腳。

桑回不可能無緣無故帶回這種東西，再聯想他之前是爲了蘿麗塔才追出去……

「那個假蘿麗塔的……腳？」卡薩布蘭加吃驚得話都變短了。

桑回點點頭，「我那時咬住她了，但她自斷一隻腳，我也不曉得爲什麼會變得像白色的石頭一樣。」

白色的石頭……這幾個字驀然觸動翡翠的記憶。

他想起在緋月鎮山上的洞窟裡，原本是擺著三具石棺，裡頭是三個白色人形。

兩個被伊利葉帶走了，就是現今的「蘿麗塔」和「伊迪亞」。

而第三個，被翡翠搶先一步吸收了——那裡面藏著眞神擬殼的能量。

由此可以推斷伊利葉的人偶會異常強大，是因爲擬殼能量的關係。

翡翠看著蘿麗塔的右小腿，想要證實自己的猜想。

他蹲在那塊白石頭的前方，手掌貼上。

奇異的事發生了。

白石瞬間化成一灘碧綠液體，自動流向翡翠的掌心。

翡翠知道自己該吸收，可突然又心念一轉，將那抹碧綠導引至一個小玻璃瓶裡。

——和白薔薇留下的能量存放在一起。

桑回他們看見了這一幕，可誰也沒多問。

「這下麻煩事一大堆了……」卡薩布蘭加望著屋外落個不停的黑雪，用力揉了一把自己的臉。

「公會、教團、城主們……大家都得火燒屁股地趕緊做事了，不然南大陸就要慘兮兮啦。我現在相信大魔法師性格反覆無常的傳聞了，畢竟正常人可不會搞出這麼誇張的事。不，這根本遠遠超越了誇張，想用亡靈身分留在世上就算了……夜災計畫、黑雪滅世……」

「讓法法依特大陸只留下混種，他是知道只會留下混種才這麼幹的嗎？假如真的是，那我只能說他對混種真是抱持過度濃厚的愛，愛到要爲他們弄出一個新世界。」

「這種新世界……咳咳，我寧可不要。」混種之一的桑回摀著嘴邊咳邊申明，「雖然我也無法理解應該是妖精的他爲什麼偏愛混種，如果他真的知道黑雪過後會剩下什麼的話。」

「妖精？才不是啊！大壞蛋明明是精靈！壞壞壞精靈！」珊瑚一想到伊利葉和他們同族就生氣。

精靈才沒那麼壞的，她和珍珠、瑪瑙就很乖。

唔，瑪瑙有時候是有一點點點點壞啦。

「他是精靈!?」加爾罕猛地抬起頭，「幻想種的精靈？精靈不是聽說在很久以前就不存在了？」

「算起來他兩百年前死的，也算是有一段時間了。」卡薩布蘭加喃喃地說，「大家都以爲精靈是幻想生物，尖耳朵會被先入爲主地認作妖精……不對，他的尖耳朵呢？精靈難道死後就會從尖耳變成人類耳朵嗎？」

卡薩布蘭加聽起來像自言自語，然而眼神直往繁星冒險團身上飄。

她本來就聞得出翡翠不是木妖精，只是也難以判斷出他眞正的種族。

但珊瑚提及了精靈，那些疑惑頓時迎刃而解。

和妖精一樣擁有尖尖的長耳朵，但比妖精更貌美，魔力也更強大。甚至不用唸咒，用了假字符也能使用魔法。

卡薩布蘭加再怎麼說也是見多識廣的木妖精兼公會負責人，當然看得出珍珠她們用的字符上是魔法咒語還是鬼畫符。

只不過不說破罷了。

畢竟誰還沒有一點小祕密呢？

雖然現在看來，這祕密著實也不算小了。

「精靈死後成爲亡靈，外貌並不會有任何改變。」說話的人是斯利斐爾。即便他現在是年幼外表，依然讓人下意識信服他的話。

「那可眞是奇怪……」桑回喃喃地說。

斯利斐爾又做了補充，「當然，生前沒腦子的話，死後自然也不會增加。」

「說這話的時候可以不要看向我嗎？現在討論的是伊利葉。」翡翠翻了白眼，把話題再扯回來，「先不管伊利葉的精靈耳朵怎麼不見了。我們來做個假設，倘若伊利葉不知道只有混種能在黑雪過後活下……」

「就表示他只是想毀滅這個世界。」路那利咂了下舌，「不能只把我跟小蝴蝶以外的男人毀滅就好嗎？」

翡翠裝作什麼也沒聽見，續道：「如果他知道這件事，那他就眞的獨獨偏愛混種了。」

「精靈不會對自己以外的種族產生偏愛。」瑪瑙否認了這個可能性。

「咦？這樣嗎？」翡翠是半路才成爲精靈的，不像瑪瑙他們是生而知之，具備各種精靈的相關知識。

「嗯。」瑪瑙點頭，「不過我跟那些精靈又不一樣，是不會偏愛翠翠以外的人的。」

「才不是我，明明是我們才對！」珊瑚對瑪瑙趁機把她們剔除在外很不滿。

「嗯。」珍珠也點點頭。

「他們就這麼表明了？虧我剛還那麼隱晦地說……」卡薩布蘭加望向桑回，表情驚奇中帶了一絲無奈，「算啦，反正我也不是話多的人。」

桑回不想同意卡薩布蘭加的最後一句，喉嚨竄上的癢意讓他先低聲咳了咳，又熟練地抹去唇角血絲。

「既然精靈不會對其他種族產生偏愛……」桑回的嗓音還帶著沙啞，「那假設是第二個答案，伊利葉又是爲了什麼才獨留混種？」

翡翠忽地想起自己歷經二次重生後，因爲妖怪血脈甦醒而回復成黑色的眼睛，想起伊利葉死後消失的精靈特徵。

陡然間，一個不可思議的猜測躍上心頭。

想到同件事的不僅翡翠，一時無人說話的情況下，有人打破了這份靜默。

珍珠垂著纖長的眼睫，慢慢地說：

「如果說……他也是混種呢？」

伊利葉作了一個夢。

亡者照理說是不會作夢的。

但當他飄浮在神棄之地的夜空下時，他確切又短暫地作了一個夢。

他夢到他還在縹碧之塔的時候。

那時的他沒有沉睡，也沒有讓一段年輕記憶形成的人格暫時取代自己。

無數的挑戰者來來去去，誰都想要獲得傳說中的大魔法師遺產。

卻沒有一個人成功。

他居高臨下地俯視那些人們，無論哪個種族，都沒有誰能達到他的要求。

他們都與精靈差太多了，不夠資格成爲他未來的容器。

他需要更多的選擇。

他培育、改造了留聲鳥，讓這些小魔物替他放出縹碧之塔重現人世的消息，吸引更多挑戰者上門。

世人只知留聲鳥用於散播訊息，卻不知牠們同時也是他的耳目，替他收集外界的重要情報，讓他得以知道現今變化。

靈很方便，能夠來去自如，但終究無法永遠地待在法法依特大陸上。

他的存在是消耗自身魔力換來的。

利用生前刻印體內的魔法陣，他成功地以靈的型態繼續存在，卻又受限於魔法陣，無法踏出縹碧之塔一步。

他有如被困在塔內的亡靈……喔不，他確實就是亡靈。

縱使具備龐大的魔力槽，但隨著時間似流水流逝，魔力也有徹底耗盡的一天。

一晃眼快兩百年過去，代表結束的時鐘彷彿正在耳邊滴答滴答倒數著。

要說伊利葉不感到失望是假的，但也不至於讓他失態。

然後某一天，當他飄在窗前眺望塔外景象之際，他看到了奇妙的東西。

那是黑色的雪。

伊利葉可以很肯定地說，在他生前，或是在他所知的歷史中，法法依特大陸上從來不曾出現過黑雪。

所以，那究竟是什麼呢？

黑雪的出現似乎毫無規律，和天氣變化也沒什麼關係。

無論是艷陽天、雨天、陰天，或是冬季落雪時節，伊利葉都曾看過漆黑的雪屑緩緩地自空中飄落。

起初它們出現的時間極爲短暫，不到幾分鐘就消失得無影無蹤。

後來它們落下的時間逐漸拉長，有時可以長達好幾天。

它們飄落的範圍同樣由小而大。

一開始就像天空突然開了一條小裂縫，將黑雪從裡頭傾倒出來，限定區域以外都見不到這些黑色的雪花。

接著它們降下的範圍逐漸擴大。

身爲魔法師，伊利葉永不缺乏的就是好奇心與求知欲。

他派出了留聲鳥，一些去探聽關於黑雪的消息，一些去把黑雪叼回來，讓他仔細研究。

前者沒那麼快回來，而後者……

雖然回來了，可從來沒有帶回過黑雪，且總是沒多久就死去。

伊利葉訝異極了，他的小魔物可不會違背他的命令。

更別說留聲鳥的壽命還挺長的，普通人類死了，牠都還能活著。

負責帶回黑雪的留聲鳥究竟發生了什麼事？

伊利葉越發想要探索黑雪，好弄清其中的奧祕。

他不缺好奇心與求知欲，同樣地，也不缺乏耐心。

伊利葉耐心等待，等到有一天黑雪近距離地降下。

近到他只要從窗子探出手臂，就能碰觸到那些點點的黑色碎片。

伊利葉有辦法讓自己接近實體化，好眞正地碰觸到物體。

但漆黑雪花彷彿可以察覺到他不是活物，依舊從他手掌穿透過去，直直往下飄落。

伊利葉向來喜歡有趣的東西。

於是他改變做法，再度放出留聲鳥。

他親眼瞧見黑雪一碰到留聲鳥的身體，竟是穿過牠的羽毛，滲入牠的體內。

留聲鳥似乎不覺得身上有什麼異樣，牠拍拍翅膀，溫馴地又飛回塔內。

自從成爲靈後，伊利葉再也不須睡眠，他可以沒日沒夜地專注觀察留聲鳥的變化。

沒多久，留聲鳥的蝠翼開始浮現黑點，黑點繼續擴大，彼此相連，成了奇怪圖紋。

當黑紋幾乎擴散到留聲鳥的全身，那隻小魔物在伊利葉的面前化成灰燼了。

死去一隻留聲鳥並不會讓伊利葉心疼。

這世上的所有東西，無論有生命的、沒生命的，他都一視同仁地視作素材。

他把這個發現記錄下來，只要黑雪降臨在縹碧之塔附近，他就興致勃勃地讓更多留聲鳥去碰觸漆黑雪花。

伊利葉找出了一個規律。

越是健康的留聲鳥，身上黑紋擴散的速度越慢，可最終也逃不過成爲灰燼的下場。

而碰過黑雪後，若再碰上第二次，那麼不管黑紋擴散的面積是大是小，都會在剎那間化成一地的灰。

可惜的是，他研究不出黑雪到底是由什麼物質組成。

只能確認一部分是暗元素，剩下的一部分則是全然未知。

最起碼，伊利葉從來沒有在法法依特大陸上見過。

伊利葉分析黑雪成分的過程中，那些去南大陸各地探聽消息的留聲鳥也陸續回來。

伊利葉漫不經心地聽著留聲鳥的報告。

黑雪在各地都留有痕跡。

但它們來得太快太短暫，誰也沒有察覺到它的危險性，接著人們的身體出現古怪的黑色斑紋。

治癒魔法消除不了，醫生也對它束手無策，只能任憑黑紋全身蔓延。

但似乎除了外表變得惹人側目外，也沒有造成什麼不舒服。

既然沒有危險，那應該也沒什麼大不了吧……那時候人們都是這麼想的。

不過部分地方開始頻傳有人失蹤的消息。

那些人像是平空蒸發，只在最後待過的地方留下一層灰。

最開始沒人把失蹤往那些灰燼聯想。

直到眼見全身布滿黑紋的人突然間散化成一團灰燼。

恐慌飛快延燒，像厚厚的烏雲籠罩在每個人的心頭。

教團將黑雪的危害定義成一種疫病，稱爲「黑雪病」。他們找不出解救的方法，只能儘可能發放可以增強體魄的祝福藥水。

四大城裡處處都能看到警備隊在加強宣導，要人民一發現黑雪落下，就趕緊找有遮蔽物的地方待著。

這些消極被動的做法，無法阻止黑雪的肆虐。

更多人死去，更多生物化成灰燼。

伊利葉有些可惜自己恐怕是再也找不到適合的容器了，否則他還眞想去外面見識被黑雪無情蹂躪的世界。

又或者，他可以想辦法自己製造容器。

這個心血來潮的念頭一浮出，就再也壓不下去。

爲此，伊利葉從腦海深處挖掘出一個險些被他遺忘的記憶。

——夜災計畫。

又或者可以直白地稱爲奇美拉計畫。

那是伊利葉生前偶然在神棄之地發現的手札，上面記錄著人造魔物的實驗過程。

雖然內容有不少缺失，不過對伊利葉來說已經夠了。

所謂奇美拉，是強行合成不同魔物，製造出全新的物種。

伊利葉自然不會滿足於這些，他更想達成手札上提過的，用人類或其他人形種族來與魔物融合。

但受限於材料不足，這部分只能先將就。

伊利葉沒料到的是，他還沒製造出稍微及格的成品，外面的世界就被鋪天蓋地的黑雪佔領了。

突然有一天，天空彷彿再也兜攏不住所有藏在其後的黑暗雪花，讓它們一口氣全都往外噴飛。

不論何時從高塔的窗戶往外看，映入眼內的都是無盡黑雪。

伊利葉有種直覺，這個世界剩下的時間不多了。

假如他想親自到外界一探究竟，就只能忍受那個尚未達到他及格邊緣的容器。

伊利葉捏著鼻子認了。

他像捏螞蟻似地殺了奇美拉的靈魂，讓自己得以進入那具軀體。

曾經偉大又備受崇敬的大魔法師，成爲了一隻有著黑白翅膀，像羊又像蛇的怪物。

獲得肉體的伊利葉終於擺脫束縛，踏出縹碧之塔。

過去富饒、鮮活的南大陸，如今彷彿各處籠罩死亡氣息。

黑雪不停地下，每天都有生物不停化爲灰燼，地面好像要被綿延不絕的黑灰徹底覆蓋。

伊利葉做足了擋雪的準備，以免自己剛出塔沒多久就成了灰，只是將就使用的軀殼果然無法撐太久。

不到半個月，奇美拉的身體顯露腐敗，這令素來重視整潔的伊利葉簡直無法忍受。

但他還是強行忍耐著，他想要知道有沒有生物能在黑雪侵蝕下完好無缺。

然後他看到了……

混種。

魔物和其他種族誕下的後代居然能夠不受黑雪影響。

那些飄落的闃黑雪花不會滲入混種體內，只會像普通的雪從他們皮膚上滑落。

這實在是……太不可思議。

在其他生物都化爲灰燼的同時，混種卻是屹立不搖地存活於法法依特大陸上。

再也沒有人能對他們投予異樣排斥的目光，因爲那些人都死了。

伊利葉很想再繼續看下去，可惜他的軀體支撐不住了，來到極限。

一失去肉體，他瞬間被拖拽回縹碧之塔內。

伊利葉的心裡有一股奇異的灼熱感遲遲不散，像火苗竄出，持續燃燒，最後在他心底一發不可收拾地燃成了大火。

伊利葉喜歡有趣的東西。

但他更喜歡親自創造出那些有趣的東西。

那些在黑雪威脅下仍舊存活下來的混種，給了他靈感。

但在他想著手進行之前，他就聽到了呼喚。

那聲音突如其來地出現在腦海裡，像呢喃、像吟唱，即便摀住雙耳也無法隔絕。

伊利葉素來平淡的神情終於大變。

他是第一次聽見這個聲音，但精靈的生而知之讓他馬上理解這是什麼。

只要擁有精靈血脈，就無法抗拒這個呼喚。

這是誕下精靈的世界樹在呼喚世上所有精靈。

伊利葉自幼在外流浪，他沒有與精靈群居生活過，最多只在少年時期隨著古森妖精一塊四處遷徙。

他不像一般精靈對世界樹懷有一股天生的歸屬感，在他看來，不管是世界樹或其他精靈，都是與他不相干的存在。

伊利葉不想失去自己的精靈力量，那是屬於他的東西，憑什麼只因世界樹呼喚，就得交還回去？

他打從心底對世界樹生起了逆反之心。

伊利葉能感受到自己的靈魂深處有東西要被強行剝除，屬於精靈的力量正被絲絲縷縷地往外拉扯。

作為反抗，伊利葉喚醒了一直以來被壓抑得很好的另一個血脈，試圖把精靈的力量隱藏起來，將它包裹在最深處，不被世界樹感應到。

他成功留住了精靈力量的一小部分。

隨著大部分力量的流逝，他的外貌也起了變化。

伊利葉蜷縮起身體，痛苦的呻吟逸出唇間，屬於精靈特徵的尖長耳朵消失了，取而代之的是像一般人的短耳朵。

整個過程似乎短暫又漫長，時間對伊利葉來說失去了概念，他唯一能鮮明感受到的只有痛苦。

與世界樹爭奪力量就像是將伊利葉從內到外拆解一遍。

他像一團爛泥癱倒在地，眼睫垂下，遮住了他的眼，就連抬起一根手指的力氣也沒有。

可無論如何，他還是成功地留住那一小部分。

伊利葉不知道自己躺了多久，也許十天半個月，也許更久……等到他恢復足夠的力氣爬起，塔外只餘一片死氣沉沉。

環繞在縹碧之塔外的森林裡再也沒有任何活物。

養在塔內的留聲鳥倒是還存活著。

伊利葉打算放一些留聲鳥出去，設法吸引混種過來，爲自己謀取一具新身體。

這樣一來，他才能去尋找適合的實驗素材執行他的計畫。

伊利葉差一點就能再次獲得新身體了。

縱使是在法法依特大陸迎向終焉的日子裡，人心的貪婪並不會因而改變。

想要獲得大魔法師遺產的人穿過不歇的黑雪，走近了縹碧之塔，渾然不覺塔的主人正從窗口居高臨下地望著自己。

一步、兩步、三步……正當那名混種即將踏入塔內之際，一道無機質的聲音從天上降下，如莊嚴的鐘聲迴響至世界各個角落。

也傳進了伊利葉耳中。

「宣告，世界即將重啓；確認，世界重新啓動——」

霎時驚人白光湧現，毫不留情地吞入這個世界的所有，就連紛飛黑雪也一併消失。

熾亮的白色轉眼充斥伊利葉收縮的瞳孔，他的身體跟著融進那道大漲的光芒當中。

伊利葉再次感知到聲音、光線的時候，發現自己正身處於縹碧之塔內。

就好像他一直待在這裡，從來沒有離開過。

窗戶外的天空碧藍如洗，絲毫沒有黑雪飄落的痕跡。

環繞在高塔四周的森林不時傳來鳥鳴、獸吼。

伊利葉身形一閃，再出現時已待至縹碧之塔的最高處。

遠方不再是被黑雪肆虐過的狼藉不堪，大地仍是生機蓬勃的色彩。

伊利葉眼睫緩慢眨動幾下，即使是身為大魔法師的他，也反應不過來眼下是怎麼回事。

他明明記得上一秒正看著一個混種將被誘至塔內，成為他未來的容器。然後他就能離開縹碧之塔，到外界親自探訪這塊被黑雪籠罩的大陸。

可是為什麼，這個世界看起來和記憶中的完全不一樣？

看起來就像……什麼都還沒發生過似地。

黑雪不曾降落，世界尚未迎向終焉。

伊利葉遙望遠方，腦中倏地浮現出一道沒有溫度的無機質嗓音。

「宣告，世界即將重啓；確認，世界重新啓動——」

雖然很不可思議，但確實發生了。

這絕對能被稱為奇蹟。

法法依特大陸的時光回溯了，時間倒流回什麼都還沒發生之前。

伊利葉不自覺地摸了下耳朵，不同以往的形狀讓他愣了一下。

那裡赫然不再是代表精靈的尖耳朵。

伊利葉瞳孔凝縮，馬上意會過來不是什麼都沒改變，也不是什麼都還沒發生。

黑雪已經出現在這個世界，只是還未大範圍擴散。

南大陸上的人們還沒察覺黑雪的存在，以及它帶來的危害。

但眞神發現了。

所以世界樹這次比上一世更早呼喚精靈，汲取精靈的力量。

換句話說，如今的精靈族恐怕幾乎不復存在，眞正成爲世人口中的幻想種。

假如伊利葉還活著，那麼他的心臟此刻必定是瘋狂跳動，激動得無法自已。

他重新擁有了時間。

他能夠在這一次達成他的願望，執行他的計畫。

然而就在下一剎那，伊利葉的笑意凝住了，駭然地發現關於時光回溯前的記憶逐漸變得模糊。

那些記憶就像沙粒，一點一滴地從他的意識中飛散。

伊利葉已經想不起來那道屬於世界的聲音說過什麼。

再放任下去，他會什麼也記不得。

這是屬於他自己的記憶，就算是眞神，就算是世界，也不允許來搶奪！

伊利葉以最快速度高聲吟唱，多重咒文從他嘴裡傳出，乍聽下簡直像有多人同時開口。

繁複的法陣一個個在他身邊顯現，絢爛的光輝籠罩他全身。

伊利葉閉上眼，從他的額心中央飄出光絲。

那些都是他有關時光回溯前的記憶。

記憶一被抽離，登時幻化成無數書本，翻飛紙張啪啦掀動，如雪白鳥類不住拍振翅膀。

接著伊利葉身周浮現一個個敞開的箱子，讓書本似白鳥飛入其中。

當箱子的上蓋牢牢封上，一條銀色的蛇自伊利葉心口處鑽出。

它有著寶石般的鮮紅眼睛，口中叼著三片金葉。

銀蛇飛速遊走，像繩索將所有箱子纏捆在一起，同時伊利葉的外表也出現變化。

原本頎長的身形縮水了，結實有勁的手腳變得纖細。

轉瞬就從成年男人變爲猶帶青稚的少年。

伊利葉手一抬，不知從何飛來的紅布覆在他的眼上，將他異於常人的眼瞳密實遮住。

僅僅幾個眨眼，伊利葉就完成了一切準備。

他知道下次眨眼後，他就會從伊利葉·縹碧·坦夏爾，變爲「縹碧」。

一個年輕，且遺忘眞實身分的自己。

新的記憶會被灌入，「縹碧」將按照指引，在不引起世界注意的前提下，一步步地解開封印。

最後，「縹碧」會消逝，沉眠的伊利葉將重新甦醒。

但即使是伊利葉也不得不承認，世上有種連他也無法掌控的東西。

叫作——意外。

「縹碧」在浮空之島上看見世界樹過去的影子，觸動深埋的指令。

伊利葉本以爲那道指令永遠不會派上用場。

卻萬萬沒想到繁星冒險團的三名精靈居然是世界樹的化身。

他們頸後的星星、月亮、太陽圖紋就是最好的證明。

而無預警在島上聽見的聲音也讓他提早醒來了。

雖然對於縹碧選擇那樣的銀髮男人簽訂契約令他有些驚訝，但這不是什麼大不了的事。

關鍵是那道莊嚴，無機質的聲音。

「確認，能量獲得——」

那是世界意志的聲音。

於是伊利葉全都想起來了。

啊啊，這眞是一場懷念，又令人湧上熾熱情感的夢。

飄浮在夜空之下的大魔法師睜開了眼。

他伸手按上心臟，那裡早就不可能跳動，但夢境帶來的灼熱好像仍殘留在上面。

那份情感，就算重來一次他也不會忘懷。

伊利葉微微一笑。

他要迎接黑雪，一手創作最好的作品。

爲這世界帶來新生。

第6章

那是平凡無奇的一天。

天氣沒有特別好，也沒有特別壞。

就是個普通的、不足以在心裡留下深刻印象的一天。

但就在這普通的一天——

冒險公會、四大城主、羅謝教團，三方勢力召開了悠關法法依特南大陸命運的會談。

地點在塔爾公會大廳。

爲了避免來往浪費時間，使用的是通訊魔法，眾人在各自所在地展開這場會議。

隨著一張張銀色水鏡在塔爾公會大廳出現，會議也正式開始。

有關大魔法師伊利葉居然以亡靈姿態留在世間，甚至還布置了召喚黑雪的法陣，意圖讓南大陸迎接毀滅——

這個驚人的消息就算經過將各地情報幾乎收攏掌中的冒險公會證明，參與這場會談的部分人員還是有所存疑。

原因無他，畢竟這實在太駭人聽聞，也太讓人匪夷所思。

直到灰翾粟拿出映畫石，播放當日卡薩布蘭加儲存到的畫面。看著陡然出現空中、眼覆紅布的黑髮男人，聽著那矜傲的嗓音傳來，大廳裡的人們像被掐住脖子般陷入了死寂。

直到映畫石播放畫面結束，瞬間才又像濺入水滴的油鍋炸騰開來。脾氣最急躁的華格那城主布列歐率先發出難以置信的吼叫，「他還活著!?大魔法師居然眞的還活著！」

「你是傻了吧。都說那是亡靈，那就是死了。」與他不太對盤的馥曼城主霍夫曼沒好氣地哼了一聲。

「無論他是死是活，你們都有看到吧……黑雪……他說我們只有十五天的時間，這個數字不可能毫無意義，聽起來分明是十五天後召喚陣就會啓動，南大陸就等著被黑雪覆蓋。」加雅城主諾爾眉宇間浮現深深皺紋，「眞不敢相信，大魔法師明明對法法依特大陸貢獻良多……多年前，他還曾保護過我們加雅，避開魔獸的入侵……」

「管他曾經對南大陸有過什麼貢獻，別說加雅了，他現在要滅了整個南大陸。我說，直接把他抓起來，逼問他把召喚陣設立在什麼地方！」華格那城主強勢的發言馬上引來熱議。

「你傻了嗎？就是不知道伊利葉人在哪裡，而且他現在也不是人。」

「他是亡靈吧，那用光系魔法……」

「這是教團你們要負責的吧！」馥曼城主馬上把炮火對向教團人馬。

「就算我們擅長光系魔法，但目標不在面前，我們也發揮不了作用。」身為教團代表的黑格爾主教長慢吞吞地說。

「那就去把他找出來啊！」華格那城主拍著桌子，砰砰砰的聲響透過水鏡傳至塔爾公會的大廳，「教團就是這時候要派上用場的吧！」

「夠了，華格那你這個沒腦子的！」

「我不叫華格那，老子明明叫布列歐！」華格那城主馬上把矛頭轉向馥曼城主，「你這饅頭人才連腦子都沒有。」

「什麼饅頭人？你對美沒有品味就不要在那展現你的無知了！」確實白胖得像顆饅頭的馥曼城主大怒，「魔法師不只腦子有毛病，連審美觀都沒有，就跟你一樣！」

「同樣身為魔法師，我不否認有部分魔法師的腦子的確有問題，例如華格那的，但更多的魔法師可是天才。」

「喔？和伊利葉這個想要滅世的天才一樣嗎？」

聽著三名城主你來我往的唇槍舌劍，另兩方代表乾脆先保持靜默，等他們吵完了再說。

冒險公會這方其實有個人一直躍躍欲試地想加入戰局，但她的嘴巴被封住了，只能用「嗯嗯嗯」來表達她強烈的渴望。

「你們三個都夠了，別在公會和教團面前丟人現眼。」年紀最長，在位也最久的塔爾城主微皺起眉。

她是一位灰髮的優雅女士，每一根髮絲都打理得整整齊齊——她與塔爾公會的灰罌粟其實還有著親戚關係。

三位城主反射性收斂起情緒，可過不了多久又故態復萌，針鋒相對、吵個不停。

只不過他們開始壓低音量了，似乎是認爲這麼做就不會丟人現眼。

塔爾城主丹妮絲按著額角，從她的角度沒辦法瞧見教團的人，因此只能直接出聲。

「黑格爾主教長，你們教團對此的看法是……」

「我個人認爲，這部分可以先由冒險公會這方發言，畢竟眞相是由他們挖掘出來的。」

黑格爾主教長輕巧地將發言權撥給另一方。

聞言，灰罌粟手指交抵成塔狀，目光逐一掃過諸位公會負責人，對於一臉寫著「讓我說」的卡薩布蘭加則當作沒看見。

最後，灰罌粟將說明的任務交給同樣經歷過白房子村事件的桑回。

桑回摀嘴咳了幾聲，用著虛弱的嗓音敘述起那幾日他們碰上的事。

大廳裡一時只剩下桑回的說話聲，以及不時穿插其中的咳嗽。有時咳得猛了，一股股鮮血還從他的嘴裡嗆溢出來。

一些初次見到這種場面的人不禁被嚇得心驚膽顫，就怕砂金髮色的蒼白男人話還沒說完，人就倒了。

好在這件事最後沒有發生，眾人總算順利聽完桑回的說明。

靜默過後，塔爾分部的大廳重新喧譁起來，此起彼落的人聲就像一波波拍打的浪潮。

「伊利葉到底爲什麼要做這種事？」

「反正他也不怕，他早就死了，亡靈的他壓根不用擔心會被黑雪侵蝕。」

「總要有個原因吧，難不成眞的是因爲修練魔法到腦子壞了嗎？」

「說過多少次，不要一竿子打翻所有魔法師！」

「黑格爾主教長、灰罌粟，我們來談談接下來的行動章程吧。」

「丹妮絲，妳怎麼能無視我們！」

「那就像話一點，好好跟公會、教團一起討論正事，聽明白了就讓你們的嘴巴吐出有用的話。」

「咳……那就先從黑雪召喚陣說起吧。根據伊利葉和他部下的宣稱，召喚陣有三個，推測十五天後就會啟動……截至今日，已經過了三天。」

「嘖，也就是說我們現在只剩下十二天，還不能讓人民陷入混亂。」

「我相信這部分能安心交由四位城主，當然，我們駐守在各地的教士也會一同協助。至於追蹤搜尋方面，冒險獵人是一等一的好手。」

「我們公會會即刻將任務內容發布給冒險獵人們，設法讓所有一定等級以上的獵人加入搜尋行列。」

雖說這場會談的前半段吵嚷得像在菜市場，但當決議確定下來，一條條指令也飛速地層層傳遞出去，在多方配合下順利推行運轉。

這一天的三方會談，在日後被稱為「黑雪會議」。

無論從哪個方面看，都是足以記載進歷史的重要時刻。

——倘若這個世界的「未來」有延續下去的話。

關於伊利葉將利用黑雪召喚陣為法法依特南大陸帶來災難一事，為了避免民眾陷入大恐慌，引發不必要的混亂，由羅謝教團出面宣告，他們獲得了眞神賜予的預兆。

——大範圍的黑雪即將從天而降。

因此在黑雪到來之前，各地要準備好各種避難措施，儲備好糧食，確保到時能固守在屋子裡不外出。

當年在四大城建造之前，人們爲了躲避大群魔物襲擊，打造出隱藏在地下的堅固避難所，這也爲無處可去之人提供了庇護。

雖然多少還是有些地方發生騷動，所幸都在可控範圍內，沒有造成太大的危害。

各方計畫如火如荼推進之際，有一道矮小、容易被人忽略的身影也偷偷摸摸地展開它的行動。

趁著夜幕低垂，塔爾陷入萬籟俱寂，它靈活地在街道的陰影中移動，短短的腿有著驚人的爆發力，像陣旋風般朝目的地前進。

它跑得飛快，沒過多久就來到全然闃黑的壯觀建築物之前。

被稱爲「南之黑塔」的塔爾分部矗立在月夜下，林立在周邊的路燈散發著銀白色光芒，照亮塔爾分部的大門與階梯。

同時也照亮那抹矮小影子的眞面目。

那原來是一隻兔子玩偶，揹著一個包包，穿著全黑但不失華麗的小裙子，身上的縫線歪歪曲曲，看起來非常粗糙，頭上還別了一個大大的蝴蝶結。

思賓瑟揮揮手臂，無聲地跺跺腳，確保自己手腳靈活。

然後，兔子小姐就要展開大行動啦！

來過這裡多次，已摸熟環境的思賓瑟繞到後頭庭園，再從樹籬下的一個矮洞爬進去。

塔爾分部自然有設防護魔法，但那個魔法針對的是生物，身爲一隻兔子玩偶，思賓瑟並不算在生物範圍裡。

它順利地進入塔爾分部的庭園，憑藉著上次摸進來的記憶，找到一處栽種著黑白色薔薇花的角落。

薔薇花嬌艷欲滴地開綻著，還能聞到惑人的花香味。

若是平時白日，思賓瑟很樂意擺一套桌椅在薔薇花叢旁，優雅地喝著下午茶。

不過不是現在。

現在它是有超超超超——超重要任務在身的！

思賓瑟從包包裡掏出了一支小鏟子，在薔薇花叢旁走來走去，不時還嗅了嗅空氣中的味道，接著它雙眼一亮。

就是這裡沒錯，有超稀有寶物的味道！

思賓瑟立時抓緊時間，小鏟子一鏟入地，開始嘿咻嘿咻地瘋狂挖掘，泥土跟著它猛烈的動作往旁咻咻咻地飛濺。

它可是有抓好角度的，確保土屑不會噴到薔薇花上，不然被人發現可就大事不妙了。

「兔兔我爲了翡翠眞的是付出太多了，我的毛毛都要失去一點五成的光澤了……這樣不行，這樣是絕對不可以的！優雅高貴的兔子必須要有閃閃發光的毛毛，沒錯，就叫翡翠到時候替我梳毛！」

由美麗的人來梳毛，自己的美貌一定也會跟著提升的！

想到自己過不久就會變成絕世美少兔，思賓瑟心花怒放，掘土的動作更加賣力。

等鏟尖撞到硬硬的物體、發出「喀」的一聲，思賓瑟知道自己挖到想要的東西了。

它把鏟子扔到一邊，用手扒了扒了土，挖出埋在底下的一個小木盒。

「是這個，就是這個！」思賓瑟趕忙抱著盒子跳出自己挖的坑洞。

雖然嗅到了稀有寶物的氣味，但保險起見，它還是打開了盒子，確認盒中內容。

靜靜躺在木盒裡的是尊巴掌大的木頭人偶。

外觀陳舊黯淡，表面卻顯得光滑，彷彿經久摩挲造成。

在這個不起眼的木頭人偶上，有個暗褐色的名字——白薔薇。

看到有名字在上面，思賓瑟就安心了，這表示它沒找錯東西。

就是這個，白薔薇……

啊，不對。

思賓瑟想起現在的塔爾分部也有個新白薔薇了，決定把木頭人偶稱作白薔薇一號。

將白薔薇一號塞進自己包包裡，思賓瑟瞄了眼仍漆黑一片的窗戶，用最快速度把四散的土壤全部填回去，確保看不出任何不對勁。

「呼，眞是辛苦兔子小姐了……兔子小姐値得來一件兩件三件四件……好的，就四件小裙子吧，叫搭檔買單！」思賓瑟揹著小包包，安靜無聲地溜出了塔爾分部的院子。

直到確定自己眞的跑出塔爾分部的範圍，思賓瑟這才完全放鬆下來。

萬一不小心被灰罌粟逮到，善良又單純的兔兔絕對會被做成骷髏架子當成寵物的。

啊，不過兔子只有棉花，沒有骨頭呢。

思賓瑟伸手往蝴蝶結裡掏了掏，掏出一本粉紅花俏的小本本。

它翻開小本子，鈕釦眼睛快速在密密麻麻的記事備忘上掃描過去。

下午茶……不是這個。

種植人面蘿蔔……也不是這個。

在人面蘿蔔上刻字……也不是，等等等等一下！

思賓瑟視線飛快地又移回來，就是這個！

將那句文字下面的附註仔細看了好幾次，把要做的事牢牢背下，思賓瑟大大地吐出一口氣，用力揪住自己的耳朵，腳掌急急跺地。

「啊啊啊，兔子小姐眞的好忙、好忙，太忙啦！」

要不是記著現在是半夜，離塔爾分部還沒有太遠，思賓瑟一定會來個驚天動地的尖叫發洩一下忙碌造成的壓力。

「要拔蘿蔔，要替很多很多蘿蔔刻字，然後還要把這些會嗚嗚叫跟噫噫叫的蘿蔔這樣跟那樣……四件小裙子已經不能安慰楚楚可憐的兔兔了，要十件！沒錯，要十件才可以，搭檔出錢，或是讓翡翠叫搭檔出錢！」

漂亮的小裙子重新帶給思賓瑟工作的動力，它做了一個爲自己加油打氣的動作，隨後邁開它短短的雙腿。

兔子玩偶在月夜下開始疾速狂奔。

✣✣✣

這是風平浪靜的早晨。

日光灑落在一波波徐緩前進的浪潮上，折閃出粼粼波光，就像是無數碎鑽妝點在這片平靜的東海上。

偶有大型船隻經過，船上的水手會祈禱眞神保佑他們遠航順利。

不會有人知道，在看似平和的東海底下，其實正上演著一場驚人的騷動。

體型宛如兩座小山丘的巨大雙水龍蝦揮舞著螯足，你來我往地打個不停。

他們的背部如同山脊綿延起伏，表面晶瑩、充滿光澤，邊緣帶點澄淨的半透明感，上層還有銀色斑紋彷彿星光點點。

凡是他們步足或蝦尾掃過之處，必會激起一片沙土飛揚，水草被踩踏得東倒西歪，矗立在一旁的珊瑚、岩石更是被撞得碎裂。

附近的海洋生物全退避三舍，就怕不小心離戰場太近會遭受波及，成爲這對夫妻戰爭下的受害者。

沒錯，夫妻。

這對雙水龍蝦原來是對夫妻。

只不過正在鬧離婚，也因此才會有這場小規模戰爭。

遙望著打個不停的兩隻巨蝦，坐在紅艷大珊瑚上的一道人影打了一個呵欠，像是打盹般半瞇起雙眼。

那是一名用美男子來形容也不爲過的紫髮男人。

一頭末梢微鬈的淡紫色頭髮長至腳踝處，像河流蜿蜒在他的身周，髮絲間還散落著夢幻的銀色星星。

紫羅蘭的頭往下點了點，突然一個用力過度，讓他驚醒過來。

他迷茫地眨眨眼，瞧見前方的夫妻戰爭尚未結束時，忍不住幽幽地嘆口氣。

紫羅蘭也不想看自己的堂姊跟堂姊夫在這打架，而且一眼就知道堂姊夫一面倒地被不留情地壓著狂揍。

看，都不知道第幾次被堂姊用尾巴抽飛出去了。

如果可以，紫羅蘭眞想離開東海，回到他的恩人翡翠身邊。

他都想好生蝦五十吃的吃法了，還能運用各種海草做搭配，包準美味又健康。

——紫羅蘭顯然又把自己恩人對海鮮過敏的事給拋到腦後了。

看著面前不知何時會結束的雙蝦亂鬥，紫羅蘭垂著眉毛，本就妍麗的面容頓時更添幾分憂鬱風情。

都因爲自己年紀小、排行末，才會被其他哥哥姊姊踢來當見證人。

正當紫羅蘭大感惆悵之時，有東西猝不及防地砸上了他的腦袋。

紫羅蘭先是一愣，接著才低頭去看那個漂至他眼前的凶器。

「哎？」紫羅蘭倒不覺得有多痛，東海皇族的防禦力其實很高。他下意識抓住那個白色凶器，只覺得無比疑惑。

爲什麼海裡會掉下一條……人面蘿蔔？

紫羅蘭看著自己抓在手裡的蘿蔔——白胖的身軀、綠色的葉子，還長了手腳跟一張臉。只不過那張臉此時一副溺水痛苦的表情，白色似乎也隱隱要漲成紫色了。

紫羅蘭對這蘿蔔有印象，他曾在某隻咒殺兔子的庭院見過。

所以……這個是思賓瑟種的蘿蔔吧？

思賓瑟的蘿蔔爲什麼會跑來東海裡？

紫羅蘭正百思不解，本來還打得難分難捨的兩隻巨蝦霍然停下動作，轉眼間變成兩名容貌出挑的男女。

他們詫異地仰頭向上看，更多長條物正往海底落下。

「什麼東西？」紫羅蘭的堂姊是名身材曼妙的女性，她好奇地一抬手指，水流立刻將其中一個長條物送到她眼前。

臉上青紫交錯，但還能窺見一絲英俊的堂姊夫湊過來，還趁機把手攬上妻子的腰，換來後者凶狠的一眼，卻也沒把那隻手拍掉。

夫妻倆定睛一看，接著瞠目結舌。

「這是……陸地上的蘿蔔？什麼時候變成這麼恐怖的模樣!?人類居然喜歡吃這個嗎？」堂姊抽著氣，驚恐於人類如今對食物的愛好。

「等等，它背部還是屁股上面好像有寫字……」堂姊夫眼尖，將另一根蘿蔔抓過來，「上面寫著……翡翠需要你……翡翠，這名字是不是在哪聽過？」

「你傻啊，就是紫羅蘭的恩人，他回來海裡後提過五千五百次以上了。」堂姊斜睨自己丈夫一眼，責怪他對堂弟的不上心，「我看看我這個有沒有寫……還眞的有耶！我這邊是寫……帶人手去落日森林？」

聞言，紫羅蘭連忙把自己手上的人面蘿蔔翻到背面，上面寫的是「翡翠需要你」。

三名東海皇族訝然地面面相覷，下一秒，他們果斷地聚集起仍不斷落下的人面蘿蔔。

無視那些人面蘿蔔露出痛苦的溺水表情，紫羅蘭將它們全都翻到背面，發現每一根蘿蔔都被刻了字。

不是「翡翠需要你」，就是「帶人手去落日森林」。

合起來就是──翡翠需要你，帶人手去落日森林。

紫羅蘭心頭一跳，會用這種蘿蔔來傳遞訊息的，估計只有思賓瑟了。

思賓瑟會送來這訊息，是不是表示著……

翡翠有危險了⁉

不行，翡翠不能有危險！

他還沒讓翡翠吃過他新研究的生蝦五十吃，還沒聽過翡翠對他優質肉片的讚美……

堂姊和堂姊夫自是不知短短時間內，紫羅蘭已經想那麼多。

夫妻倆對視一眼，得出共識。

──陸地上是不是出事了？

「姊姊、姊夫。」紫羅蘭抓緊一根人面蘿蔔，藍眸裡盛著憂傷霧氣，「我沒辦法看你們打到最後了，我必須……」

「咳，打架可以晚點，離婚也可以晚點。」堂姊趕忙說道。

「才沒要離婚啦。」堂姊夫小聲地說。

「紫羅蘭，你的恩人有難了對不對？」堂姊無視丈夫的抗議，豪氣地向紫羅蘭拍拍胸脯，「我們極火一族，是絕不能眼睜睜見恩人有難不幫忙的。既然對方需要人手，那我們就趕緊去跟陛下說一聲。」

「我明白了，那就麻煩姊姊妳替我通知，我先帶我自己的私人侍衛隊上去。」紫羅蘭展顏一笑，眉間憂愁消散，猶如陽光驅散了烏雲，「我先走了。」

話聲才剛落下，紫羅蘭瞬間化爲原形，巨大的雙水龍蝦以驚人的速度急竄向上。

堂姊沒想到紫羅蘭跑那麼快，喊都來不及喊，伸出的手只能再收回。她低頭看著滿地的人面蘿蔔，煩惱這該怎麼處理。

放著是不會污染東海啦……但長得這麼奇怪，感覺可能會對精神造成另一種污染啊。

「算了，等紫羅蘭回來再叫他自己負責。」堂姊果斷地甩開責任，她看了自己丈夫一眼，「我們立刻去找陛下！」

堂姊夫點點頭，與妻子變回巨蝦模樣，迅雷不及掩耳地游向深海的另一端。

✣✣✣

這是普通的一天。

普通地擊倒跑到村裡作亂的魔物、普通地完成任務後，等級是銅花的白羽冒險團見天色已晚，決定直接在林中過夜。

雖說身上備有乾糧，但既然都在森林裡了，不弄點肉來吃實在對不起自己的肚子。

感謝眞神保佑，他們運氣挺不錯的，沒過多久就獵回兩隻肥美的野兔。

將野兔剝皮、肢解，放在架上烤得表皮香酥焦脆、內裡鮮嫩，幾個大男人吃得心滿意足地拍拍肚皮。

他們圍著火堆閒聊了一會兒，直到睡意湧上，才分別在附近躺下，露天而眠。

爲了安全，他們在離營地不遠處放了一個高價買回的魔法道具，專門用來警戒魔物。要是有危險魔物靠近，就會警鈴大作，第一時間喚醒他們。

月亮隨著時間流逝慢慢移動位置，火堆也不知不覺熄滅。

白羽冒險團的團長因突來的尿意而不得不起來。

但濃濃的睡意仍拉扯他的眼皮，讓他懶得從地面爬起。他想忽略生理上的不適，但尿意卻越來越明顯，逼得他只能使勁撐開眼皮。

團長抹了把臉，鬱悶極了。他正夢到家裡老婆煮了一桌美味的料理，結果美夢就這麼被打斷。

「可惡啊……」就算再怎麼不甘願，他還是罵罵咧咧地站起了，找一處稍微遠離休息區的樹叢。

即使是深夜，解放時他依然希望能有點隱私。

聽著水流淅瀝瀝地落地，團長打著呵欠，不經意地抬頭向上望。

今晚的月亮很細，因此在他的預估裡，這一抬頭應該能看到滿天星空。

然而映入眼底的景象卻令他不敢置信地瞪大眼，身子反射性一哆嗦，差點要弄濕自己的雙手。

急急結束小解，團長隨意地擦了擦手，忙不迭再用力睜大眼睛向上看。

沒有看錯，點綴著繁星的夜空，此刻竟被一個龐大的魔法陣填滿。

繁複的線條勾勒出無數奇特的符紋，金銀銅的光彩交織出一片絢爛。

團長站立的位置僅能窺得魔法陣的一角，不難想像若是望見全貌會有多麼壯觀。

但即便只是局部，團長仍認得出這個法陣是什麼。

銅花等級以上的冒險獵人都知道。

——鳴花陣。

這是專屬於冒險公會的緊急動員通訊魔法，只有在發生大事時才會動用。

一旦發生大事，在經過三分之二公會負責人同意後，便能啓用，在四個分部的上方張開巨大的鳴花陣。

浮立在高空的魔法陣將會維持六日才消散。

鳴花陣是由無數猶如花朵的古怪符紋建構而成，每一朵花都代表著各自的含意，就像是特殊的密碼暗號。

換言之，這個鳴花陣等同於是向銅花等級以上的冒險獵人傳遞的緊急訊息。

發現鳴花陣在空中綻放，只要不是處於生死關頭，冒險獵人們就得即刻放下手邊的事務，依照鳴花陣的要求行動。

這是屬於冒險獵人的責任，也是義務。

也因爲如此，冒險獵人從鐵葉晉升至銅花時，都要學會辨別與記憶鳴花陣的每一個符紋，確保未來能夠解讀鳴花陣的內容。

白羽冒險團的團長自然也做過這方面的學習。

但就和絕大多數人一樣，他從不覺得會有派上用場的一天，畢竟上一次使用都是兩百年前的事了。
他一直以為自己這輩子恐怕沒機會親眼見識到，沒想到卻在今夜目睹了。
足足震驚了好一會，團長才猛地回過神來。
他急忙衝回營地，也不管幾個團員猶在呼呼大睡，當下扯著喉嚨大喊。
「起來！都給我起來！沒時間讓你們睡了！」
團長驚天動地的喊聲不僅嚇得同伴反射性睜眼彈起，就連棲停在樹上的鳥群也被驚動。
頓時一陣翅膀拍動聲傳來，一群飛鳥快速從茂盛的枝葉中飛竄至空中。
白羽冒險團的人誰也沒去關心那群飛鳥。
他們被自己團長的大嗓門嚇到，濃濃的睡意全都跑得不見蹤影。
他們以為有敵人來襲，反射性握住身旁的武器，神經緊繃地擺出警戒姿勢。
然而緊張兮兮地環視周圍好一會兒卻什麼也沒出現，只有團長瞪大眼睛看著他們。
「團長，敵人呢？」有人耐不住疑惑問了。
「什麼敵人？」冷不防聽見這個問題，團長不由得反問回去。
這下子團員們的臉色不好看了，他們睡得正香，團長這個混蛋卻無端吵醒他們。
幾人對望一眼，迅速達成共識，武器一扔，準備摩拳擦掌朝團長撲去，讓他體會一下好夢被擾的怒氣。

團長及時察覺團員對自己的不懷好意，趕忙後跳一大步，「沒有敵人，但有重要事！」

「有什麼比讓我們睡一覺還重要的？」一人不滿地抱怨。

「是緊急動員通訊魔法，公會啓用鳴花陣了！我們必須快點找個能看見全部法陣的地方解讀訊息！」

一開始，幾人還沒反應過來，等到消化完團長話語的含意，他們先是一怔，接著忍不住哈哈大笑。

「怎麼可能？團長你是睡傻了吧。」

「那種傳說中的魔法，哪會隨隨便便使用？」

「鳴花陣上一次用都是兩百年前的事了，哪可能這時候突然出現？」

「團長你肯定是在作夢，要是眞的出現鳴花陣，我就把我的頭髮全部……」

幾人本來還嘻嘻哈哈的，然而當他們不以爲然地仰頭向上看，從枝葉間隙瞧見異於夜空的絢爛光采後，他們的心頭咯噔了一下。

金色、銀色、銅色。

金穗、銀實、銅花。

難不成團長說的是真的？

「傻著做什麼？還不快上樹！」團長高聲催促。

這一喊，眾人瞬間拉回神智。

他們連忙跟隨團長的動作，快速爬上樹，踩踏著樹枝，來到樹木的最頂端。

少了繁盛枝葉的遮擋，眾人登時清楚望見森林上空完全被瑰麗磅礴的魔法陣覆蓋住了。

金、銀、銅三種光芒縱橫交織，勾勒出一朵又一朵的花。

與他們在成為銅花冒險獵人時學習過的一樣。

——是鳴花陣。

白羽冒險團的團員不禁瞪大眼、張大嘴，沒想到有生之年自己居然會親眼目睹傳說中的魔法陣。

震驚過後，他們心頭不由得一沉。

冒險公會竟然會啓動這個魔法，這豈不表示……出大事了？

「團長，我們現在是……」

「這還用問嗎？」團長的神情轉為嚴肅，「馬上解讀鳴花陣上的訊息，看公會要我們做什麼。」

好在冒險公會會定時進行鳴花陣的測驗，以免冒險獵人遺忘當初所學，這才讓白羽冒險團在初見鳴花陣時，不至於陷入手忙腳亂，無從下手的窘境。

花了一點時間，白羽冒險團順利解讀鳴花陣傳遞的訊息。只是眾人的心頭都像壓上了一塊沉甸甸的石頭，彷彿連呼吸都感到沉重。

就算天色尚未亮起，可誰也沒了再睡回籠覺的心思。

在團長的一聲令下，眾人匆匆收拾行李，動身離開森林。

白羽冒險團與其他瞧見魔法陣的冒險獵人一樣，爲了鳴花陣發布的重要任務，急切地踏上旅程。

鳴花陣的任務有兩個。

而白羽冒險團選擇了第一個。

他們決定連夜趕往雪霧林。

第7章

雪霧林。

一個似乎終年飄著迷濛雪霧的地方，位在馥曼的西北方。

那裡的樹四季都是花期，隨時開綻雪白的花朵，花瓣又薄又軟，就像一團團棉絮圍簇在一起。

風吹拂過，花朵就會自枝頭落下，像飄著薄薄的雪，飄著薄薄的霧。

因而才會有「雪霧林」這個稱呼。

雪霧林範圍極廣，涵蓋好幾座山頭，白花點綴在山間，遠看就像殘雪未融。

雖然雪霧林名字美麗，林中飄花的景象也相當風雅，不失爲賞花的好地方，可平時卻鮮少有人願意靠近。

只因這裡有大量鳥形魔物出沒。

它們外觀與麻雀差不多，屬於群居魔物，發現一隻，往往代表周圍藏著一大群。

它們對聲音也相當敏感，察覺有生物入侵自己的勢力範圍，都會不客氣地群起攻擊——

除非弱小到讓它們看不上眼，否則無論是誰都會遭到啄擊。

但這地方今日卻迎來了大隊人馬。

爲首的是馥曼城主，一個不管體型或臉龐都讓人想到白饅頭的中年男人。

他身後除了自己的軍隊，還跟著多支冒險團，以及一隊擅用光系魔法的武裝教士。

「哈啾！」霍夫曼打了一個大大的噴嚏。

雖說還沒正式踏入雪霧林，但棉絮般的花瓣已讓他鼻子發癢，眉頭同時深深皺起。

霍夫曼的臣子不是沒勸阻過，覺得尋找黑雪召喚陣一事交給冒險獵人和底下士兵即可，他身爲一城之主，不須以身試險。

霍夫曼則認爲雪霧林既然離馥曼最近，他身爲馥曼的城主，自然該親自領兵，找出那個威脅南大陸人民生命的黑雪召喚陣。

霍夫曼將所有人分成多支隊伍，各小隊負責不同區域。

小隊中再選出一個隊長，要是碰到緊急狀況，隊長就會使用高級傳音蟲聯絡。

眾人謹記著降低音量，以免驚擾到魔物，引起不必要的麻煩。分配好負責區域後，便迅速四散行動。

煌星冒險團也是參與這次行動的團隊之一。

團長希格莉莉是個高瘦的半妖精女性，尖長的耳朵覆著短短的絨羽。

她率領自己的團員往西邊山頭前行。

一行人放輕步伐，大多依靠手勢進行溝通；倘若真有說話的必要，也都輕聲細語，就怕被魔物注意到。

白花不時如雪絮飄落下來，有時過於密集，像霜雪白霧般干擾視線。

驀地，希格莉莉瞧見前頭有一抹落單的人影。

那背影看著有絲眼熟，只是一時半會兒喊不出名字。

但肯定是認識的人。

希格莉莉頓時邁開大步，腳步聲刻意稍微放大，好讓前方的人主動察覺自己的接近。

果然，那人很快回過頭。

希格莉莉露出驚訝的表情，她沒想到會在這裡看見萊恩·約翰。

——約翰冒險團的團長。

希格莉莉的煌星冒險團隸屬馥曼分部，她曾聽說過發生在萊恩身上的事。

萊恩與他的團員及更多冒險獵人在數個月前的海棘島事件後失蹤，自此下落不明。

當時沒人知道這些人是遭到榮光會的偷襲，他們被奪走意識和行動力，如同貨物被運送到瓦倫蒂亞黑市。

所有人被分開囚禁，歷經多次的嚴刑拷打，接著又經過多次轉運。

過程中不是沒人想要試圖逃離，可榮光會不知用了什麼手段，讓他們終日只能昏昏沉沉，如同砧板上的魚，全然無力反抗。

最後約翰冒險團和一部分人被送至一座沿海小村莊。

這裡似乎就是終點，他們不再被移送，看守他們的榮光會成員也放鬆了警戒。

這讓約翰冒險團尋得了機會，只是他們的逃脫計畫仍舊被察覺。

身爲團長的萊恩在同伴全力掩護之下，成功逃出生天。他一路逃至馥曼，幸運地被霍夫曼的警衛隊所救，繼而聯絡上公會負責人。

根據萊恩提供的線索，卡薩布蘭加等人找到了白房子村，只是當初被囚禁在那的冒險獵人皆成爲黑雪召喚陣的養分。

就連約翰冒險團也不例外。

煌星冒險團和約翰冒險團有著不錯的交情，也曾合作過多次任務，聽說發生在萊恩身上的憾事後，希格莉莉曾私下探訪過對方。

只是萊恩的情況相當糟，雖說身體情況有好轉，可得知自己的團員全部遇害，他整個人就像被抽去了靈魂，猶如行屍走肉一般。

希格莉莉只能慰問幾句，草草地結束那次會面。

她沒想到會在這次的行動中看見萊恩。

這一次，對方看上去比先前好了一些，起碼眼底有了火焰，不再黯淡無光。

「希格莉莉。」見是友人，萊恩放鬆緊繃的身體，按在劍柄上的手也放下了，「你們煌星也來了啊。」

希格莉莉的團員發現前方的人原來是萊恩，紛紛以點頭或揮手向對方打招呼。

「都看到鳴花陣了，怎麼可能不過來？」就算這裡的天空看不見那個絢麗的巨型魔法陣，希格莉莉也不會忘記初見時的深深震撼。

能夠見到傳說中的魔法陣，激動是有的。

可陣法裡傳達的訊息，無疑讓人心頭覆上一層濃濃陰霾。

鳴花陣給銅花以上的冒險獵人兩個任務的選擇。

一是趕來雪霧林，協助馥曼城主搜尋黑雪召喚陣的位置，發現後立刻破壞。

一是前去南大陸各處，找出另外兩個黑雪召喚陣。

自從黑雪病出現後，大陸上都知道黑雪是多麼可怕的存在。

可如今居然有人設下黑雪召喚陣，要為世界帶來一場駭人災難。

要是在一定期限內不破壞那幾個召喚陣，黑雪就會從天而降，繼而覆蓋南大陸。

如今時間所剩不多，任誰都巴不得能趕緊找到黑雪召喚陣所在之處。

希格莉莉幾人自然不例外。

他們加快腳步，不忘以銳利的目光搜查周邊，試圖找出任何細小的不對勁。

有時他們抬頭向上看，能望見零星、宛如冰雕的鳥類魔物。

在沒有過大聲響的驚擾下，魔物對下方的冒險獵人們視若無睹，偶爾會張嘴啼叫幾聲，發出「咄咄咄」，類似敲擊木頭的聲音。

希格莉莉等人迅速自樹下通過，同時心裡不免納悶，林中魔物的數量居然比預期的少太多，彷彿它們都躲起來不肯露面。

但這點並不合理，它們可不是什麼怕生的魔物。

「真奇怪……」希格莉莉以氣聲與自家副團長交談，「這裡的魔物太少了。」

「總不會跑去睡覺吧。」副團長開玩笑地說，試圖沖散團長眉宇間的憂慮，「那它們睡得可真夠熟的。」

「要是通通都睡著了，那就真神保佑了。」希格莉莉捧場地彎起嘴角，眼角餘光瞥見一邊的萊恩忽地佇立不動，雙腳似乎在原地生了根。

「萊恩？」希格莉莉疑惑地問。

萊恩神情覆上迷茫，「妳有聽到嗎？」

「什麼？」希格莉莉更加納悶了，但也下意識跟著豎耳傾聽。

煌星冒險團的其他人見團長東張西望，還把手圈在耳邊，彷彿在聆聽什麼的模樣，不自覺跟著動作。

雪霧林仍是一片寂靜。

除了風聲、枝葉被吹動的沙沙聲，似乎沒什麼異聲。

……不對！

煌星冒險團瞬時眼神一凜，後頸寒毛連帶豎起。

太安靜了。

就連魔物的叫聲都沒有。

究竟是什麼時候開始，雪霧林變得如此安靜，如此地……令人心生不祥。

萊恩像是沒發覺煌星冒險團的緊張，無預警拔腿往某個方向狂奔。

「萊恩！」希格莉莉大吃一驚，驚喊脫口而出，接著她反應過來自己犯了雪霧林中不能製造大聲響的禁忌。

她與團員立刻全身緊繃，留意著周遭的動靜。

然而什麼事也沒發生。

預期中大批鳥類魔物從樹林裡飛出的畫面並沒有出現。

同時，萊恩也越跑越遠。

希格莉莉彈了下舌，顧不得釐清其中古怪，連忙與團員緊追在後。

萊恩就像無頭蒼蠅般在林中亂竄，對於身後壓低的急促呼喊充耳不聞。

「團長，萊恩到底是怎麼了？」有團員不解地問。

希格莉莉也想知道。

他們追著萊恩越加深入雪霧林，如今也辨識不出是在哪個方位了。

就在這當下，另一側忽地傳來腳步聲。

煌星冒險團循聲望去，赫然發現來者也算熟人。

是白羽冒險團。

「煌星的，你們也來了啊。有什麼發現嗎？」白羽冒險團的團長低聲打了招呼，隨即注意到前方一道人影的存在，「那是……」

認出那人的身分後，他一時驚詫地忘記控制音量。

「萊恩．約翰!?靠，要命！」

猛然意識到自己太大聲了，白羽冒險團的團長變了臉色，就怕那些類似麻雀的凶暴魔物集體竄出。

煌星冒險團也緊張起來，畢竟之前雖然無事，但不代表這次會那麼幸運。

可出乎眾人的意料，雪霧林裡依然毫無動靜。

所有人驚疑地環視四周。

照理說，魔物應該被驚動了，怎會一隻都沒看見？

但放眼望去，四周確實平靜得很。

雖說難以理解那些冰系鳥類魔物怎麼改了性子，可不管如何，眼下狀況對冒險獵人更爲有利。

「它們都冬眠去了嗎？」白羽冒險團團長嘀咕。

「嚴格來說，現在不是冬季，亞里斯。」希格莉莉指出他話裡的漏洞。

「我只是隨便說說，何必當眞。」亞里斯的視線瞥向前頭忽然停住的萊恩，他小小聲地問著，「萊恩怎麼會出現在這？他們整團……不是都失蹤了嗎？」

希格莉莉知道白羽冒險團還不曉得最新情況，正當她要簡單解釋時，她聽見萊恩在前方喃喃出聲。

「在這……他們在這……」

「萊恩？」希格莉莉疑惑地往前走了幾步，想弄清對方在說什麼。

然而一靠近萊恩，她震驚地倒抽了一口氣。

她的抽氣聲在靜謐的林間顯得格外響亮，讓亞里斯不禁大皺眉頭，覺得希格莉莉也太粗心，他們現在可是待在那些鳥類魔物的大本營中。

就算先前沒瞧見它們，可誰能保證待會不會出現。

亞里斯想上前提醒希格莉莉，只不過等到他走至對方身邊，換他做出了同樣動作。

亞里斯不只重重地倒吸一口氣，甚至驚嚷出聲，「這……這些人是!?」

其餘冒險獵人趕忙圍過去，隨著他們看清前方景象，震愕顯現在一張張臉孔上。

誰也沒想到雪霧林的深處居然隱匿著一座類似祭壇的石台。

石台周邊被一叢叢低矮、似紅梅的植物包圍。

石台上刻畫了一個複雜的赤色魔法陣，正中央有一枚銀蛇叼咬三片葉子的圖騰，銀蛇眼珠的位置鑲嵌了兩顆鮮紅似血的赤色寶石。

這個圖案，與冒險公會提供的資料一樣。

在白房子村發現的魔法陣也有相同的銀蛇銜葉圖案。

這就是……黑雪召喚陣！

但令希格莉莉等人大感震撼的不僅是這個魔法陣，還有環立法陣周遭的樹木。

這地方的樹特別壯碩，樹幹粗大，起碼兩人才有辦法完全環抱。

而在這些粗大的樹幹內……竟嵌埋著活生生的人。

這些人有男有女，大多是青壯年紀，他們的胸口以下都埋進樹裡，手臂也被樹幹吞沒，只露出手掌部分。

從胸口的起伏可以看出他們還活著，只是似乎喪失了意識，就連亞里斯的驚喊也沒讓他們睜開眼。

希格莉莉從中發現了幾張熟面孔，其他人雖說不認識，卻不妨礙她判斷這些人究竟是何身分。

——是在海棘島上失蹤的冒險獵人。

「眞神在上，是誰做出這種事？」人群中有人發出了不敢置信的低呼。

「還能是誰，肯定是榮光會的雜種！沒看到法陣裡的那條蛇嗎？那可是榮光會的象徵。」煌星冒險團的一人恨恨地說，「團長，我們快去救他們出來！」

「等等。」希格莉莉也想救人，可某種直覺拉住了她的腳步，「萊恩，你是怎麼找到這裡的？」

希格莉莉沒忘記，萊恩先前說聽到了聲音，接著就拋下他們往前跑。

雖說他的行動看起來毫無章法，彷彿無頭蒼蠅到處亂竄，可最後也帶著他們來到了這個地方。

希格莉莉不認爲純粹是巧合。

萊恩沒有回應希格莉莉的問話，他依然背對著所有人，嘴裡不住喃喃重覆字詞。

「他們在這……他們在這……」

「喂，萊恩．約翰……」亞里斯也感到一絲怪異，伸手搭上萊恩肩膀，「你有聽到嗎？」

隨著亞里斯手掌的碰觸，後者身體猝然一個哆嗦，接著整個人陷入古怪的顫抖中。

萊恩的身體抖個不停，皮膚表層像經歷一場大地震，跟著起伏不休。

那光景說有多詭異就有多詭異。

亞里斯被嚇到般縮回手，「怎麼回事？我可沒對他……」

他剩下的話哽在喉嚨，眼睛越睜越大，眼珠像要掉出眼眶。

不能怪白羽冒險團的團長怎露出這般惶恐的表情，實在是他目睹的畫面太過驚悚。

全身抖個不停的萊恩轉過頭來，嘴巴揚起一抹怪異的笑，嘴裡逸出的聲音變成古怪的嘶嘶聲，就像蛇吐蛇信。

「他們在這，我也在這。」

「他們要醒了，我也要醒了。」

「他在說什麼？他不是本來就醒著嗎？」白羽冒險團的人茫然說道。

下一剎那，萊恩·約翰就像被抽光體內的骨頭，軀體如爛泥癱軟在地。

他的頭顱、胸腹、雙腿全都像泥巴堆疊在一起，看起來已經不像人了。

饒是見慣各種場面的冒險獵人也不禁白了臉。

就在此時，嵌埋在樹幹內的人不約而同地張開雙眼。

原先束縛他們的硬實樹幹轉眼如遇熱融化的奶油，成爲軟爛的物質崩塌下來。

那些冒險獵人搖搖晃晃地走出來，臉上一片木然，好似沒有瞧見希格莉莉他們，也沒有露出重獲自由的喜悅。

他們像受到無形絲線牽引，一步步走近黑雪召喚陣，在法陣周邊跪下，腦袋伏地，背脊弓起。

令人匪夷所思的發展讓希格莉莉等人不敢輕舉妄動。

下一秒，那些弓著背的冒險獵人也像被抽光了骨頭，軟肉般趴跪在地面上，接著他們的皮膚也掀起劇烈浪濤。

不只他們，萊恩身上也出現恐怖異變。

不過頃刻間，那些冒險獵人就變成類似海葵的怪物。

該是身軀的位置成了圓柱狀，表面如同覆著冰晶，頭顱旁邊則被無數看似柔軟張揚的觸手圍繞。

一張張或熟悉或陌生的臉龐衝著希格莉莉等人露出笑容，緊接著他們的下頷裂為數瓣，從裡頭又鑽出一條水管似的口器，末端環繞著一圈尖牙。

「噫！」不知道誰發出了悲鳴。

還有人反射性摀著嘴，拚命壓抑從喉頭湧上的反胃感。

有的人忍不住，直接乾嘔出來。

眼前的這一幕簡直就是……對眞神的褻瀆。

希格莉莉臉上血色一口氣褪去，她手指顫抖，喉頭像被灼燙的鐵塊塞滿。

她聽說榮光會在進行奇美拉的實驗，不僅融合不同魔物，甚至還將人形種族作爲素材。

但一切的聽說，都比不上自己親眼目睹。

希格莉莉現在只有一個念頭：榮光會他媽的瘋了嗎！

就在這瞬間，黑雪召喚陣裡的銀蛇眼瞳亮起，不祥的赤紅光芒在法陣中央閃爍。

所有人見到多條紅紋從石台上飛快往外延伸，一下竄過他們腳下，持續往外擴散。

說時遲、那時快，化身為奇美拉的失蹤冒險獵人們發出震耳欲聾的咆哮，一對對如寒冰雕成的翅膀「唰」地張啓。

「榮光會這個婊子養的……」亞里斯呻吟出聲，「那個翅膀……」

怪不得雪霧林裡至今不見那些鳥類魔物的蹤影。

因爲它們都成爲了奇美拉計畫的實驗素材！

「愛瑪拉，施放煙火百合！」希格莉莉當機立斷喊道。

煌星冒險團的副團長即刻照辦。

黑色花苞一砸撞上地面，馬上發出響亮的長鳴，隨後便見到燃燒成一團火焰的煙火百合拖著長長的尾巴衝上雲霄，在白日下炸出一片闐黑醒目的煙火。

希格莉莉拿出高級傳音蟲，急促地聯繫另一端。

「這裡是第四分隊的煌星，請諸位馬上往煙火百合的方位趕來！發現黑雪召喚陣，以及……由失蹤獵人和魔物變成的奇美拉！」

不管馥曼城主在高級傳音蟲裡震驚嚷嚷，希格莉莉結束通訊，抽出佩劍，銀亮的刀刃剎那映出她堅毅的眼。

即便面對窮凶惡極的奇美拉，甚至那些奇美拉有些還是自己認識的人所變，煌星冒險團和白羽冒險團都不曾退怯。

黑雪召喚陣就在前方，不突破奇美拉的戰線就無法破壞。

他們不能退，只能戰。

「煌星——」希格莉莉高喝。

「白羽——」亞里斯大吼。

他們的喊聲交融成不滅的焰火。

「打倒它們，破壞召喚陣！」

「這裡是第四分隊的煌星，請諸位馬上往煙火百合的方位趕來！發現黑雪召喚陣，以及……由失蹤獵人和魔物變成的奇美拉！」

聽著從高級傳音蟲裡傳遞來的驚人消息，馥曼城主一張白胖的臉龐都要發青了。

「喂，煌星的！喂喂？」

可任憑霍夫曼怎麼追喊，另一端再也沒有半點回應。

意識到對方結束了通訊，霍夫曼低咒一聲，即刻朝身邊的護衛長招手，也不壓低音量。

「快爬上去看，確認煙火百合是在哪個方位！」

霍夫曼一行人行走至此，雖然力求謹慎，但還是有數次不小心製造出稍大的聲響。

然而他們碰上的魔物卻是零零星星，沒有預期中的群體攻擊。

這個疑惑始終像烏雲盤踞在他們心頭，如今因煌星冒險團的一席話解開謎題。

戴著面具的護衛長身手矯健地爬上樹梢，不消一會兒就傳來回報。

「報告，是在北北西！」

「所有人聽令——」霍夫曼揚高嗓子，對著跟隨自己的第一分隊高聲命令，「全速前往北北西！」

霍夫曼不忘拿出另外幾隻高級傳音蟲，將煌星冒險團傳來的緊急消息發布給第二和第三分隊，要他們儘可能在最短時間內趕去支援。

霍夫曼率領由馥曼士兵和部分武裝教士組成的第一分隊，馬不停蹄地急急趕路。

起初還要不時派人至樹上確認煙火百合的位置，避免前進路線出現偏差。

到了後來，沿著山坡地出現的赤紅紋路反倒成爲他們的指引。

乍見到那些不知要擴散到何處的赤紋，霍夫曼心中浮上不安，可仍極力維持鎭定，強硬地命令眾人別因爲這些紋路停下。

只要破壞黑雪召喚陣，這些古怪的赤紅圖紋想必就會消失不見。

他們的目標只有一個，就是黑雪召喚陣！

越是接近煙火百合施放位置，山林間的騷動也變得越漸清晰。

令人顫慄、分不出是何種生物發出的咆哮聲不時迴響在雪霧林中。

霍夫曼比出個全軍戒備的手勢。

馥曼士兵有志一同地抽出武器，與武裝教士步步爲營地靠近躁動來源處。

而當他們望見那些相貌醜惡猙獰，偏偏巨口中又保留人臉的奇美拉，只覺眼前一陣暈眩，胃部更像是被重重擊了一拳，作嘔感直衝而來。

除了毛骨悚然，他們一時竟找不出其他字詞形容此刻感受。

似乎是嗅到其餘生物的氣味，數隻奇美拉猛地扭過頭，從人臉下頷延伸出來的口器迅猛地向新獵物襲去。

「一、二小隊攔住奇美拉，第三小隊負責破壞魔法陣！」

在霍夫曼的命令下，馥曼士兵訓練有素地分散成三支隊伍，各自展開行動。

霍夫曼也拔出大刀，加入圍剿奇美拉的行列。

他在成爲馥曼城主之前，在軍中打滾過好一段時間，長年的軍旅、戰鬥生活磨練出他的身手，卻磨不平他的易胖體質。

不過即使體型圓潤，他也依然是一名靈活矯健的胖子。

見援兵到來，白羽冒險團和煌星冒險團不由得鬆了一口氣。

可很快地，他們發現這口氣鬆得太早。

石台周邊倏地泛起異於赤紅的碧光。

隨著碧綠光輝大熾，簇擁著石台的紅梅竟產生異變。

上一刻還是普通的花叢，下一刻赫然發出窸窸窣窣的聲響，旋即花叢顫動，一改原先低矮的模樣。

就像是蜷縮的野獸徹底伸展身體，它們由小變大，一下膨脹爲近一人的高度；枝條表面轉眼覆上冰晶，桃紅色的花苞朝外開綻，露出藏在苞片上的密密利齒。

誰也沒想到，這些看似尋常的植物也是經過實驗的奇美拉。

每朵花苞都在發出怪異的鳴叫，聽起來是「咄咄咄」，彷彿有誰在敲擊著木頭。

希格莉莉心下一沉，那是鳥類魔物的叫聲。

這些植物，竟也融合了那些鳥類的魔物！

植物形態的奇美拉搖晃著身軀，下一瞬從中竄射出眾多枝條，上頭的花苞張牙舞爪，一下就讓來不及防備的冒險獵人和馥曼士兵見了血。

霍夫曼只想痛罵髒話，原以爲憑靠著他們人數上的優勢，還能壓制海葵外貌的奇美拉，偏偏現在又多了一批。

那些紅梅甚至更爲棘手，它們雖然生長在土壤裡，目前看來沒有移動能力，但那些四處亂竄的枝條彌補了這個缺點。

就在下一剎那，映入霍夫曼視野中的光景讓他如墜冰窖。

幾株梅花從土裡拔出了它們的根，成爲掙脫鎖鍊的野獸。

獲得行動能力的奇美拉爲人群帶來了血肉橫飛與慘叫。

眼看局面要被逆轉，千鈞一髮之際，無數灰暗藤蔓自四面八方湧上。

灰藤靈敏避開奮戰中的人群，纏捲住梅花瘋舞的細韌枝條，牽制住它們的行動，和它們互相較勁，靠著更爲強勢的力量封鎖它們的攻勢。

突來的變故令眾人大吃一驚，他們反射性望向周圍，想要找出幫助他們的人究竟是誰。

只見一名高壯男人從林中沉穩走出，後方還跟著一支隊伍。

他的灰藍髮絲凌亂飛舞，像是糾結成一團的海草，暴露衣外的膚色則宛如大理石蒼白。

「誰？那麼醜！」霍夫曼瞪大了眼，連忙朝自己的護衛長看去，「這傢伙到底是誰？」

護衛長給不出答案，他也不曉得突然闖入戰場、及時解除眾人危機的男人究竟是哪一號人物。

唯一可以確定的只有一件事，那是友方。

不僅霍夫曼這邊百思不解，就連冒險獵人那方也陷入疑惑。

來人相貌搶眼，高壯的個子更令人印象深刻。

但他們確信自己不曾見過這號人物，如果見過，絕對不會忘記才對。

直到那名男人言簡意賅地扔下兩個字，說明了自己的身分。

「——烏蕨。」

及時帶隊前來支援的不是別人，正是華格那分部負責人的烏蕨．麥爾西。

第8章

臨近加雅的落日森林裡，一支近六十人的隊伍就像被看不見的障礙遮擋一樣，不停在同一區域打轉。

這些人主要是隸屬羅謝教團的第三武裝教士團，極少數的人則是屬於——

「啊啊啊，煩死了！要在這地方耗多久時間？珂妮．邦妮，妳最好馬上預知出我們具體的目的地在哪裡！」

穿著兔耳外套的橘髮少年突地掏出一把槍，槍口對著身穿白色大氅的金髮少女。

但在黑黝黝的槍口抵上少女額角前，數把劍刃已抽離劍鞘，不約而同地直指瑞比。

負責帶隊的維克托神色冷硬，眼裡充斥濃厚的警告意味，「誰准你對珂妮小姐動手的？神厄的傢伙就是這麼不懂禮貌。」

「呵。」瑞比冷笑一聲，持槍動作依舊，絲毫不受周邊劍刃脅迫，「要我提醒你們這幾個沒帶腦子的，珂妮跟我一樣是神厄的嗎？」

不僅對瑞比舉劍相向的幾人，四周的武裝教士也紛紛朝他投來不善的視線。

雖說都隸屬羅謝教團，可武裝教士團和神厄可說等同明與暗、光與影的存在。

一邊認爲對方是陰溝裡的老鼠，上不了檯面；一邊認爲對方不過是溫室的花朵，沒有經過嚴苛環境的考驗。

這也造成雙方關係極差，向來看彼此不順眼。只要碰上，往往就是一陣針鋒相對。

在這之中，珂妮是個例外。

外表清純甜美，說話語氣總是柔柔細細的金髮少女在教團中備受眾人喜愛——就算她是神厄的成員，也不妨礙教士們將她視爲偶像般的存在。

更何況她還擁有預知的天賦，這讓珂妮的地位更是與眾不同。

「哎，大家別吵啦。維克托和瑞比前輩也冷靜點，你們要喝兔兔牌番茄汁嗎？超好喝的兔兔牌番茄汁喔。」彷彿不覺氣氛緊繃，珂妮笑容閃耀地從大氅下掏出由小箱子盛裝的六瓶飲料。

印在箱子上的小兔子抱著大大的番茄，也跟著笑得閃閃發亮。

霎時，原本護衛在珂妮身邊的武裝教士鳥獸散，其中以維克托跑得最快。

就算珂妮是全教團的偶像，他們也不想再繼續被番茄汁茶毒。

任誰被迫天天照三餐喝兔兔牌番茄汁，都會內心對它產生大面積的陰影。

瑞比也是想跑的一個，只是他顯然一開始就被盯上。腳才剛抬起，兔耳外套連同上衣的衣領就被一隻纖白的手臂大力拽住。

力道之大，差點把他勒得喘不過氣。

瑞比的臉色都發青了，他用槍托重重砸上珂妮的手臂，總算換得順暢的呼吸。

「妳這個粗魯女，是想把我勒死嗎！」瑞比凶惡地瞪向珂妮。

若目光能化為實體，這一刻想必成了多發子彈，不留情地洞穿珂妮身上。

「抱歉啦，瑞比前輩。」珂妮也意識到自己力道沒控制好，細聲細氣地道歉，「但這也不能怪我，誰教我們現在就在森林裡，到處都是土地嘛。」

地兔族只要和大地接觸，就能短時間發揮驚人怪力。

如今待在森林裡，珂妮可說一直處於怪力滿滿的狀態。

瑞比彈了下舌，不想再討論力氣方面的問題，「妳到底能不能給個確定、肯定的答案出來？我們可是在這地方打轉好幾個小時了。」

「瑞比前輩，你要有耐心，耐心是一項美德。」珂妮認真地勸說，「眞神教導過世人，人只要耐心等待，迎來的結果才是最為……」

「信不信我揍妳也是一項美德。」瑞比皮笑肉不笑地向珂妮展示捏緊的拳頭。

珂妮瑟縮了下肩膀，不敢再向瑞比灌輸眞神的教誨，「那個，我……再試試。」瞥見瑞比目光透出凶惡，珂妮急忙改口，「我努力試試！這個眞的只能試了，畢竟也不是我能控制的。」

瑞比哼了一聲，總算饒過珂妮。

他也明白，即便是擁有「預知的珂妮」這個稱號，但對方不是想預知就能預知的。她的這個能力飄忽不定，就算是她自己，也無法知道何時會顯露預知的力量，只能耐心等待。

就在數天前，珂妮作了一場與黑雪召喚陣相關的預知夢。

夢境模糊，珂妮只記得黑雪不停落下，接著是幾個場景快速閃現，細節曖昧不明。但羅謝教團還是從珂妮的敘述中拼湊出線索，發現南大陸有兩個地方符合條件。如此一來，只能前往確認，再進行排除了。

這兩個地方分別是加雅南方，靠近蘇蘇里西亞火山之處，由加雅負責人流蘇率領冒險獵人前往搜尋；另一個則是加雅北方的落日森林，也就是瑞比他們如今身處之地。

教團派來的人員不多，但都是菁英，由第三武裝教士團的副團長維克托負責帶領。更多的人手則是前往尋找另一個法陣的藏匿處。

南大陸如此遼闊，黑雪召喚陣藏在哪裡都有可能。因此無論是教團、冒險公會，都必須投入更多人力進去。

這個任務彷彿大海撈針。

雖說在珂妮的預知下，其中一個法陣的搜尋範圍一下子縮小許多。可對瑞比他們而言，要在廣大的落日森林裡找一個可能被刻意隱藏的魔法陣，也不是件容易的事。

一行人為了找到黑雪召喚陣，已經在落日森林裡進行多日地毯式搜尋。

只不過目前毫無成果。

落日森林裡放眼望去都是大同小異的風景。

一年四季皆為橘紅葉片的樹木即便在白日，也像沉浸於落日餘暉中，艷麗得彷彿即將燃燒起來。

瑞比本來就不是多喜歡大自然的人。

他更寧願待在室內吹著涼涼的風，喝著冷飲，咬著冰塊。

連日來看著一成不變的景色，他都覺得快看吐了。

瑞比拿起掛在腰間的瓶子，倒出冰塊咬——這是一個魔法道具，瓶身刻了魔法陣，能夠讓放在裡面的東西保持原本溫度。

瑞比在瓶內塞滿冰塊，也多虧這些冰塊，才能讓他在搜尋不到的情況下保持耐心及冷靜。

就算珂妮認爲他壓根缺乏耐心這個東西，但在瑞比自己看來，他沒眞的開槍就是極大耐心的表現了。

珂妮其實也有點心急。

他們時間有限，要是再不趕快找到黑雪召喚陣，法法依特南大陸就要迎來一場恐怖的黑色夢魘。

「夢夢夢……」明明自己先前才說過要有耐心，但珂妮仍是不自覺地緊握雙手，嘴裡唸唸有辭，雙腳更是控制不住地在原地轉起圈圈，似乎這樣就能再次發動預知能力。

瑞比瞥了不自覺流露一絲焦慮的金髮少女，「妳別走來走去，看了煩。而且地面都要被妳踩得凹陷了，妳是想證明妳多重是嗎？」

「瑞比前輩你太失禮了，我才不重，少女是像棉花一樣輕飄飄的生物！」珂妮皺眉反駁，但還是依言找了塊平坦處，靠著樹幹席地而坐。

瑞比翻了個白眼。

把地面踩出深深凹痕的人好意思說自己輕飄飄？

珂妮仰頭望著被橙紅葉片切割成不規則形狀的天空，憂愁地嘆了一口氣。

要是能再次預知就好了。

要是可以獲得更詳細、明確的線索……

「別想那麼多，說不定那個召喚陣不是在這裡，而是在蘇蘇里西亞火山那邊。」瑞比一眼看穿了珂妮的煩惱。

「可是……」珂妮看上去更沮喪了，「我們到現在還沒收到消息啊，這表示另一邊也沒有發現吧。」

「眞是夠了，喝妳那難喝的番茄汁去，少在那邊說些沒用的喪氣話。」

「啊！瑞比前輩你可以罵我，但絕對不能罵兔兔牌番茄汁！」珂妮瞬間被轉移注意力，忘了先前的灰心喪志，「明明喝過的人都說讚，這可是我們地兔族的珍寶！」

「那就把你們的珍寶留在族裡，少拿出來禍害他人。」瑞比毫不掩飾他的嫌棄。

「你在說什麼？好東西當然要跟認識或不認識的人一起分享啊。」珂妮振振有詞，不忘把一瓶兔兔牌番茄汁舉高，「瑞比前輩，你只是因爲喝太少才……」

「我去那邊看看情況。」瑞比果斷選擇遠離珂妮。

要是再待下去，這女人說不定就會強行以怪力將一瓶兩瓶三瓶……很多瓶兔兔牌番茄汁灌進他的嘴巴裡。

這種慘劇瑞比一路上看得夠多了，一點也不想要成爲今日的犧牲者。

瑞比身爲珂妮的貼身護衛，自是不會離她太遠。

落日森林沒聽說有什麼危險魔物出沒，但事情總是怕有萬一。

萬一森林裡眞藏有黑雪召喚陣，誰知道榮光會是不是預先設下了陷阱，或是安排奇美拉埋伏。

聽著瑞比沒有離得太遠的動靜，珂妮閉上眼，想好好整理思緒。可她合上眼皮後，意識猛地遭到短暫抽離。

本該變成黑暗的視野內驟然出現一片烈焰。

熊熊大火在燃燒，像要把周遭所有一切燃燒殆盡。

唯有一棵樹木在肆虐的焰火中屹立不搖。

橙紅葉片彷彿也要被舞動的火焰一併燃燒。

漆黑的雪屑緩緩落下，將樹梢尖端滲染成一抹漆黑。

最終一切都被大火吞噬，獨獨剩下那抹漆黑還殘留著……

坐在樹下的少女霍地張開眼睛，她輕抽了一口氣，胸口處的心臟跳得又快又猛烈。

她作夢了。

是預知夢！

「瑞比前輩！瑞比前輩！」珂妮忙不迭揚聲大喊，一見張揚的熟悉人影進入視野，她心急地一躍而起，一把抓住瑞比的手腕，「我看到了……我看到了！」

「珂妮．邦妮……」瑞比咬牙切齒，感覺自己的骨頭像要被捏碎，「妳最好看到有幫助的，還有放開妳該死粗魯的肥兔掌！」

「噫！哪裡有肥？怎麼看都很纖細呀！」珂妮下意識低頭看向雙手，隨後才反應過來自己又不小心太大力了。她飛快鬆開手，對浮現在瑞比手腕上的一圈指印感到些許心虛，「那個，瑞比前輩……我請你喝番茄汁作爲賠償吧。」

「妳別讓我喝那玩意，就是最大賠償了。」瑞比甩甩手，沒好氣地瞪了一眼，「叫我幹嘛？妳說妳看到什麼了？」

「是樹，我看到樹木！」珂妮猛然憶起正事，迫切地說：「也不是真的樹，就是……」

珂妮吸了一口氣，鄭重無比地開口：

「我在夢裡看到了一棵樹木，它的樹梢頂端……是黑色的。」

瑞比神色一變。

珂妮會提及夢，只有一個可能——那是一個預知夢。

瑞比立刻拿出鳴哨，吹出尖高嘹亮的音響，將四散的武裝教士們召集回來。

等所有人都回來，珂妮說出自己夢見的景象。

關鍵在於那棵被染成黑色的樹。

在佔地廣袤的落日森林裡找某棵樹，無疑是個浩大工程，可沒人對珂妮的話提出質疑。

包括瑞比。

——預知的珂妮是不會出錯的。

或許是運氣終於願意站到他們這邊，歷經數小時的搜索後，又一陣尖銳哨音響徹森林。

瑞比飛快從樹上滑躍而下，與同樣從另一棵樹上跳下的珂妮對視一眼。

一長兩短的哨音——有人發現目標物了！

其他教士陸續趕來，珂妮他們則是最先抵達現場。

那是一棵乍看下沒什麼特別的樹木，但從樹上躍下的教士信誓旦旦地保證，最頂端的樹枝和葉片都像被潑上墨水般，一片漆黑。

瑞比一向只相信自己親眼所見，他親自又爬上去一趟，靈活地踩踏著橫出的枝椏，攀著樹枝一路來到最上方。

從層層枝葉中探出頭，可以望見四周開闊的景象，沐浴在日光下的葉片彷如烈焰燃燒，令人產生身陷火海的奇異錯覺。

同時也讓橙紅中的黑暗更爲顯眼。

瑞比看著自己攀爬上來的這棵樹木，正如方才那名教士所說，樹梢全泛成不祥的漆黑，就連葉子也像吸滿了黑水。

瑞比折下一截發黑樹枝，飛快回到地面上。

「確實黑得不像話。」瑞比讓大夥看清那根黑樹枝後，隨手一扔。

「克雷，你剛還有發現什麼不對勁的地方嗎？」珂妮細聲問向最先發現這棵樹的教士。

克雷搖搖頭，「樹下沒發覺異常，樹上……也就只有頂端發黑。」

珂妮蹙著眉，示意其他人讓出空間給她，她繞著這棵樹走了一圈。

不管是地面或樹幹上，的確沒有不對勁之處。

除了頂端發黑，就像是一棵再普通不過的樹。

珂妮回想著夢境裡的畫面，黑雪染黑了樹木，大火燃燒著樹木……火焰！

「瑞比前輩，你有帶火屬性的魔紋彈在身上吧？」珂妮連忙問道。

「有是有，妳要……」瑞比霍地反應過來，「妳要燒樹？跟夢裡一樣？」

「試試看……記得火焰的威力不要太大，萬一引起森林火災就不好了，瑞比前輩你一定會被主教長扣錢扣到死的。」珂妮一副爲瑞比擔憂的模樣。

瑞比只想翻一個大大的白眼，「我要是被扣錢，就把妳的錢挖過來補。」

「你說什麼？珂妮小姐的錢是神聖純潔的，你那隻被貪婪和黑暗污染的手別想要褻瀆！」馬上有教士高聲指責，「神厄的傢伙果然……」

瑞比沒興趣聽人廢話，他扣下扳機。

「砰」的一聲槍響劃過林間，子彈擊中教士鞋尖前的地面，連帶掐斷對方的聲音。

那人臉色青白交錯，身旁的教士像被激怒般瞪視著兔耳外套少年。

「瑞比·瑞比特！」維克托沉下臉，目光嚴厲，「你最好適可而止。」

「再囉嗦，下一次就不會打偏了。」瑞比冷冷一笑，不管其他人怎麼想，換上附有火屬性魔法的魔紋彈，這次對準了樹開槍。

赤色火焰在樹根附近炸開，火舌舔上樹幹，只在小範圍內燃燒。

樹皮一下就被高溫燙成深色，在深暗中同時還有一抹異樣顏色浮現出來。

那是鮮紅似血的顏色。

乍看下，宛如有血從樹皮內滲出。

彷彿受到高溫影響，鮮紅越冒越多，緊接無數紋路在樹上一口氣顯現，繁雜的圖紋從樹幹往下延伸，最末在樹根周圍勾勒出一個碩大的魔法陣。

隨著圓形勾畫完成，樹幹上也跟著浮出一條修長銀蛇。它的眼瞳被赤色覆蓋，張開的蛇口叼咬著三片葉子。

震驚染上一雙雙眼睛。

誰也沒想到，黑雪召喚陣竟是藏在這裡。

瑞比眼神瞬變，立即填充殺傷力強大的魔紋彈，子彈一上膛，搭在扳機前的食指就要扣下。

有什麼聲音快一步響起。

窸窸窣窣、窸窸窣窣……

聲音從四面八方而來，像是把這方區域都包圍住。

所有人心生警覺，手指握住各自的武器。

可接下來進入他們視線中的，卻是讓人始料未及的光景。

多道人影從林中走出，然後是更多更多人影。

年紀清一色是青壯年的男男女女一步步朝珂妮他們所在位置靠近，他們雙眼無神，神情木然，髮間露出的尖長耳朵說明了他們的身分。

「妖精！」一名教士愕然地嚷，「爲什麼這裡會出現這麼多妖精？」

「不對！」另一人嚴肅反駁，「他們不是妖精。看清楚一點，有的人身上還有其他種族特徵。」

就如那名教士所說，那些人中有的長著獸耳，有的臉上覆著鱗片，有的頭上頂著犄角。

純種妖精身上絕不可能出現這些。

那些人是……

「半妖精……」珂妮喃喃地說，下一秒她倒抽一口氣，看向瑞比，「瑞比前輩，難道說他們是……」

「估計是。」瑞比神色難看，與珂妮想的是同一件事。

幾個月前，珂妮因爲預知夢和瑞比等人前往格里尼的弦月區。

在那邊生活的族群以半妖精爲大宗，也就是所謂的混血妖精。

而榮光會的人藏身其中，利用不明藥劑讓弦月區的居民被魔物寄生。

經過一番努力，受害的人們終於脫離危險、恢復正常，可一夜過後，被安置在教堂裡的他們卻平空消失了。

教團至今仍在協助弦月區尋找那些下落不明的半妖精。

沒人知道他們究竟被帶到哪去。

而現在，珂妮他們知道答案了。

面對這些逐漸朝他們逼近的半妖精，瑞比最先有了反應。

他的手臂毫不猶豫地朝後一伸，對著後方刻有法陣的樹直接開槍。

子彈挾帶著獠牙般的白煙噴吐而出，眼看就要擊中法陣銀蛇的蛇首。

不料法陣裡銀光倏然一閃，形成一層障壁，竟將子彈攔阻在外。

瑞比不信邪地再連開數槍。

但只要子彈即將觸及法陣，銀光就會瞬間亮起，守護著法陣的安全。

「媽的！」瑞比看著自己浪費的子彈，惱火地彈了下舌。

而刺耳的槍聲就像某種開關，竟讓半妖精停下了腳步。

突來的狀況讓武裝教士們心生疑惑，可誰也不敢因此放鬆戒備，每個人的肌肉都緊繃著，確保隨時能進入戰鬥。

半妖精依舊停佇在原地沒有動彈，可他們身上驀然有東西動了。

細小的枝條先是從半妖精的衣服底下竄出，隨後冒出花苞，花瓣往外綻放，頃刻間成了一朵朵迎風搖曳的鮮艷花朵。

「蘿絲瑪麗！」珂妮瞳孔收縮，不敢相信自己會在這裡再次見到曾寄生在半妖精身上的魔物。

這種魔物雖然有著美麗的名字，卻相當棘手。它們會寄附在健康的軀體上，汲取宿主的魔力，傳送給母體。

「不對，蘿絲瑪麗怎麼會寄生在他們身上？他們之前不是早被榨乾魔力了，要恢復也沒那麼快！」瑞比立刻察覺到不合理。

就像是印證瑞比的猜測，那些頭部開出奇異大花的半妖精產生了新的異變。

他們胸腹中間倏地出現一條白線。

不，那原來是一道白色的裂口。

白色物質如泡泡迅速從裂口中湧出，一下將半妖精的下半身覆蓋住。

相似的場景讓珂妮的一顆心如泡入冰水裡，她摀著嘴，壓抑住險些竄上的哀鳴。

不過是幾個眨眼，那些半妖精就失去人形。

它們化身成一隻隻雪白螳螂，外殼覆著鳥類般的羽毛，兩隻前足宛若鋒利的大鐮刀，頭部則被花朵取代。

「啊啊……啊啊啊……」珂妮還是忍不住悲鳴出聲了。

那些半妖精不是被蘿絲瑪麗寄生。

他們是被融入蘿絲瑪麗，成爲人造魔物——奇美拉！

「伊利葉根本就是瘋子！」待在神厄裡，瑞比看過太多黑暗的事物，可此刻眼前所見的一切，仍超乎他的想像。

那麼多的半妖精，全都被變爲奇美拉……

一想到奇美拉計畫還是由那個早該死透的大魔法師所主導，瑞比就覺得胸口像被令人不快的東西堵住。

「救不回來了，對吧……」珂妮低聲說道。

「別說傻話了。」瑞比嗤笑一聲，眼裡不帶感情。

就在這瞬間，奇美拉猛然仰頭長嘯，雙足高舉。它們就像被解除了靜止狀態，霎時如洶湧潮水向人們襲來。

「第三武裝教士團，準備——」在維克托的喝令下，所有教士整齊劃一地舉起長劍，銀亮劍身映出一張張毅然的面容及一雙雙凌厲眼睛。

維克托強而有力地砸下了最後五個字，「將敵人殲滅！」

武裝教士像是黑色閃電衝向前，與奇美拉正面展開衝突。

壁壘分明的兩波勢力就像白與黑的浪潮在對抗，在爭個你死我活。

「珂妮，妳有帶那個吧！」瑞比猶如一陣狂風，一晃眼越過珂妮身邊，只剩扔下的話語在珂妮耳邊打轉，「給我拿出妳吃奶的力氣，用盡全力打爆它！」

「我……我才不吃奶，地兔族都是喝番茄汁長大的啦！」珂妮漲紅了臉，要不是場合不對，她眞想拿東西扔向瑞比。

珂妮快速拿出一副金屬拳套，雙手一套，握起手指成拳，讓兩個拳頭互撞一下，拳套表面登時亮起奧祕的光紋。

那是一副帶有抗魔效果的拳套，能夠降低魔法的力量。

珂妮深吸一口氣，碧眸裡燃起堅毅。

「啊——」金髮少女大喝一聲，毫不留情地朝黑雪召喚陣揮出蓄滿勁道的拳頭。

閃銀的防護障壁果然又亮起，意圖阻擋外來的破壞。

珂妮沒有停下，揮出的拳頭如狂風暴雨砸落，「砰砰砰」的擊打聲不斷在森林中迴盪。

就像陣陣撼動人心的鼓聲。

知道珂妮將安危全交付給他們，武裝教士更是卯足了勁，奮力和奇美拉進行廝殺。

尖銳的金屬交擊聲不絕於耳，屬於魔物的嘯聲更是此起彼落。

瑞比就像飛燕般在教士與魔物之間敏捷穿梭，兔耳外套隨著他的動作掀飛，槍枝在他掌心靈活翻轉，黑黝黝的槍口接二連三地噴射出子彈。

魔紋彈挾裹著凶悍的威力，彈無虛發地擊中目標。

有了弦月區那次經驗，瑞比清楚火系魔紋彈更能對肖似螳螂的奇美拉造成傷害。

但這次的數量眞的太多了。

白色魔物彷彿多到能將他們淹沒。

鮮血不斷灑濺至地面、樹木、草葉，無論是奇美拉或武裝教士都免不了負傷。

但誰也沒有停下。

下一剎那，幾隻奇美拉竟張口吐出強力火焰。

有的武裝教士閃避不及，頓時受到大片灼燒。

熊熊烈火橫掃，迅速讓樹林或是地面的草葉燃燒起來。

焦味混著血腥味，形成難以形容的刺鼻味道。

更多奇美拉吐出大火。

火勢眼看就要一發不可收拾，落日森林將會化成一片煉獄火海。

「克雷、朱利安！」維克托持劍與奇美拉的鐮刀撞上，雙臂肌肉因使力而鼓起，青筋更是在手背上一條條迸出，「使出水系魔法，設法將火撲滅！其他人掩護他們！」

但不待克雷與朱利安詠唱咒語，落日森林中的溫度陡然降低，不該在這個時節出現的寒意撲面而來。

「地面……結冰了!?」一名武裝教士驚愕喊道：「怎麼回事？」

沒人可以回答這個問題。

克雷和朱利安更是難掩茫然，他們甚至都還沒唸咒。

泛著冷氣的寒冰依舊沿著地面向前一路蔓延，如同獲得生命力的大蛇，直衝燒起的樹叢而去。

「還有上面！」扭過頭的珂妮正巧撞見空中的異常。

沒人察覺之際，高空竟凝聚出密密麻麻的水球。

它們齊齊浮在高處，表面折閃著火炎的光輝，彷彿一顆顆剔透的橘紅寶石。

下一剎那，所有水球一口氣破碎，大量清水灑落下來，澆淋在熊熊火勢上。

緊接著又是一波新的水球成形，再破碎。

又是冰又是水的，瑞比腦中最先跳出一個名字。

路那利！

可轉眼他就抹去這名字，對方跟著繁星冒險團行動，根本不可能來到此地。

瑞比環視周圍被寒冰凍覆的樹林，就算水之魔女能操控水，但眼前規模實在太誇張了。

奇美拉也察覺到有第三方接近，它們東張西望，發出疑惑的嗡嗡聲。

「希望我們沒有來得太遲。」

一道柔和男聲驟然切入充滿血與焦痕的戰場，淺紫色的長髮隨即像一抹煙霞進入眾人視線中。

那是一名與戰場格格不入、給予人夢幻感的紫髮男子，身後跟著大批人馬，水流似生物般環繞在他們周圍。

紫羅蘭漾開淺淺的笑。

「我聽翡翠說這裡需要人手，所以我帶我的護衛隊過來了，我的兄弟姊妹很快也會上岸支援的。」

第9章

厚重的窗簾將窗戶掩得密密實實，阻擋來自外界的所有光線。

明明還是大白天，可馥曼分部裡頭卻幽暗如夜。

下一瞬，微弱的火光驅散了小小範圍的黑暗。

一盞、兩盞、三盞……更多火苗燃起，橘紅火光在暗室裡躍動，映亮更大片區域。

也映亮一名全身用紅斗篷包裹得緊緊的削瘦身形。

金耀的髮絲從斗篷兜帽下凌亂跑出，一張猶帶稚氣的臉蛋在光影明滅下透出幾分詭異，尤其眼下的黑眼圈更加重了陰森感。

鬱金就站在兩排慘白蠟燭的中間，面前是一鼎正在加熱的漆黑大釜。

釜內盛滿紫色液體，隨著溫度的升高，表面逐漸冒出代表沸騰的泡泡。

啵啵啵、啵啵啵……

鬱金閉上雙眼，高舉雙手，兩側蠟燭在這一剎那壯大了火勢，將四周景物的影子一口氣放大。

包括靜靜佇立在鬱金身後的三個草人。

草人身上不僅套著精緻的衣物，還用乾草編織出頭髮的象徵，視線猛地掃去，恐怕會誤以爲是眞人。

事實上，與馥曼分部熟識的人都看得出來，草人的外貌就是三名不在場的負責人。

如今的馥曼分部裡，只有鬱金獨自留守。

卡薩布蘭加一休養完畢，就帶著人追在繁星冒險團後面支援了。

至於另外兩位負責人，他們人在北大陸，一時半會趕不回來，只能用通訊魔法不時關注這裡的情況。

卡薩布蘭加出門時，鬱金其實也想跟去。這絕對不是因爲他感到寂寞，他只是……

沒錯，他就只是怕卡薩布蘭加那個女人逞強裝沒事！

畢竟那傢伙前陣子在白房子村幾乎榨乾了魔力，回到馥曼後直接倒地不起，嚇得他差點以爲對方發生不測。

結果衝過去，卻發現卡薩布蘭加是在呼呼大睡，睡到都發出鼾聲了。

但即便鬱金內心有過渴望，最後他還是選擇留下。

他很清楚公會必須有負責人鎮守才行。

爲了避免卡薩布蘭加耗費太多不必要的魔力，通訊魔法除非必要時刻才會啓用。這也造成鬱金無法時時掌握她目前的狀態。

爲了穩定躁動不安的心情，鬱金決定趁著月柒日，也就是公會沒有對外營業的這一天進行占卜。

做好占卜的事前準備——確認大釜裡的紫色液體徹底沸騰，不只冒泡，還要像是有某種黏稠生物即將誕生——鬱金揭下斗篷兜帽，拿起一根大勺，開始用力地攪拌那好似散發邪惡氛圍的詭異湯汁。

隨著大勺的攪動，大釜內甚至傳出陣陣哀鳴，彷彿有無數人在嗚嗚噎噎地哭嚎。

鬱金神色不變，耐心等待，直到濃濃白煙開始成形，並且往周圍擴散。

片刻後，整個公會大廳都瀰漫著白煙，幾乎遮蔽了視線。

站立在煙氣中的紅斗篷人影倏然扔開大勺，高舉雙臂，用被白煙熏得沙啞的嗓子大喊。

「在未知的空白中，顯現出未來的軌跡，揭開黑暗的面紗！悲嘆吧、哀嚎吧、哭泣吧、讚頌吧！我將窺見星辰之景！」

鬱金極力睜大眼，也不管一雙漂亮的眼睛同樣也被濃煙熏得直冒眼淚，意圖在面前的白茫之中看到給予他的啓示。

淚眼矇矓中，鬱金看到了。

無數花朵齊放，卻又在下一刻盡染闃黑。

當最後一縷繽紛色彩被黑暗吞吃殆盡，所有花朵發出了淒厲的哀鳴。

刺耳的聲音如同一把尖利的刀，狠狠戳進鬱金的腦內和耳內。

「啊！」鬱金就像受驚般往後踉蹌幾步，再跌坐在地板上。他睜著流淚的紅通通眼睛，震驚地望著前方。

白煙裡已經什麼都看不見。

花消失了。

那道可怕的哀鳴聲也消失了。

大廳裡只剩下鬱金急促的呼吸聲及液體冒泡翻滾的聲音。

鬱金的胸膛重重地起伏幾下，雙眼彷彿毫無焦距地望著虛空，可腦海卻飛速運轉。

那些花……那些花是什麼意思？

還有花朵爲什麼會發出哀鳴？

那幅景象究竟是在暗示什麼……

下一剎那，鬱金吸了一口氣，顧不得擦去臉上淚痕，他即刻跳起，衝去窗邊扯開窗簾。

室外的耀眼陽光如金針扎了進來，讓來不及適應光明的鬱金發出一聲慘叫，摀著臉又向後連退幾步。

等到烙印在眼底的刺目白光終於退去，鬱金重新張開雙眼，一個箭步再回到窗邊，打開窗戶。

他探頭往空中看，這次沒忘記先用手遮擋在雙眼上方，巨大無比的鳴花陣正盤踞在馥曼的上空。

鳴花陣……鳴花陣！

方才他在白煙裡所見的光景，跟鳴花陣有什麼關聯嗎？

鬱金緊盯著天空中的巨型魔法陣，擱在窗台上的手指無意識地敲點著。金銀銅三種色彩交織出一片絢爛華麗，他看不出有哪裡不對勁。

敲打的手指驀地停住。

鬱金還是看不出鳴花陣有哪裡不對，所以他決定從另一個方向下手。

行動前他沒忘記讓大釜恢復平靜，免得紫色液體眞的化成某種黏稠的生物爬出來。

鬱金三步併作兩步地跑到二樓的資料室，裡面是滿滿的書籍和文件，書櫃裡擺不下的就堆疊在走道上，形成一座另類的小型迷宮。

鬱金早把所有資料的擺放順序牢記在腦中，就算閉著眼睛也能流暢地走到書櫃前，找到他想要的東西。

鬱金要找的是關於鳴花陣的資料。

對於鳴花陣，他了解的不算太多，只知道是公會在三百多年前創造出的魔法陣，只有在重大事件發生時才會被啓動。

算上這一次，鳴花陣至今也才使用過兩次。

鬱金快速翻閱著關於鳴花陣的記錄，一目十行地掃過上面的文字敘述。

包含它的創造發想、魔力的運用、圖紋的繪製、每一朵花代表的暗號……

以及寫在最後的研發者名單。

參與創造鳴花陣的人員有十來位，有鬱金見過的名字，也有對他來說陌生的名字。

當他目光落至最後的人名，琥珀色的瞳孔遽然收縮，頸後寒毛不受控地豎起。

伊利葉．縹碧．坦夏爾。

大魔法師伊利葉在三百多年前也曾參與過鳴花陣的建構！

縱使那個時間點黑雪還未現世，伊利葉在建構鳴花陣時不可能懷抱著召喚黑雪的念頭，但鬱金還是不由自主地往最壞的方向想。

萬一呢？

萬一伊利葉曾對鳴花陣動了什麼手腳？

這個念頭一旦浮起，就再也揮之不去，甚至像條無形的繩索纏繞上鬱金的頸項。

鬱金能感受到那條繩子在不斷縮緊，令他喘不過氣，同時也越發坐立不安。

鬱金再也按捺不住，他必須找個人說出他的發現。

他第一時間想到的自然是卡薩布蘭加，但思及無法知道對方此刻狀況，萬一她剛好碰上危險，又因爲自己的通訊魔法而分神……

鬱金用力搖搖頭，不敢再想下去。他做了一個深呼吸，很快有了決斷。

既然卡薩布蘭加不適合，那麼最合適的人選就只有……

水銀色的漣漪轉眼在半空浮現擴散，形成一面水鏡般的存在。

緊接著其餘色彩從鏡中滲染出來，異於馥曼分部資料室的景象在鬱金眼前展開。

一名全身上下被灰色系包圍的女子出現在水鏡中。

正是塔爾分部的灰罌粟。

灰罌粟坐在桌前，手邊擺著成疊的文件，一雙灰瞳筆直地望著鬱金。

「怎麼忽然聯絡我了？」

「灰罌粟，我占卜了！我看到花在悲鳴，黑暗覆蓋！」

「等一下。」灰罌粟不得不舉手打斷鬱金的滔滔不絕，她眉頭微皺，眉間浮現淺淺的折痕，「把所有形容、誇飾、比喻的用法都拿掉，直接用最簡單的方式向我說明。」

如果卡薩布蘭加在還好，起碼她能即時替鬱金翻譯。

但如今卡薩布蘭加人不在，灰罌粟也不想浪費過多時間在猜謎上。

鬱金愣了愣，一張漂亮的臉蛋苦惱地皺起，似乎在思考該如何轉換他平常的用詞。半晌後，他終於知道該怎麼說了。

「——當年創建鳴花陣的人員中有伊利葉！」

灰罌粟還來不及疑惑鬱金的第一句話跟第二句話之間到底有什麼關聯，就先被第二句話釋放出的訊息震驚到。

總是神色冷淡、似乎對周遭事物提不起興趣的塔爾負責人張大眼，破天荒面露震愕。

「你說……什麼？」

「占卜見到的景象給了我不祥的預兆，所以我去查了鳴花陣的資料。」鬱金這一次說得更加流暢，「最後在名單內發現伊利葉的名字。灰罌粟，妳說他當年……」

「你懷疑他是不是曾在暗中對鳴花陣動過什麼手腳嗎？」灰罌粟立即領會鬱金這次通訊

的目的。

鬱金點點頭，「雖然時間點對不太上，也可能是我杞人憂天，但我就是擔心……」

灰罌粟可以明白鬱金的擔憂。

黑雪現世是近期的事，三百多年前的伊利葉理應不會抱持召喚黑雪的想法。

然而無人知曉即使成爲靈也想爲世界帶來終焉的男人，三百年前是否曾動過相似念頭。

鳴花陣一旦展開，將會持續六天方會消散。

如果中途想撤下，每個分部都必須有兩位負責人同時在場才有辦法執行。

偏偏現在所有分部皆只有一名負責人留守，其餘都加入搜尋黑雪召喚陣的行列。

但好在鳴花陣啓用至今也來到第五天了，只要再一天，它就會自動關閉。

灰罌粟擱在桌面的手指屈起，指尖無意識地敲點著桌面，「鳴花陣明天就結束了，只要它消失，無論伊利葉是否曾經動過手腳，照理說也無法再造成影響……而在這之前，我會派我的寵物們持續不懈地盯緊它的。」

「我也會盯好我們馥曼這邊的。」鬱金承諾著。

灰罌粟卻是搖搖頭，「你得先休息一下了，鬱金。你沒注意到自己的黑眼圈有多重嗎？」

鬱金反射性摸上自己眼下，他這幾天別說沒睡好，甚至連鏡中的自己都沒仔細看過。

「你可以再試試不好好休息一下，等卡薩布蘭加回來，她就會告訴你有多重。」灰罌粟慢條斯理地給出提議。

鬱金瘋狂地搖頭否決了。

先不論他的黑眼圈有多重，只要卡薩布蘭加知道他沒好好休息，就會露出不出所料的笑容，接著誇張地說：

「鬱金小可憐因為我不在的關係寂寞得無法入睡嗎？真的太可憐了，難道你沒有試著把穿上我衣服的草人抱上床一起陪睡嗎？還是說不是真人就沒有效果吧啦吧啦……」

鬱金搓搓雙臂，打了個哆嗦，他才不想被卡薩布蘭加大肆嘲笑。

「我這就去休息，我現在馬上去睡一覺！灰罌粟，嗚花陣再拜託妳留意了。」

看著眼前水鏡褪去色彩，最末消逝得無影無蹤，灰罌粟拿起桌邊搖鈴晃動幾下。

叮鈴、叮鈴、叮鈴。

馬上有數具骷髏出現在灰罌粟面前。

「暫時停下手邊的事，接下來你們必須每一分每一秒盯著外面的嗚花陣。」灰罌粟有條不紊地指示，「只要有任何異常變化，第一時間通知我，就算那時的我睡著了也一樣。」

骷髏們依言行動，還不忘分工合作。

有的上樓坐在窗台邊，仰高頭骨，專心盯著緊鄰塔爾分部的魔法陣局部；有的爬上塔頂，從不同方位眺望遠方。

骷髏不會疲累，更不用說感到眼睛酸澀——它們早就連眼珠子都沒有了，只剩黑漆漆的兩個孔洞而已。

有它們幫忙盯梢，灰罌粟放心許多。

保險起見，灰罌粟也聯絡了另外兩個分部的負責人，要他們多注意鳴花陣的變化。

直到入夜，骷髏們都沒有傳來任何回報。

覆蓋整個塔爾及周圍區域的鳴花陣並沒有出現異樣。

灰罌粟揉按了下發漲的額角，熄去公會大廳裡的燈火，回到自個兒寢室休息。

她由衷希望明日鳴花陣就自動消失，不要出現什麼令他們無法掌控的意外。

但意外——往往來得突如其來，令人措手不及的，才會被稱為意外。

灰罌粟是在半夜時被尖銳鈴聲驚醒的。

她猛地睜開眼，灰眸裡的睡意瞬間消散得一乾二淨。

那個聲音……那是緊急通訊魔法！

灰罌粟坐直身體，剛撈了一件外套披上，她正前方的壁面上就顯現出一片銀白。

水銀般的色澤迅速擴散，就像一面偌大的鏡子掛在牆上。

緊接著其餘色彩浮現。

使用緊急通訊魔法的人影進入灰罌粟的視野內。

那人個頭嬌小，外貌如同稚齡孩童，金黃髮絲就像是在陽光下鋪展開的麥田，一雙黑瞳透出萬分焦灼。

赫然是華格那分部的春麥。

「灰罌粟，我們這邊的鳴花陣有點不對勁！」春麥圍著耐髒的圍裙，臉上沾著未乾的顏料，顯然不久前還在作畫，「我剛在外面寫生，卻看到鳴花陣它……它長出新的花了！」

「什麼意思？」灰罌粟神情一凜，沒想到先出現問題的會是華格那那邊。

「鳴花陣不是金、銀、銅，三種顏色嗎？」春麥趕忙從圍裙口袋掏了掏，拿出一枚映畫石，「我存下來了，妳快看！」

映畫石播放出一幅景象。

那是黑夜下的部分鳴花陣，原本該是由代表著金穗、銀實、銅花的三種光紋縱橫交織，可此時呈現在兩名負責人眼前的，竟是從中開出鮮紅花朵的樣貌。

不，那不是真的花。

而是鳴花陣居然無中生有地長出赤紅的紋路，紅紋纏繞出花朵的模樣。

「是伊利葉嗎？他當年真的在鳴花陣裡動了手腳!?」春麥急得跳腳，「他怎麼敢……我要把他畫成最醜的苦瓜！」

「妳把他畫成冬瓜也無濟於事。」灰罌粟強迫自己穩定震盪的心緒，尋回冷靜，「誰離妳那邊最近？」

春麥知道灰罌粟指的是在外的負責人，她飛快想了一圈人選，搖搖頭，「大家離華格那都很遠，不可能一天內趕過來。不過明天就是第六天了，鳴花陣到時會消失的吧。」

「最怕就是……它不消失了。」灰罌粟輕聲道，「除了開花外，它還有什麼變化？」

「目前沒有。」春麥皺皺鼻尖，也知道灰罌粟的擔憂，「我等等就去通知華格那的員工，要他們全天候待命。要是真有什麼不對，我也會趕緊聯絡妳跟其他人。」

雖說華格那的鳴花陣有了不尋常的變化，但灰罌粟和春麥眼下也只能靜觀其變。

結束與春麥的通訊，灰罌粟攏了攏外套，走到窗邊向外看。

塔爾夜空下的鳴花陣依舊閃耀，金銀銅三色沒有滲出異常的色彩。

但在灰罌粟看來，這無疑就像暴風雨來臨前的寧靜。

這一夜，灰罌粟睡得不甚安穩。

當屬於白日的光線自窗外刺入時，她第一時間就睜開眼睛。

窗外的鳴花陣一如前幾日。

守踞在高塔的骷髏也沒有傳來回報。

那股無端令灰罌粟感到如履薄冰的寧靜依舊持續。

天色大亮不久，還沒正式對外營業的塔爾分部內已有諸多職員來回走動。人們不是在忙著搬文件，就是在尋找自己需要的資料，或是疑惑著今日的骷髏數量怎麼減少了，一問才知道是在屋頂上觀察鳴花陣。

灰罌粟習慣性爲自己泡了一壺糖花紅茶，銀雕小湯匙在茶湯裡轉動幾圈，製造出的漣漪一圈圈地向外擴散。

灰罌粟垂著眼，聽著周圍人聲流動。

「不知道雪霧林那邊的狀況如何了？另外兩個召喚陣也希望快點找出來。」

「雪霧林聽說有烏蕨先生帶隊過去，應該會順利的吧……」

「你覺得另一個召喚陣是藏在落日森林還是蘇蘇里西亞火山？」

「比起這個，我更想知道目前還毫無頭緒的那一個會出現在哪裡。」

「對了，白薔薇先生和黑薔薇先生是前往哪一邊？他們是不是有召喚陣的線索了？」

「我也不清楚，只聽說他們前幾天就出遠門……」

聽見另外兩位負責人的名字被提起，灰罌粟心念微動，她自是知悉他們的去處。與眾人猜想的不同，黑薔薇與白薔薇並非前往尋找黑雪召喚陣，而是另有要務。

灰罌粟不打算說出來，她將銀湯匙從杯中取出，擱放在茶杯碟上。

就在銀湯匙在碟上敲出細響的剎那間，大廳內霍然出現尖銳高亢的鈴音。

灰罌粟猛地挺直背脊，原先充斥人聲的空間跟著轉爲靜默，人們的臉孔上寫滿愕然和驚訝。

這是緊急通訊魔法的鈴聲。

灰罌粟直覺不管是誰與自己聯繫，帶來的恐怕都不會是好消息。

這個想法在春麥蒼白的臉蛋出現在水鏡裡時被證實了。

灰罌粟迎來了一個壞消息。

比她所做的各種揣測……都還要更壞的消息。

過度震驚下，灰罌粟破天荒打翻了面前的瓷杯，紅茶翻溢，在桌面上四處流淌。

任憑暗紅色的液體把桌上文件染濕，灰罌粟的指關節用力到泛出青白。

從昨夜到現在，暴風雨前夕的那份寧靜終於被徹底打破。

以華格那邊界為始。

黑雪……落下了。

✣✣✣

那是一片彷若能將所有光線吞噬的黑暗。

黑暗霍然破碎，碎成大大小小的碎片。

碎片又像被看不見的力量絞得更碎，碎得如同飄下的雪花……

落在翡翠觸手可及的前方。

翡翠下意識對不停落下的黑雪感到排斥，可同時又像受到另一股欲望驅使，讓他不由自主地想要朝前伸出手。

心裡有個聲音在告訴他，只要碰到了，他就會知道那是……

突來的一個猛烈顛簸，讓坐在馬車裡閉目養神的綠髮青年身子晃震，原本閉起的雙眼也反射性睜開。

翡翠一下子還沒從恍惚中回過神來，他眨眨眼睛，待焦距集中，他的眼前是兩張如出一轍的面孔。

不管是眉眼或臉部線條，都宛如同個模子印出來的一樣。

最大的差異在於兩人的髮色、眼色，簡直像是顛倒的鏡像般，形成壁壘分明的黑與白。

「……我睡著了？」翡翠用力揉了下臉，問著與他們繁星冒險團同行的黑白薔薇。

黑薔薇沉默不語，只用點頭作爲回答。

他本來就是寡言的人，自從浮空之島事件過後，變得越發安靜了，往往靜得像條被人忽略的影子。

「嗯，你剛似乎是睡著了。」白薔薇笑語盈盈地說，「你作夢了嗎？」

「好像夢到黑雪了……眞不吉利，還不如讓我夢到一些好吃的。」翡翠伸伸懶腰，把方才的夢拋到腦後。

「翠翠，有震到你嗎？都是路那利太不會駕車啦！」一顆白色腦袋突地由外探進。

珊瑚以旁人眼中相當危險的姿勢倒掛在車廂外，桃紅色眸子關切地望著翡翠。

「我沒事，只是嚇一跳。」翡翠笑著說，「妳跟珍珠、瑪瑙在上面也要多注意一點。」

「珊瑚大人一點問題都……哇啊！」馬車無預警的震動讓她上半身跟著大力擺晃一下。翡翠一顆心險些提到嗓子眼，「珊瑚！」

「沒事、沒事，珊瑚大人超厲害的。」珊瑚轉眼穩住重心，「翠翠沒事就好啦，那我回上面啦。」

珊瑚一個俐落動作，人就消失在翡翠的視野當中。回到車頂上後，就對上一雙居高臨下俯視她的金黃眼瞳。

瑪瑙就像是若有所思地審視著珊瑚，那不帶溫度的目光讓後者無來由感到毛毛的。

「幹嘛啦！明明是珊瑚大人猜拳猜贏，你自己猜輸，不能下去是你笨耶！」珊瑚不服輸地瞪視回去，「瑪瑙你到底在看什麼啦！」

「我猜，他是在看到底該不該趁機把妳踢下去。」珍珠慢悠悠的嗓音從書中傳來。

瑪瑙對此完全沒有否認。

「什麼？什麼什麼什麼——」珊瑚大驚後氣得跳起，像隻暴躁的小狗對著瑪瑙哇哇叫，「瑪瑙你這個大壞蛋！就說是你自己笨蛋耶！你猜輸了還想對珊瑚大人下毒手，你真的是壞壞——壞精靈！」

「還有路那利！」珊瑚有時的確是反應遲鈍了點，但不代表真的是一個笨蛋。罵完瑪瑙，她立刻將矛頭轉向前方負責駕車的水之魔女。

——當然，在瑪瑙眼裡，她就是一個大蠢蛋。

「你是故意的對不對？你想害珊瑚大人掉下去！」

不管是瑪瑙或路那利，對珊瑚的指責皆充耳不聞。

不過珊瑚的脾氣向來來得快，去得也快。見沒人回應，珍珠又埋頭看小說，珊瑚抱著雙臂，臉頰鼓起，生了一會兒悶氣後便把這事拋到腦後了。

反正都是珊瑚大人太厲害了，他們兩個才會嫉妒！珊瑚喜孜孜地想著，來到珍珠身側坐下，瞄了一眼，發現珍珠手上的書又換了一本。

一樣是伊斯坦的作品，書名則叫作……

「嬌弱美蝦寵上天！」珊瑚百思不解地大聲唸出，心中則是想著蝦子要怎麼上天啊，桑回的腦子眞奇怪。

她可不敢眞的把吐槽說出來，以免珍珠投來銳利的譴責視線。

聽見珊瑚唸出的書名，正在喝水的翡翠頓時嗆到，他連忙用手摀著嘴巴，等到咳聲稍歇，才用手背把唇角的水漬擦拭乾淨。

黑薔薇眼尖地注意到翡翠的前襟也被水沾濕了，他向白薔薇拊耳低語，接著自己再掏出手帕遞向前。

「你的衣服也弄濕了，擦一擦吧，黑薔薇說的。」白薔薇說道。

翡翠以為下一句就會等到類似「你眞該對黑薔薇的善良感激涕零」的話語，可只見白薔薇的唇邊掛著似乎永遠不會變動的弧度。

翡翠恍然，想起這不再是他熟悉的那位白薔薇了。

渾然不在意翡翠的目光停留在自己身上，白薔薇還是維持著不變的笑意，像尊人偶般坐在黑薔薇身旁。

翡翠這時也移開視線，黑眸轉向了窗外。

外邊景象依舊一成不變，放眼望去是一望無際的黃沙，遠處還能依稀見到以加雅為中心，朝周遭擴展的部分鳴花陣。

就算距離隔得遙遠，也能隱約瞧見金銀銅三色交織出來的輝芒。

繁星冒險團和兩位塔爾負責人如今身處瓦倫蒂亞沙漠中。

擁有「神棄之地」別稱的瓦倫蒂亞沙漠一向天氣不穩，烈日高照的下一秒很可能變成狂風暴雨或是霜雪驟降。

極端的氣候變化攔阻了旅行者的腳步，讓人望之生怯。

可這一次，連翡翠都覺得說不定是眞神給予他們護佑——即使兩位神祇其實還在沉睡中——才會讓他們進來瓦倫蒂亞沙漠後的旅途順利得不可思議。

天氣簡直可以用溫和、平靜來形容。

如果不是有重要原因，翡翠其實不太想踏進這地方一步的。

畢竟上一回他們來到神棄之地，得到的只有不堪回首的記憶。

黑雪落下，奪走無數人的生命，這當中也包括了暗夜族的蘿麗塔與伊迪亞。

而現在，那兩人的外貌又被伊利葉屬下佔用。

翡翠等人會來此地的原因，就是為了追蹤「伊迪亞」的下落。

當初在白房子村，正面和伊迪亞對上時，卡薩布蘭加趁亂扔出了御影草的種子。

根據斯利斐爾的說明，御影草可用來追蹤目標，一旦附在生物身上，就會悄無聲息地生長。它的外形猶如薄薄的影子，還會隨著光影變化形成保護色，極不容易被察覺。

靠著御影草的獨特力量，卡薩布蘭加掌握到伊迪亞深入瓦倫蒂亞沙漠，雖然之後便再也感應不到他的行蹤。

有可能是御影草被發現了，也有可能是御影草因外在因素而枯萎。

不論原因是哪一個，伊迪亞最後的去處是瓦倫蒂亞沙漠。

而那裡，也很可能是伊利葉奇美拉計畫的主要據點。

卡薩布蘭加由於魔力使用過度，須休養幾天，因此她聯絡上繁星冒險團，將尋找伊利葉藏身地的任務交付給他們。

只要探查出位置即可，嚴禁貿然與對方正面對上。

那可是大魔法師，更別說他如今成爲了靈，除非是強大的光系魔法，否則任何攻擊幾乎無法對他造成傷害。

卡薩布蘭加還特別交代，爲了確保繁星冒險團不會腦子一熱衝上前，她另外找了人手負責盯好他們，同時也作爲支援的助力。

翡翠當時還眞沒想到，卡薩布蘭加口中的人手，居然就是黑薔薇與白薔薇。

或許是受到好天氣的鼓舞，駝馬行走的速度格外輕巧快速，不消多時，翡翠就能望見屹立在遠方的土黃色碉堡。

那裡就是瓦倫蒂亞黑市，也是翡翠他們今日將稍作休整之處。

倏地，一團銀白色光芒從車外飄進，在翡翠他們眼前變爲一名銀髮紅眼的小男孩。

負責至前方查探情況的斯利斐爾回來了。

「沒問題吧？」之前在意識裡已接收到對方的回報，但翡翠還是忍不住嘴上再問。

「天氣目前仍是穩定狀態。」斯利斐爾平淡地回答，「黑市入口附近沒發覺任何異常，街上也意外平靜。」

「或許是加雅和教團、暗夜族曾派人圍剿榮光會的緣故吧。」白薔薇忽然插嘴，「那一次也讓瓦倫蒂亞黑市的人跟著安分許多，就怕遭到波及，這是黑薔薇說的。」

黑薔薇在旁沉靜地點點頭。

繁星冒險團的好運氣依舊持續著。

抵達瓦倫蒂亞黑市前，沙漠裡忽然下起毛毛細雨。

只要不是災難性的暴雨，雨水在沙漠裡一向大受歡迎。

拉著車輛的駝馬發出了愉悅的嘶鳴，腳步也變得更加輕快，空氣裡原本徘徊不去的悶熱跟著散去幾分。

「快到了、快到了！那個圓圓的城堡！」珊瑚坐直身體，手掌拍著車頂，像在興奮地通知車內的翡翠。

即使斯利斐爾表示瓦倫蒂亞黑市變得比以往安分許多，翡翠還是讓自己和瑪瑙他們穿上斗篷，遮住明顯的尖長耳朵，順便遮擋一下精靈過於醒目的美貌。

黑薔薇與白薔薇在與繁星冒險團會合時就換過衣服，眼下的他們皆穿著樸素的黑袍，從外貌來看，就是一對髮色、眼色不同的雙生子。

路那利拒絕讓容貌遭到遮掩，他更喜歡對外展現自己明艷的面容及華麗的衣裙。

或許就是那過於招搖的態度，反而讓碉堡入口的守衛心生忌憚，瞄見路那利隨手展示的獵團徽章後，便匆匆放他們過去。

與上一回來到此處的印象相比，現今的瓦倫蒂亞黑市確實不再處處充滿混亂，可依然缺少「安逸」感。

看似平靜的表面下，似乎蟄伏著波濤洶湧的什麼，等著伺機而起。

瓦倫蒂亞黑市總有人來來去去，繁星冒險團的到來本像是極細小的石子落進湖裡，引不起多大波瀾。

偏偏路那利的外貌就像一顆閃閃發亮的寶石，無論走到哪都吸引了目光。

有些思慮深的，見對方敢無所顧忌地展露美貌，必定有所依仗，馬上壓下了躁動之心。

但也有些人毫不掩飾覬覦的眼神，宛如盯上了獵物的毒蛇。

對於那些目光，水之魔女視若無睹。

寄放好馬車、將補給物品的工作丟給了繁星的三名精靈，他漾開笑容，就想挽著翡翠的手臂把人拉到其他地方。

然而瑪瑙幾人才不會讓路那利計畫得逞，他們有若銅牆鐵壁將翡翠包圍，簇擁著他一同去街上採買。

珊瑚還不忘回頭對路那利扮了張鬼臉，表明想跟他們搶人，門都沒有。

黑薔薇也選擇與繁星的人同行，他們對參觀這座黑市並沒有多大的興趣。

而黑薔薇去哪，白薔薇自然也會跟到哪。

路那利決定暫時和眾人分道揚鑣。

既然不能與他的小蝴蝶單獨相處，那麼他也不想勉強自己再和幾個令他感到空氣受到污染的男性走在一塊。

路那利退出神厄前，時常因任務前來此處，對於這裡有著一定程度的熟悉。

他的目標也很明確，直接找上販賣飾品的商店，裡頭有時能挖到一些外面不常見到的稀有東西。

路那利最後選中了兩個寶石花朵髮飾，價格不斐，但設計突出且裝飾的寶石色彩罕見。

路那利出手大方，容姿艷麗，加上又隻身一人，才離開店舖沒多久，就被一夥人盯上。

由於瓦倫蒂亞黑市先前才經歷一波震盪，榮光會倒台後，第二勢力掘起，成為現任掌權者。他們就怕再被冒險公會和教團的人針對，對底下的人格外約束，明面上不允許黑市的人在大街上引發械鬥。

爲免引來守衛，招惹不必要的麻煩，盯上路那利的那個小團體沒有立即採取行動，而是尾隨其後，不緊不慢地與他保持一段距離。

路那利勾起冷笑，藍眸裡只有一片森冷，他豈會沒有察覺到自己被人跟蹤了。

那群蠢貨還不曉得他們的一舉一動都被他的冰蝶監視著，隨時回報給他。

路那利不打算在大庭廣眾下動手，萬一不小心被他的小蝴蝶撞見了殘暴的血腥場面——畢竟這趟旅行得和幾個男的待在一起，他累積了不少壓力，可能無法控制力量——他在對方心裡的評價恐怕會再下降。

路那利假裝自己人生地不熟的、摸不清方向，最後誤走到人煙稀少的地方，也遠離了熱鬧的街道。

見狀，跟蹤他的那夥人不再隱藏身影，紛紛從暗處現身，臉上是不懷好意的笑容。

「識相的話就乖乖地……」

爲首的人甚至來不及說完恫嚇的話，掛在臉上的獰笑瞬間扭曲成詭異表情，剩下的字句永遠哽在喉頭處了。

在他倒地之前，他甚至還沒明白發生了什麼事。

男人的身軀重重倒地，砸出一記悶響。他面部朝上，雙眼大睜，表情扭曲，大張的嘴巴塞滿冰塊，過大的寒冰粗暴地撐裂他的嘴角，讓他像個恐怖的裂嘴男，左胸位置則是插著一柄剔透的冰錐。

「你們光是呼吸，就讓我感覺難以忍受。雜碎不該存在於我周邊，去當個說不出話的垃圾吧。」路那利嫣然一笑，宛若帶刺玫瑰盛綻到極致，迷惑了幾個男人的眼，也讓他們失去最後一絲生機。

路那利輕彈手指，冰塊霎時融化成水，混著鮮血染成更大片的血色水泊，顯得格外怵目驚心。

將一地屍體遺留在後，路那利正打算要離開，卻和另一夥人打了照面。

乍見路那利的容顏，幾人不免露出了驚艷的目光。

其中一個小鬍子吹了個流裡流氣的口哨，嘴巴更是不乾不淨地出言調戲。

「這麼漂亮的女人怎麼身邊沒人陪著呢？走路那麼騷，肯定還在找男人吧，不如就直接找我們幾個……」

「還不閉嘴！」領頭的壯漢霍然厲喝一聲。他可不像自己的同伴是個被美色迷了眼的蠢蛋，居然忽略了藍髮少女身後的幾具屍體，「史奈特，管好你的嘴巴，不然我會回報給大人知道，他肯定不會喜歡你在外惹出麻煩。」

像是相當畏懼對方口中提及的大人，小鬍子閉上嘴巴，眼中仍是忿忿之色。

還是他身邊的人推了他一把，低聲提醒，「你看清楚點，那女人身後是什麼。」

看清路那利後方竟橫躺著幾具屍體，小鬍子表情僵住，被色慾沖昏頭的腦袋也稍微冷靜了些。

他緊閉著嘴唇，在路那利與他們擦身而過時沒再吐出污言穢語。可聽著身後腳步聲逐漸遠去、再也捕捉不到，他終於還是憋不住地向領頭之人惱火抱怨。

「班諾，你也太膽小了吧！憑我們幾個人一起，還怕贏不了那個女的嗎？那種看起來像座冰山的女人，騷起來絕對超乎你我的想像！」

「史奈特說的沒錯，那麼美的臉蛋，還有那小小的嘴巴……哈嘶，光想就讓人興奮。」

「反正新世界很快就要降臨了，沒被吾主選中的人都會死，那女人也不例外。死前不如讓她享受一把，這也是做做善事嘛。」

「哈哈哈，對，我們這可是做善事呢！誰教我們是善良的榮光會嘛！」

幾個人你一言、我一語，說到後來哈哈大笑，眼中的欲望更是燒得沸騰。

當中唯有領隊之人仍繃著臉，眼看同伴越說越肆無忌憚，臉色一沉，怒喝道：「夠了，都給我閉嘴，越說越不像話！吾主的偉大事業是你們可以隨便談論的嗎？要是讓吾主和大人知道這裡發生的事，你們是想被送去當飼料嗎？」

「飼料」兩字震懾住所有人，他們登即白了臉，燃起的色慾之火也被冰水澆熄。

「別忘記我們是來這做補給的，趕緊把該買的東西買一買，然後快點回去，誰知道雪會什麼時候下。」

沒人對此有異議，同時誰也沒有發覺到他們周邊有兩隻剔透的水色蝴蝶飛舞徘徊。

一隻悄無聲息地鑽入領隊人的斗篷，另一隻則是拍動著翅膀，朝著他們的後方飛去……

「新世界很快就要降臨了，沒被吾主選中的人都會死。」

「別忘記我們是來這做補給的，趕緊把該買的東西買一買，然後快點回去，誰知道雪會什麼時候下。」

水蝶傳遞回來的消息，路那利只挑揀了關鍵部分，其餘的污言穢語都被他剔除了。

他有絲遺憾地在心裡嘆口氣，要不是這群人對他們至關重要，他早就割爛那些傢伙的舌頭和嘴巴。

不過……等他們真的找到目的地，他還是能動手的，就讓那幾人先苟延殘喘一會兒吧。

聽完路那利從水色蝴蝶那轉述的話語，翡翠等人難掩愕色，一時說不出話來。

片刻靜默過後，翡翠即刻有了決斷。

這可是送到眼前的大好機會，說什麼都不能錯過。

他們必須緊跟在那支小隊後，找出伊利葉的根據地！

駕著馬車追在後方太過顯眼，絕不是什麼好主意；但只靠雙腿也不實際，還得借助駝馬的速度才行。

這時候翡翠就格外感謝路那利的大方，要不是對方一口氣先包下了旅行的花費，他們乘坐的馬車也不能奢侈地用上四隻駝馬。

一行人迅速趕往碉堡入口，先領回駝馬，在附近守株待兔，發現榮光會小隊出現，便悄悄尾隨。

碉堡外依然下著雨，雨勢比先前的細雨大上許多，黃沙吸了水分，被染成深深暗黃。

「這還眞是眞神保佑……」明知眞神尙在沉眠，翡翠還是忍不住感嘆。

這場雨下得太過及時，雨聲蓋過駝馬奔走的聲響，雨幕也能稍微模糊他們的身影，降低被前方人馬發覺的機率。

前方補給隊行進得不算太快，他們駝馬的負重明顯超標，拖慢了速度。

路那利抬手調動充沛的水氣，讓更大更密的雨簾圍繞在補給隊四周，使他們誤以爲自己碰上一場滂沱大雨。

有了那場人爲大雨作掩護，追在後面的四隻駝馬更加不會被察覺到存在。

在補給隊不自覺的帶領下，翡翠一行人遠離了黑市，越發深入瓦倫蒂亞沙漠中心。

土黃色的碉堡不知不覺消失得無影無蹤……

嗚花陣的邊緣則依稀還能瞧見。

嗚花陣……有那麼大嗎？這個疑惑在翡翠心中轉瞬即逝，他沒再繼續多想，眼下還有更重要的事。

持續不斷的雨水沖刷掉駝馬留下的蹄印，就算向後望，也已經分不出他們來時的方向。

雨又變大了一些。

翡翠朝珍珠做了個手勢，示意她不用在此時耗費魔力，展開遮擋雨勢的結界。

他仰頭向上望，雨水滑過他的臉頰，滑進他的衣襟，冰涼的觸感令他不由得輕顫一下。

堆積在天空的雲層不知何時變得又黑又厚，彷彿隨時會從高處塌下。

銀紫色的閃電似矯龍在黑雲裡遊走、翻騰，撕裂出讓人驚心的光芒。

隨著銀電一閃，震耳欲聾的雷聲隨即砸下。

轟隆隆的聲響迴盪在耳邊，世界如同迎接了一場驚人的大爆炸。

倘若不是有斯利斐爾，翡翠他們這方的駝馬早就受驚般四處逃竄。

榮光會那方的人則是不知用了何種手段，才有辦法讓他們的駝馬溫馴地繼續前進，不受雷暴影響。

更前方是粗大的枝狀形閃電不斷劈落，每一下都驚天動地，毫不留情地蹂躪著瓦倫蒂亞沙漠。

尖銳的風聲宛若鬼哭神號，強風颳起了黃沙，形成漏斗狀的風暴，像是要把意圖靠近的物體都絞得稀爛。

閃電再次劃過黑雲，銀亮的光輝映亮闇色天空，也映亮宛如末日光景的一幕。

與眼前狂亂的氣候相比，翡翠他們先前遭遇過的簡直小菜一碟。

在瞧見又一道雷電撕裂大地，翡翠勒令身下駝馬停住，其他人見狀也不再追上。

「這是人爲控制的吧。」翡翠仰頭看著深如潑墨的天空，問向斯利斐爾。

如果眞的是自然造成的現象，那麼那些閃電、暴風，還有席捲而來的沙牆，不可能只侷限在固定範圍。

「在下眞欣慰，您貧瘠的頭顱裡終於長出一絲腦子的痕跡了。」化成光團的斯利斐爾冷淡說道。

「你再揪著腦子的事不放，我立刻把你塞進我的嘴裡。」翡翠可不會眞的把那話當成讚美，他冷笑一聲，猝不及防地抓住來不及逃離的光團，「是伊利葉搞出來的吧。」

「在下不認爲伊利葉那邊還有誰的能力比他更高，所以您的猜測八九不離十。在下能感受到充足的魔力波動，想必此處有相串連的複數魔法陣，才能控制一定範圍內的天氣。」

「就問你一句，有辦法解嗎？」

「可以。」

翡翠正要爲斯利斐爾的肯定回答心喜，就聽到那道漠然的嗓音又說道。

「只要給予在下幾天時間，並且提供在下源源不絕的魔力。」

「搞半天就是現在不行嘛。」翡翠咂了下舌，果決放棄從斯利斐爾這裡找辦法。

「雷好大啊！閃電也好大！」珊瑚在雨幕中拉高嗓音喊著，「我們要靠珍珠的結界，咻咻咻地突破過去嗎？」

「那些閃電威力太大了，我的結界撐不了多久就會碎掉！」與珊瑚共乘一騎的珍珠撥開黏在頰邊的髮絲，跟著揚高了聲音，以免其他人聽不清楚。

「欸？那不就是我們都會被劈成焦炭嗎？」珊瑚大吃一驚，「不行啦！珊瑚大人不想變焦焦的，翠翠和珍珠也不行……唔，瑪瑙就隨便啦。」

瑪瑙直接無視了珊瑚，問著與自己共乘的翡翠，「翠翠，我們現在要……」

「等。」翡翠給出了簡潔有力的一個字。

除了珊瑚還沒反應過來，眾人都領悟了翡翠的意思。

前方的補給隊沒有停下的意思，他們直衝著雷電而去的行爲就像在自殺。

但從水色蝴蝶傳遞出的對話內容來看，那群人自認能成爲新世界的倖存者，不可能懷抱著尋死的念頭。

顯然他們有辦法通過前方的風刀、雷暴。

事實證明翡翠他們猜對也猜錯了。

說是猜對，那支補給隊確實有著特殊的方法。

至於猜錯，則是他們並沒有直接通過狂風落雷，而是整群人馬沒入地下，徹底避開了地面上肆虐的極端氣候。

他們赫然走進了地道裡。

待那隊人馬的身影都被黃沙吞沒進去，翡翠等人這才追了上去。

他們很快到達補給隊消失的地方，不遠處的電閃雷鳴就像在嚇阻著他們的靠近。

一隻容易被忽略的水色蝴蝶拍動翅膀，回到路那利伸出的手指上。

透過蝴蝶的反饋，路那利能夠知道不久前發生在這裡的所有細節。

自然包含了如何開啓隱藏的密道。

路那利躍下駝馬，精準地完成補給隊所做的連串步驟。

下一剎那，翡翠幾人前方的沙地驟然塌陷。

隨著黃沙滑落，一條地道呈現在眾人眼前。

翡翠等人將無法帶進去的駝馬留在外頭，由斯利斐爾下了指令，讓牠們找個安全的地方待著。

翡翠施放一枚煙火百合，讓白色的煙花圖案停留在黑雲底下，成爲引導的指標。

從榮光會特意派人出來補給一事就能推測他們接下來想必不會再外出，也不用擔心煙火百合會被他們發現。

也許卡薩布蘭加來得及帶人過來，也可能來不及。

但無論最後會如何發展，翡翠等人還是逐一地往下走，任憑地道像張大口，吞噬他們的身影……

第10章

清冷的光輝照亮了地下石道，一雙墨黑長靴不疾不徐地踩踏在地。

只是應該由同樣深灰石板鋪成的地面，卻呈現奇異的暗褐色。

原來那是層疊的鮮血黏糊在一塊，未乾的液體散發出刺鼻難聞的氣味。

長靴主人好似不受這股腥臭影響，腳步沒有放慢或加快，就好像他只是走在一條再普通不過的地毯上。

隨著長靴踏過血色地板，黏稠的血漬沾上鞋底，拉出欲斷未斷的血絲，發出令人不快的黏滯聲。

長靴的主人是一名英俊的金髮男人，有著一雙比藍天還要湛藍的眼瞳。但如此明亮的顏色落在他身上，卻只給人冰寒陰冷的感覺。

從他的藍眼深處看不到一絲屬於人的溫情，如同無溫的玻璃珠。

擁有伊迪亞外貌的男人穿過這條布滿血腥的走道，將手放在牆上的一處凹痕。

銀紅色的小小法陣亮起，以為是石壁的地方頓時現出一扇門。門扇自動滑退，開出一道供人通過的門洞。

門外是一碧如洗的晴空，灑落下來的陽光沒有灼人的熱度，挾帶著細得幾乎能被忽視的太陽雨，連吹來的風都是輕柔的。

沒有親自深入到瓦倫蒂亞沙漠的中心，誰也不會想到在世人眼中不祥且氣候詭譎多變的神棄之地，居然存在這麼一個與世隔絕的寧靜地帶。

伊迪亞踏出通道，這裡寬敞得不可思議，四周被高聳紅褐岩山圍繞，如同層層抵禦外界的銅牆鐵壁。

平地上畫著一個以赤紅圖紋建構出來的大型魔法陣，最中央則是銀線纏繞，勾勒出一條碩大的紅眼銀蛇，蛇口裡還叼咬著三片金葉。

魔法陣上方飄浮著一道半透明人影。

那人黑髮末端纏繞著緋紅，宛若即將燃燒起來的熾火；雪白袍角被風吹得翻掀起浪花似的波紋，精緻的銀邊繡紋折閃著奢華的光彩。

伊迪亞來到魔法陣的邊緣，垂下頭，握拳的右手置放於左胸處，「吾主。」

伊利葉轉過頭，紅布覆住他的眼，露出的半張臉矜貴又冷淡。

在伊利葉開口前，伊迪亞始終維持著俯首的姿勢，猶如一名最忠誠的僕人。

伊利葉身形一閃，須臾間便出現在伊迪亞面前。他居高臨下，明明雙眼被遮擋住，卻能讓人深刻地感受到自己正被俯視。

——如同一隻卑微的螻蟻。

伊迪亞的頭垂得更低了，直到他聽見一句話輕飄飄地落下。

「你帶了東西回來。」

伊迪亞抬起頭，恭敬的語氣裡滲入訝異，「不，我並沒有……」

「呵。」伊利葉輕笑一聲，悠悠地舉起手，一片薄薄黑影倏然從伊迪亞大衣內側飄飛出來，落至他的手中，「御影草，木妖精擅長用的把戲。」

聽聞「木妖精」三字，伊迪亞立即回憶起白房子村當時的情景。

是那名深綠頭髮的女性妖精……她居然暗中動了手腳！

「非常抱歉，是我的粗心造成！」

「你知道它能幹嘛嗎？」像是沒看見伊迪亞懊惱的神情，伊利葉以兩指捏著那彷如活物正在扭動的黑影，「木妖精能靠著它鎖定你的方位，而瓦倫蒂亞沙漠特殊的性質可以阻斷它的能力。」

伊迪亞反應過來，這表示他進入瓦倫蒂亞沙漠一事已被他人得知了。

「須要派人前往阻撓嗎？」伊迪亞迅速恢復冷靜，「讓他們尋找不到這裡，或是直接將那些人殲滅。」

「都不須要。」伊利葉鬆開御影草，任憑那抹薄影掉落，在觸地前被平空閃現的一簇火焰燒成灰燼，「他們用別的方式找到這裡了，客人上門了。」

「我這就去……」

「先等等，這裡的人剩下多少？」

「如今不到一百。」伊迪亞明白伊利葉問的是榮光會的成員。

「啊啊，這最後一批本來還打算飼養幾天的……既然都有人找上門了，就讓他們通通去當飼料吧，讓實驗品們飽餐一頓。我的另一個人偶也餓了吧？」

「是的，她這幾天總算習慣新的進食方式，昨天才在抱怨吃不夠。」

「那就特別讓她多吃一點，記得吃快一點。」伊利葉的臉轉向某個方向，像是能透過紅褐岩山看見另一端景象。他彎起嘴角，綻放冰冷優雅的弧度，「然後，你們一起去好好招待客人吧。」

✣✣✣

翡翠他們在密道裡碰上一些問題。

不是密道有埋伏，也不是他們被榮光會的補給隊發現，而是……路被堵住了。

嚴格來說，是被一道石門攔截住。

紅褐色的石板嚴絲合縫地立在通道中間，堵住了翡翠等人的去路。

「欸欸欸？」乍見石門堵路，珊瑚第一個發出錯愕的喊聲，「為什麼過不去？剛剛那些人……他們是怎麼過去的？他們會飛嗎？」

「會飛也沒辦法飛過這扇門的，畢竟上面沒有空隙讓他們飛。」珍珠溫溫柔柔地說著，「說到類似這種密室解謎的場景，伊斯坦先生先前寫過的……」

「好的，我們晚點再討論桑回的作品。」翡翠連忙喊卡。就如他提及美食會滔滔不絕，珍珠談論起桑回的小說時，也會一改嫻靜平和的性子，話比平時多上好幾倍。

第一次發現珍珠的這一面時，珊瑚還滿臉驚惶地抓著珍珠嚷「妳怎麼了？珍珠妳是不是生病了？妳怎麼突然說那麼多話！」。

珍珠有些遺憾不能與眾人分享她對桑回作品的看法，但也沒忘記眼下正事要緊。

一群人圍在石門前研究，還沒等他們找到異常之處，斯利斐爾先開口了。

「有魔力的波動，這裡設有法陣。」

「你感覺到了？有辦法解決嗎？」翡翠立刻問到重點上，「不能的話就吃了你。」

光團瞬間恢復成小男孩的模樣，斯利斐爾冷漠地瞥視翡翠一眼，忽然抓住他的手。

幾個人不明所以，只見斯利斐爾拉著翡翠站在石門前，自己的另一手則是貼在石板上。

頃刻間，石門亮起白紋，隨後門板從中分爲左右，往旁退開，露出一道缺口讓人通過。

斯利斐爾利用翡翠的魔力破壞此處魔法陣的運作，於是緊閉的門扇才會自動開啓。

「這麼神奇的嗎？剛剛那些人難道也都是這樣做？」翡翠驚訝地問道。

「神奇的是您的腦子。」斯利斐爾不客氣地扔出譏諷，「那些人想必帶有可以觸動魔法陣的物品才能順利通過，您連這種事都想不通嗎？」

「別再對我的腦子做腦身攻擊了，不然我直接現場啃你。」翡翠警告，「反正你皮膚顏色也像巧克力嘛，我靠著想像力腦補一下也不是不可以。」

斯利斐爾面若寒霜。翡翠可以，他不可以！

不再揪著腦子話題不放，斯利斐爾冷哼一聲，率先通過了石門。

接下來一行人又碰到兩次石門阻擋。

但有斯利斐爾，他們的前進稱得上通暢無阻。

終於在他們遇上第四道石門、隨著門扇開啓，進入他們眼中的不再是重覆單調的景象。

突然刺入的金耀光線讓他們反射性閉了下眼，再睜開時，發現眼前赫然是廣闊的沙漠。

黃沙在風吹之下宛若波浪起起伏伏，更前方聳立多座高峻的紅褐色岩山。它們圍聚在一起，彷彿是從浩瀚黃沙中升起的巨型火把。

隨著眾人陸續走出，石門緩緩闔上，沙粒快速掉落，不消一會兒就把密道的出入口掩埋起來。

後方動靜瞬間引起他們的注意力。

回頭向後看，遠處是被狂風捲至高處、猶如城牆包圍在外的沙暴，漫天黃沙間還能窺視到銀紫閃電不時像利劍往下直直劈落。

唯有他們現今所待的中央地帶，是不可思議的寧靜。

「看樣子，那些自然災害是用來保護這地方的。但我不明白的是……」翡翠若有所思地再望向前頭岩山，「怎麼看前面的山都比較像根據地吧，密道只能走到這裡……會不會太偷懶了？」

「而且這裡……」路那利眼神一冷，「並沒有留下駝馬行走的腳印。」

細如髮絲的雨滴落入沙漠內，轉眼就被吸收，黃沙上卻不見運送隊員行經的痕跡。

假如沒有腳印，那麼補給隊又是前往何處？

那夥人真的是從這裡離開的嗎？

「因爲吾主吩咐了，要我們在這裡迎接你們。」

缺乏溫度的男性嗓音無預警在藍天黃沙間落下，也讓所有人瞬間進入備戰狀態。

不管來者是誰，都只會是敵對的一方。

「黑薔薇說，那是伊迪亞的聲音。」白薔薇倏地出聲，「他對聽過的聲音全都記得一清二楚。」

下一剎那，岩山上接二連三冒出多道身影。

他們幾乎清一色裹著黑披風，上頭有似葉脈的雪白紋路；臉龐則以漆黑面具遮擋。

唯有一道人影色彩格外突出。

爲首的年輕男人相貌英俊，有著如藍天的眼眸及燦若日光的金髮。

那是伊迪亞，卻又不是眞正的伊迪亞。

他與蘿麗塔一樣——都是披著他人外貌的怪物。

「地道路線在你們毫無所覺的時候改動了，你們途中就已走上不同道路。吾主在山後等著你們，但想見吾主，就得先通過這裡。只要能通過，我們就不會再試圖阻撓。」

隨著伊迪亞一步步往下走，後方黑衣士兵也跟著行動，如同一陣令人不安的黑浪。

倏然間，那群黑色士兵披風抖動，同時身上傳出詭異的嗡嗡聲，像是蟲子在竊竊私語。

不對，那根本不是什麼黑披風。

擋在身前的黑色布料驟然往後揚高，翡翠他們這才驚覺那居然是一對闃黑翅膀，上頭一條條的鮮明白紋則是翅脈。

少了黑翅的遮蔽，能看見胸腹之前被同樣深暗的鳥羽覆蓋。

緊接著，以爲是面具的地方分成數瓣朝兩側張裂開，上半部露出兩個又大又突出的複眼，下半部則出現類似昆蟲的口器。

轉瞬間，站立在伊迪亞後方的人就成了彷若直立黑蟬的魔物。

那不是人類，是奇美拉！

匯聚成浪的嗡嗡聲中，一道稚嫩甜軟的嗓音猝然迴盪在沙漠與岩山之間。

「好了沒？好了沒？可以了嗎？」

這聲音讓翡翠他們心中一凜。

他們絕不會錯認，那是……冒牌的蘿麗塔！

「好了。」伊迪亞話聲方落，身側的嶙峋巨石有了奇異的變化。

它的紅褐表層出現奇異的蠕動，彷彿那是一個生物，而不是沒有生命的石塊。

下一秒，岩石表面就像包裹住狁狳的鱗甲般完全舒展，露出內側模樣。

「噫，好醜！」珊瑚倒吸一口氣，想也不想地脫口而出。

一旁的路那利也難掩嫌惡之色。

比起醜陋，翡翠他們更覺得那是教人本能感到排斥、抗拒、厭惡的一種存在。

當它蜷縮成巨岩時，背部是細密到不細看便不易辨認的紅褐鱗甲。

而當它直立起身軀，則像是一團畸形笨重的大肉塊；正面有無數肉瘤一樣的突起物，還能見到肖人的五官零散地嵌在它的皮膚當中。

簡直像是孩童隨手拼裝，最終拼出這麼一個詭異的怪物。

「嘻嘻。」外形如同肉塊的奇美拉以童稚的聲音笑著，格外教人毛骨悚然，「那就準備開始啦！誰都可以，我好餓，我要吃！」

那明明是蘿麗塔的聲音……可是她爲什麼會變成這個樣子？

像是看穿翡翠等人的疑惑，伊迪亞淡淡地開口：

「你們在白房子村對她造成重創，吾主將她回收，讓她成爲這隻奇美拉的養分。」

「沒錯沒錯，吾主把我的手腳拆掉，腦袋摘掉，變成一個新的我。我幫上吾主的忙啦，我是有用的！」蘿麗塔就像唱歌般，興高采烈地嚷道：「我會變得更有用的，只要你們讓我吃了就可以！」

肉瘤猛地變長，成爲一條條飛舞的肉色觸手。

伊迪亞背後也分裂出多條蒼白的觸鬚，猶若活物，末端還帶著細密的尖刺。

「吾主等著你們到來，前提是你們還有命的話！」金髮男人驀地露出笑容。

與眞正的伊迪亞擁有的明朗親切截然不同，他的笑意裡只有冷酷和嗜血。

令人意想不到的是，先動手的赫然是黑薔薇。

像道影子寂靜無聲的少年十指舞動，細微的破空聲自耳邊閃過，日光下同時微光閃爍。

大量絲線從黑薔薇手中飛出，猶如萬千流星，疾疾飛向觸目所及的敵人。

伊迪亞第一個察覺到異狀，那雙藍眸湧上驚異。

身體……不能動了！

不僅伊迪亞，四周的奇美拉都像被按下暫停鍵，蘿麗塔的肉色觸手甚至也被束縛。

「繁星，跑！」

帶著幾分沙啞的少年嗓音陌生又透著些許熟悉，如落石墜入池面，盪開明顯漣漪。

翡翠他們過了幾秒才反應過來，那是黑薔薇的吶喊。

四名精靈不假思索地飛速往前奔跑，銀白光團緊跟在他們身邊。

翡翠越過路那利的剎那，把一個盛裝著綠液的玻璃瓶塞進對方手中。

路那利剛覺手裡握住一個冰冷硬物，翡翠已經遠離，只留下一句交代徘徊在風中。

遠去的人影就像掠過藍天下的疾風，立時消失在岩山之後。

被絲線剝奪自由的魔物們暴躁嘶鳴，它們使勁想要掙動身體，恨不得能擺脫束縛。

黑薔薇胸口氣血翻湧，絲線深深陷入他的皮肉裡，紅血滲出。他使勁地收緊絲線，不讓任何敵人掙脫他的控制。

「不能動，好討厭！要吃掉，吃掉吃掉吃掉！把他的大腦眼睛舌頭心臟脊髓通通都絞爛捶爛挖爛搗爛，再通通吃掉啊——」蘿麗塔有如牙牙學語的抱怨猛地拔成駭人嘶吼，停滯在空中的觸手這一刻也扯斷了束縛。

黑薔薇的控制亦來到極限。

當所有白線瞬斷，黑薔薇噴出一大口鮮血。血液同時從他的鼻下、耳洞內滲出，十指更是被割得鮮血淋漓，深可見骨。

黑薔薇一個踉蹌，差點跪倒在地。

被刻下指令是「保護他」的白薔薇眼疾手快地將人拉住。
就如伊迪亞先前所說，只要通過岩山，他們就不會回頭追擊。
不再理會消失的翡翠等人，伊迪亞抬起手。當他揮下的同時，奇美拉群與巨大肉塊咆哮著朝剩下的三人而去。
黑薔薇抹去臉上的血漬，不管手指上的怵目傷口，再次祭出了操偶師的絲線。
密密麻麻的冰稜在路那利身後成形，像堵泛著寒光的高牆。
水之魔女揚起艷麗又瘋狂的笑意，細雨為沙漠帶來甘霖，也為他提供最好的支援。
「來吧，讓我們不死不休吧！」

翡翠他們沒有回頭看。
既然黑薔薇信任他們，那麼他們也會回予同樣的信賴。
他們提高速度奔跑，斯利斐爾在途中直接融入翡翠身體，對外藏起了自己的存在。
翡翠沒問，反正斯利斐爾肯定有他的理由。
他們一路來到岩山的最高峰。
被岩山簇擁在中間的是一片極為寬廣的盆地，似乎能將好幾個瓦倫蒂亞黑市容納其中。

當中最顯眼的，莫過於中心處的赤紅魔法陣，以及飄浮於法陣上方的人影。

縱然那人背對著翡翠等人，可那末端像纏著緋紅烈焰的長髮，他們絕對不會錯認。

伊利葉．縹碧．坦夏爾就在那裡！

一直追尋的敵人如今就在眼前，激動的情緒在精靈們胸口翻騰。

但他們總算還維持住理智，沒有因此忽略伊利葉身下的那個魔法陣。

他們曾在白房子村見過……那是黑雪召喚陣！

最後一個黑雪召喚陣，居然藏在這個地方！

懸浮於空中的伊利葉似乎有所感，他轉過身，雙眼上仍舊覆著紅布，雪白的衣襬在風中颯颯飄動。

「四名精靈和……噢，少了我曾經的契約者。」伊利葉慢條斯理的聲音傳至翡翠等人耳中，「伊迪亞他們沒攔下你們，還是你們的同伴成為你們這條路上的墊腳石了？」

翡翠的回答是直接送出一道風之刃。

碧綠氣流集結成巨大的風刃，凶猛朝著空中的伊利葉橫掃。

伊利葉不閃不避，任憑風刃砍上自己。

鋒銳的氣流確實正中目標，但轉眼間就穿過伊利葉的身體，往更後方的岩石劈去，留下一道深深的切口。

「怎麼會！」翡翠有心理準備自己可能沒辦法爲伊利葉帶來重創，但毫髮無傷……不對，應該說魔法居然直接穿過去，這也太扯了。

「在下眞不該冀望您有長出腦子來。」斯利斐爾的語氣聽起來像在忍耐，「他是靈。」

不是存活於世上的任何活物。

換句話說，絕大多數的攻擊手法都對那位大魔法師無效。

翡翠想明白了這點，接著他靈光一閃，「大部分對他無效，但還有少部分可以？」

「在下得收回先前的話，您還是有長出一絲腦子的。」斯利斐爾感到一絲欣慰。

翡翠果斷無視那句聽起來更像嘲諷的讚美，「你想到應對辦法了？」

「您須要等待時機。」斯利斐爾只先給了這麼一句。

伊利葉就像一個展現耐心的主人，等候客人上門。直到翡翠他們從岩山下來，他才自空中緩緩降下。

他優雅地往前走，宛若受邀參加一場宴會，而不是踏入即將掀起腥風血雨的戰場。

伊利葉抬手拂過眼邊，眼上紅布倏地自動鬆脫，緩緩飄落於地，露出了一直以來被隱藏在後的雙眼。

與翡翠他們在花開之地見到的過去畫面相同，那是一雙紫色的眼睛。然而此刻呈現在翡翠他們視野中的紫眸，瞳孔赫然如針狀豎長。只要與它對上，就像被凶獰惡獸盯住不放。

那絕不可能會是精靈擁有的眼睛。

伊利葉是混種這個猜測，這一刻似乎得到了證實。

但對翡翠而言，更多謎團反倒湧了上來。

透過殘留的記憶片段，他們看見的少年伊利葉是精靈。而大魔法師時期的他也有著精靈特徵的尖長耳朵，眼睛也不曾變為獸瞳，否則早就在當時引起軒然大波。

他是怎麼辦到的？

「你是怎麼從精靈……變成混種？」翡翠難掩震驚。

伊利葉揚起矜淡的笑容，似乎不介意回答這個問題，「世界樹從我身上取走了一些東西，那可眞是……令人可恨的存在哪。」

「我……」珊瑚想也不想地就要大聲反駁，被珍珠眼明手快地摀住嘴。

珊瑚只好用噴火般的眼神瞪著伊利葉。

你亂說，我們才沒有從你身上拿走什麼東西呢！

「他什麼意思？」翡翠以意識詢問斯利斐爾，「瑪瑙他們是世界樹的化身吧，但他們碰上伊利葉時，珊瑚和珍珠可還沒孵出來。」

「您可以這麼看待，瑪瑙他們是第二代世界樹……」斯利斐爾話聲一頓，緊接著像是恍然大悟，「原來……原來是這麼回事。」

「究竟是怎麼回事？」翡翠急急催促。要不是斯利斐爾現在藏在自己體內，他眞想抓著對方的肩膀猛力搖晃，最好把答案通通搖出來。

斯利斐爾沒有賣關子，直截了當地說明，「精靈族滅亡一事您還記得吧。」

翡翠當然記得，在浮空之島的遺跡上，他還看見了殘留在那的過去片段。

爲了拯救被黑雪入侵的世界，世界樹吸收所有精靈的力量，再把那份力量回饋給眞神。

等等……被吸收？

「難道說……」翡翠當即反應過來，難以置信地低呼，「他的精靈之力，被第一代世界樹……」

「恐怕是的。雖然不知道他是如何做到，但他成功抗拒了世界樹的呼喚，讓自己能夠停留在大陸上——他確實有顆異常聰明的腦袋。」斯利斐爾一向很少稱讚人，這代表伊利葉出類拔萃到足以令他刮目相看。

換作平時，翡翠可能會忍不住吐槽，例如這時候就別再長敵人威風之類的。可現在，他驟然意會過來伊利葉在浮空之島上，爲什麼會突然對瑪瑙他們生起攻擊意圖。

他發覺到了。

他比小精靈們還要早一步發覺到……他們就是世界樹的化身。

世界樹有呼喚精靈的能力。

但如果，伊利葉在先前就已被抽光精靈之力，瑪瑙他們照理說不會再對他造成……

像是銀雷劈下，翡翠豁然開朗。

啊啊，無論他是如何辦到的，但恐怕他還是設法保留住了一些……爲了避免再有同樣的事情發生，最好的辦法就是根除威脅！

釐清來龍去脈的刹那，翡翠只覺心臟像被刀尖狠狠戳刺，怨憎的情感如毒液沸騰冒泡，就要直衝上來。

瑪瑙他們聽不見斯利斐爾與翡翠的交流，也不知道伊利葉和世界樹之間的曾經，可這不妨礙他們對伊利葉生起殺心。

因爲只要看到這個人，浮空之島的慘劇就會再次浮現眼前。

無論如何都無法饒恕這個男人。

伊利葉……

伊利葉！

繁星冒險團四人抽出武器，迅雷不及掩耳地對伊利葉發動攻擊。

精靈速度極快，四個人就像四道閃電，從不同方向圍攻向正中央的男人。

翡翠的雙生杖化爲雙刀，碧綠氣流在刀鋒上匯聚。

瑪瑙的長刀上張開更多面刀片，彎曲似羽毛，反射著凜凜寒光。

珍珠張開了結界，白光一格格往上搭建，如同一座階梯，讓珊瑚得以直衝向上。

珊瑚一個高高躍起，舉起的法杖頂端噴吐出威猛烈火。

而當所有攻勢全落向伊利葉，多面光板也圍在他的身周及上方，堵住他的所有去路。

換作平常人，在這全面攻擊下肯定難以逃脫。

但這一切對伊利葉都是白費工夫。

在精靈的多重攻擊之下，身爲靈的伊利葉毫髮無傷。

不管是刀尖或火焰、風刃，都像穿過一團飄渺的空氣。

在火焰彈製造出的煙塵中，白袍人影從容地走了出來。他身上光潔依舊，連丁點灰塵都沒有沾染到。

「可惡、可惡，爲什麼啊！」珊瑚氣急敗壞，卻也沒有因此生出放棄的念頭。她高舉法杖，對著伊利葉凶猛砸出。

伊利葉抬起手，在他的掌心和法杖之間瞬時立起一面銀白障壁。

「在下提醒過了。」斯利斐爾冷靜道，卻也沒有指責翡翠的意思，他知道他們須要發洩一番，「他是靈，在他不是實體的狀況下，唯有光系魔法能對他造成實質傷害。」

「若是實體，其他屬性的魔法也行囉？」翡翠一心二用，一邊與斯利斐爾對談，一邊向兩名女孩發出指令，「珍珠、珊瑚，那個召喚陣交給妳們。用盡全力，破壞它！」

珊瑚衝著伊利葉比出全大陸共用的侮辱手勢，磨著牙，轉頭就和珍珠奔往黑雪召喚陣的方向。

就算她想用力打爆那個大壞蛋，但翠翠的命令永遠最優先。

在翡翠的指示下，繁星冒險團迅速分成兩支隊伍。

瞥見兩名女孩意圖接近黑雪召喚陣，伊利葉也不著急，指尖迸綻微光，頃刻間就在空中勾勒出一張魔法陣。

平靜的沙地霍然黃沙暴起，彈指成爲多隻張牙舞爪的巨大沙蛇。

沙蛇張開大口，露出尖利的長牙。

「別妨礙珊瑚大人，你們這些醜死的大蟲子！」珊瑚揮舞法杖，纏繞烈焰的杖端毫不客氣地捶上一隻沙蛇的腦袋。

更多沙蛇圍擁上來，意圖從珊瑚沒留意到的角度偷襲，卻被驟然生成的光盾中途攔截。

少女們一攻一守，默契十足，沙蛇在她們的合作下逐一崩解。

然而一隻沙蛇徹底崩塌、融入沙地裡頭沒多久，就會再見到沙粒湧動，以為被消滅的沙蛇竟然重新生成了。

伊利葉利用沙蛇輕易牽制兩名少女，面對翡翠和瑪瑙時，更有如貓在戲弄著老鼠。

他的精靈之力在那次爭奪中確實所剩不多，否則也不會浮現自己魔物血脈的一面。

但就算無法像純種精靈如同呼吸一般直接使用魔法，須靠著咒語和魔法陣輔助，這對伊利葉也不成問題。

他對魔法的熟練度和掌控度能彌補這個缺陷。

在魔法造詣上，伊利葉早就遠遠超過法法依特大陸上的絕大多數人。

即便是精靈族，也不一定能在他面前佔得上風。

火系、冰系、風系……不同屬性的魔法在他的吟誦間行雲流水地展現。

燎原火、炎槍、寂靜冰霧、絕冰霰彈、風之刃。

熾紅的烈焰、霜白的冰霧、碧色的氣流。

絢麗的魔法不斷鎖定翡翠他們轟炸，幾乎不給他們喘息的空間。

即使憑靠著精靈與生俱來的敏捷，翡翠他們還是免不了負傷，一道接一道的傷口在他們身上出現。

冰和風割破了他們的皮膚。

高溫和烈火炙烤著他們的血肉。

「您必須接近他，或讓他來接近您。」斯利斐爾提醒，「否則奇襲無法成功。」

「所以我就在試了！」翡翠咬著牙，調整著自己有些紊亂的呼吸。

這是他們第一次眞正與伊利葉對峙。

同時也讓他們不得不深刻認知到一點——

作爲敵人，伊利葉簡直棘手得要命！

翡翠拚命思考著應對辦法，他想接近伊利葉明顯有著難度，對方可是還能在天空飛。精靈再怎麼能夠跳躍，沒有外力的幫助下，也難以到達那種高度。

既然如此，就只能讓伊利葉主動來接近自己。

「伊利葉，和你簽訂契約的可不是斯利斐爾！」一刀斬開掠來的風刃，翡翠揚聲高喊，成功吸引對方的注意，「你難道就沒有懷疑過嗎？憑你的品味，怎麼會選擇那個脾氣爛、嘴巴毒，估計連審美也不在你好球帶上，唯一優點就是看起來很好吃的傢伙！」

「您知道在下能聽得一清二楚吧。」斯利斐爾冷冷地說。

翡翠才不管當事人的意見，他衝著伊利葉咧開挑釁的笑，「想知道就靠過來啊！」

「照你的說法，我曾經的契約者另有其人。」伊利葉果然被引起了興趣。

事實上，甦醒過來、掌控縹碧時期的記憶後，伊利葉對自己當初的選擇感到納悶。

「但我的記憶不會欺騙我。」伊利葉慢慢地說，「翡翠，你叫翡翠對吧。你要怎麼說服我，你說的就是真的？如果是真的，那我曾經的契約者又該是誰？」

「喔，說不定有人連你的記憶都能竄改呢。縹碧之塔的那場爭奪戰，我可是也在場！」

「不可能，我沒有看到你。」伊利葉斷然否認。

「不然你來親自查證看看，看看我，也就是你的契約者體內是否有留下簽訂過的痕跡吧！」翡翠其實不知道會不會留下痕跡，他只是隨口胡說的。

但他似乎誤打誤撞說對了。

證據就是伊利葉從高空降下了，幾個眨眼就要逼近翡翠。

正好目睹這一幕的珍珠心臟一縮，想也不想地爲翡翠豎立起結界。

伊利葉身形一晃，眨眼消失在原地，再現身時已穿過珍珠設下的結界，只剩幾步就能觸及翡翠。

「翠翠！」珍珠大駭，連忙在翡翠身前又張開數面光壁，建構出一個光箱，想要阻擋伊利葉的靠近。

但這些對靈都是毫無效果的。

伊利葉如入無人之境，再次穿過光壁，來到翡翠面前。

他微俯下身，豎長的獸瞳天生給人一種壓迫感。

翡翠只能身子盡量往後抵著光壁，彷彿這微不足道的舉動可以拉開他與伊利葉的距離，保護好自己。

伊利葉被逗笑了。

「你說你是我曾經的契約者？」他居高臨下地掐住翡翠的臉，實體化的手指如此冰冷，像是寒冰貼上翡翠的皮膚。

伊利葉正準備用魔力探查，卻驚見翡翠的黑色瞳孔邊緣瞬間泛上一圈鮮紅。

伊利葉驚覺有異時已經來不及了。

三、二、一！

翡翠猛然抓住伊利葉的手腕，「抓到你了。」

無數十字金紋在翡翠身下閃動，它們飛快旋轉交錯，嵌附成一串金色鎖鍊，飛也似地纏綑住伊利葉的腳踝。

意識到自己中計，伊利葉向後退，想要脫離這個光之箱。

然而一向能自由改變構造的身體，如今卻像是被凝固一般沉重。

伊利葉愕然驚覺自己不能再變成虛影。

他無法隨心所欲地進行虛與實的轉換——他被迫成爲實體了。

翡翠可沒錯過這位大魔法師流露驚愕的瞬間，他捏緊拳頭，猛地重重砸上了對方的臉。

「您知道這樣不能爲他帶來實質傷害的吧。」

「對，但我心理上能獲得滿足，也就是我會很爽。」

這很可能是伊利葉第一次被人用拳頭攻擊臉部，突來的力道讓他不禁退了幾步。他摸著臉，眼裡先是閃過茫然，隨即怒意沸騰。

翡翠這記粗暴無禮的攻擊，對伊利葉來說無疑是個挑釁。

「他要施咒了。」斯利斐爾感受到空氣裡魔力的波動，出聲警告。

「珍珠，解開它！」翡翠朝著自己的小精靈高喊。

光之箱迅速解除，翡翠立刻與伊利葉拉開距離，及時成功避開一道刺來的炎槍。

瑪瑙攻其不備地從另一端偷襲，羽刀纏繞著蘊含惡化之力的光點，毫不留情地割向伊利葉身側。

被迫實體化的伊利葉再也不能讓自己變爲半透明。

換句話說，他無法再阻止光系魔法以外的攻擊穿透過自己的身體。

刀尖割開他的白袍，只差一點就要觸及布料下的肌膚。

「我想我得給你們一點刺激了，以免你們使出這些無聊的小手段。」伊利葉浮至空中，抬手往臉頰一抹，發現沾上了翡翠的鮮血後，他眉頭一抽，那些血漬登時消失，「正好，我的人偶抓到了一個人偶。」

翡翠一驚。

人偶？

白薔薇！

伊利葉冷酷地對遠在另一端的下屬下達指令：

「那麼，把他摧毀吧。」

第11章

那是瞬間發生的事。

當白薔薇被肉紅色觸手纏捲、提至半空中時，又一條觸手高高揚起。

接著，迅猛地刺穿了他的胸膛，核心碎裂，發出清脆微響。

「吾主交代我了，我有用了，我好有用！」蘿麗塔咯咯嬌笑，其他觸手歡快舞動，「嘻嘻！哈哈哈！」

被吊掛在空中的白薔薇身子軟軟垂下，再也沒有動靜，雙眸也跟著黯淡無光。

以黑薔薇的位置，不可能聽見那聲音的，可他耳邊彷彿也傳來了易碎品碎裂的啪嚓聲。

黑薔薇瞳孔收縮，心口處像要炸裂。破碎的似乎不單是人偶的核心，還有他的心，眼前好似又重現那一夜的絕望光景。

——小小的木頭人偶躺在他的掌上，再也沒有任何動靜。

「不……不不不！」黑薔薇擠出如同咳血的悲鳴，淚水溢出眼眶，將臉上血污融開，有如血淚落下。

乍然聽到另一方傳來悲鳴，路那利心中竄上不妙預感。一扭頭，撞入眼中的畫面讓他不禁低咒出聲。

啊啊，該死。

白薔薇那邊竟然出事了！

從白薔薇的狀況來看，肯定是被擊中核心了。

就算是人偶之軀，只要等同於心臟的核心受創，那麼便無力回天了。

「路那利，這個就拜託你了，要是白薔薇出事，你就把它……」

翡翠的交代霎時浮現耳畔，路那利咂了下舌，果斷地虛晃一招，不顧這樣做會否讓自己挨一劍，也要成功擺脫伊迪亞的糾纏。

自己果然……還是無法拒絕小蝴蝶的要求。

任憑血色染上華麗的裙側，路那利飛快奔跑，綿綿細雨成了他的助力。

雨滴化成一隻寬翼冰蝶，乘風飛起。

路那利握緊盛滿碧綠晶液的玻璃瓶，縮短到一定距離後，大力將瓶子往空中一扔。

冰蝶立時將玻璃瓶負運在背上，冰藍蝶翼拍掀，像一束迅疾流星直往白薔薇飛去，一晃眼竄入了他胸前的裂口內。

在路那利的操控下，冰蝶生冒冰刺，扎碎了玻璃瓶，讓瓶中內容物盡數散落，自己也化成一灘流水向外滲溢。

碧綠色的液體如同受到無形力量牽引，它們不但沒有流出白薔薇的胸口，還活躍無比地向四周伸展，浸裹在綠液中的小巧人偶則被包裹在最中心。

流光璀璨的碧色液體快速填滿空洞，就連表面的一層薄膜也化成光滑潔白的皮膚，再也看不出那裡曾受到多麼嚴重的創傷。

蘿麗塔原本只以爲是小蟲子的垂死掙扎，全然沒將注意力放到冰蝶上。

直到它聞到了熟悉的氣味，直到它看見了熟悉的碧綠晶液流淌在白薔薇身上。

自從被拆解、又被融進奇美拉體內後，它不記得許多事，但有些東西仍深刻地印在它的記憶裡。

像是對於伊利葉的忠誠，像是構成曾經的它的那股能量。

「是我的……那是我的！快給我！」肉塊暴躁地嘶吼，想要將白薔薇捲進自己張大的其中一張嘴巴內。

剎那間，空洞無神的銀眸內重現光芒。

先前像尊木偶被吊掛在半空中的少年猝然有了動作。

白薔薇左臂揚起，只是一眨眼，那隻被肉觸手纏捲住的右手就與他的身體分離。

自斷右手的白薔薇從高處直直墜下，落地前敏捷地穩住身勢，絲毫不受斷臂影響。

黑薔薇像回不過神般怔怔地張大眼，墨黑的瞳孔底處倒映著那抹逐漸接近的身影。

白薔薇飛奔至黑薔薇身前，僅存的左手握住了黑薔薇的手，他漾起微笑，銀白的眼珠子只倒映出一個人的身影。

「不需要命令，也不用吩咐或提醒，我會一直在你身邊保護你。因爲，你是我最重要的黑薔薇。」

黑薔薇嘴唇微動，試著想擠出什麼話，可是比起話語，更快流溢出來的是眼眶裡打轉的淚珠。

「還來！還給我！」獵物逃跑讓蘿麗塔憤怒咆哮，一條觸手重重拍著沙地。黃沙紛飛，更多觸手如群起攻擊的大蛇，追襲向黑與白的少年。

另一邊，肖似黑蟬的奇美拉與伊迪亞也圍堵過來，讓路那利只能往後退。

比起先前的攻勢，如今的白薔薇和黑薔薇才眞正發揮了合作無間的默契。

兩名宛如鏡像的少年背對背。

即使一人少了隻胳臂，一人的十指猶然淌著鮮血、傷可見骨，但他們的表情卻是凌厲不見退怯。

細如髮絲的絲線再一次從黑薔薇指間射出，在日光細雨下微閃寒芒，如萬千流星追向敵人。

白薔薇吐出一口氣，就算人偶其實不用呼吸，但他總習慣做出一點像人類的小動作。他張握了下左拳，蓄起力道，隨後在一隻肉色觸手想捲走他的剎那間——

轟然砸出。

路那利沒去理會那兩名塔爾負責人，心力飛速放回自己這邊的戰場。

黑蟬雙翼震顫，腹部快速鼓動，發出一陣陣嗡嗡聲。

它們高速飛行，像眾多箭矢朝著路那利和黑薔薇他們發動突襲。

隨著路那利手指翻舞、旋動，成排冰錐也靈活地在空中穿梭，挾帶逼人的勁道穿透一隻隻奇美拉。

伊迪亞身上也有不少傷處，只是從傷口溢出的不是常人有的殷紅血液，而是詭異的晶綠液體。

但無論爲他施加多少傷口，伊迪亞都不會感到痛楚。

他利用能騰空的優勢，從背後伸展蒼白觸鬚並快如雷電地竄下，眼看離路那利的後背只剩些許距離。

說時遲、那時快，一面冰盾凝結成形，瞬間攔堵住觸鬚的攻擊。

路那利側過臉，落下的雨絲立即凍結成針，齊刷刷地迎向空中的伊迪亞。

岩山外側的戰鬥進行得如火如荼，白薔薇又一拳擊中黑蟬，趁對方被擊退之際緊追而上，接二連三的拳頭似驟雨揮出，最後竟是洞穿了那具黝黑的身軀。

甩去拳頭沾上的血肉，掠過頭頂的陰影讓白薔薇仰高頭，及時避開來自上方的偷襲，而天空中的景象也順勢倒映入他的眼眸。

白薔薇睜大銀白的雙眼，錯愕的喊聲不受控制地滑出。

「天空！」

逼退近身的敵人，黑薔薇與路那利不約而同地朝天空望了一眼。

這一望，驚異染上兩雙不同色澤的眼睛。

天空底下，有什麼正從落雷和沙暴組成的城牆外探進來了。

黑薔薇和白薔薇無比震撼，他們認得那是什麼。

本應只覆於加雅周邊上空，最遠只到瓦倫蒂亞沙漠邊緣的鳴花陣。

是冒險公會用來緊急通知並動員冒險獵人們的魔法陣。

但為什麼由金銀銅三色建構的法陣裡……卻平空生出了赤紅的花紋？

紅紋簡直像瘋長的植物，不停地開出一朵又一朵花。

而且鳴花陣的範圍不可能拓展得那麼大，這完全超出公會最初設定的數值！

是只有加雅這邊的才出現這種異變，還是說另外三個分部也……

一個加雅分部的鳴花陣就能延展至瓦倫蒂亞沙漠的中心地帶，若再加上塔爾、馥曼、華格那……

法法依特南大陸豈不是要被這個發生不明異變的法陣給覆蓋了!?

光是想像這個可能性，黑薔薇與白薔薇就不寒而慄。

鳴花陣並沒有因下方的騷亂而停止，它安靜又維持著一定速度地延伸，像個不停生長的怪物，持續朝著紅褐岩山的方向前進……

✣✣✣

高聳陡峭的岩山如同巨大的屏障，將神棄之地的中央地帶切割出內外兩塊。

翡翠他們無從知曉另一側現下情況。

即使伊利葉的話語在他們心中投下一片陰影，他們也無暇從眼前戰鬥中分心。

空氣的溫度猛然飆高，被岩山包圍的盆地頓時如同大火爐，甚至落下的一部分雨絲都被蒸發成水蒸氣。

流暢的光線和符紋在伊利葉身前成形的瞬間，轟隆隆的劇烈聲響同時響起，數十顆暗色巨石平空顯現，疾風驟雨般往下墜落。

那是炎系第三級中階魔法——焦炎煉獄。

巨石一落地，霎時燃起驚人火勢。

火浪肆虐四周，就連那些沙蛇都潰不成形，被岩山包圍的平地彷彿成了一座赤紅地獄。

若不是珍珠在危急之刻爲所有人開啓保護光罩，只怕他們早就被大火焚燒吞噬。

赤紅火焰沖刷光壁，躲在結界內的翡翠他們還能感受到駭人的溫度傳遞過來。

等到煉獄般的烈火消逝，珊瑚出其不意地凌空躍起，法杖朝下一擊——

數道緋紅熾焰貼沿著地面疾衝向黑雪召喚陣，如凶悍火蛇撞上召喚陣，擊破中心地帶。

「好耶！」珊瑚雙眼放光，忍不住大聲歡呼。

翡翠正想用力誇讚珊瑚，腦中卻響起斯利斐爾的話聲。

「伊利葉的反應不太對。」

翡翠下意識望向伊利葉。

明明黑雪召喚陣遭到破壞，黑髮獸瞳的男人卻是一副漫不經心的模樣。

那個態度，怎樣也看不出他對黑雪召喚陣的重視。

這不對勁！

「它來了。」伊利葉忽然仰高頭，嘴角噙著一絲笑意。

誰？什麼來了？

翡翠等人心生不安，反射性抬頭尋找。

脫離翡翠體內，以光團模樣飛至空中的斯利斐爾最先察覺異樣，立即傳遞所見給翡翠。

「鳴花陣過來了。」

「什麼意思？」翡翠愕然，甚至不自覺脫口嚷出，「什麼叫鳴花陣要……過來……」

最末兩字，虛弱無力地自翡翠口中滑出。

無論是翡翠或是瑪瑙他們，睜大的眼瞳皆染上震驚，不敢置信地望著高空中令人匪夷所思的一幕。

就如斯利斐爾所言，鳴花陣……真的過來了。

只見空中異於蔚藍的色彩正從外側方向入侵。

它們越過了狂風、雷霆、沙暴，來到神棄之地的中心地帶，如今正經過岩山頂端，好比一張大網要把世界全籠罩在底下。

錯綜繁複的線條如植物枝蔓勾勒延展，本該只有金銀銅交纏出無數不同形貌的花朵。可這三色中，竟又夾雜著醒目的鮮紅紋路，開出一朵朵不容忽視的赤花。

紅紋纏繞出的花朵越開越多，漸漸侵佔金銀銅色的領域。

當鳴花陣越過山頭，翡翠猛地回想起先前的疑惑。

他們深入沙漠之際，瓦倫蒂亞黑市都已被遠遠拋在後頭了，卻始終能在空中看見鳴花陣在天際閃耀……

啊啊，是鳴花陣擴大了。

他們沒有意識到的時候，那個魔法陣的面積悄無聲息地增長，就像一頭吃飽喝足的怪物，如今終於來到他們眼前。

伊利葉顯得愉悅極了，他開始詠唱咒語。更爲晦澀古怪的音節滑出他的舌尖，每一個字都像在互相追逐，快得只覺有聲音拂過耳畔，想仔細聆聽卻一個字也捕捉不到。

閃動著炫亮光輝的法陣接二連三浮現，不同屬性的魔法自高處擊下。

緊迫盯人的攻擊讓翡翠幾人沒辦法騰出更多心思留意那似乎增長完畢、目前蟄伏不動的鳴花陣。

淅瀝瀝落下的雨水與不間斷的戰鬥磨去了精靈們敏銳的感官。東西由上落下、進入視野之內時，翡翠沒有反應過來那是什麼，他只無意識地揮開那抹飄落下來的漆黑。

然而就在皮膚觸及的剎那間，翡翠身子如遭雷擊，一股黏膩、陰暗的冰冷感霎時強行竄至他的體內，讓他反胃作嘔。

他記得這股感覺，他曾在哪裡接觸過，就在……

翡翠忽然弓起背脊，急促地喘著氣，破碎的呻吟從嘴邊逸出。周遭慌亂的叫喊變得矇矇矓矓，好像有層膜隔開了他與世界。翡翠雙眼睜大至極致，像是凝視遠方，焦距卻不知落至何處。

「主人！」

就連斯利斐爾直接在腦海中響起的喊聲亦變得不真切。

瑪瑙、珍珠、珊瑚的一顆心幾乎要躍出嗓子眼，他們立刻組成一個保護網，將出現異狀的翡翠包圍在中間。

沒人知道翡翠這一刻看到了什麼。

他看到自己死後飄浮在空中，突來覆蓋的陰影讓他抬高頭，但他看到的不是藍天也不是烈日。

他看到混沌的黑影將他一口吞下。

那是專門吞噬人心欲望的妖怪——瘴。

自己對於「生存」的過度渴望導致欲望失衡，才讓瘴入侵了靈魂，同時也有更多的瘴受到吸引鑽出地面。

那是對他來說相當痛苦的爭奪戰，他想趕出瘴，但這讓他的靈魂如同被生生撕扯。

直到有股強大吸力將瘴強行剝離。

來自異界的力量將他與瘴全部拉扯過去，他們穿過異界裂紋，最後他像是被看不見的絲線拉扯，像顆燃燒的流星墜落。

在墜入一個白色空間之前，他看到——

白金色光絲星羅棋布般亮起，跟著他一起過來的瘴被眞神設下的保護網絞成齏粉。

如灰燼的碎屑穿過細微的網格，飄飛至南大陸的各處。

或許是自身本就來自黑暗，它們與這個世界的暗元素融合在一起。

它們沉澱，它們上升，它們隨雨水循環。

最後它們……變成了黑雪。

怪不得眞神、這大陸的人都找不出黑雪裡的未知成分是什麼。

因爲那本來就不是這世界的產物。

在更久遠之前，瘴不只一次地誤入異界裂紋，再被保護網絞得粉碎。

時空流轉，日積月累，黑雪成爲大陸割除不去的沉痾。

在他原本的世界裡，要徹底消滅瘴只能使用神明的力量。在法法依特大陸，若想消除融合瘴碎屑的黑雪，就必須……

「翠翠！」

焦急慌亂的叫喊如驚雷在翡翠耳邊炸開。

翡翠雙眼猝然恢復光芒，渙散的焦距瞬間集中，同時面前有道刺眼紅光逼近。

溫潤的層層白光在危及之刻亮起，成爲一道多重加固的防護城牆。

「翠翠，你沒事吧！」珍珠緊握冰晶法杖，頂端持續散發雪白光芒。

「我看到了，黑雪是……」翡翠喘著氣，想與人分享自己的發現，他的話聲在看清瑪瑙他們時戛然而止。

三名精靈的臉上是藏不住的心焦和緊張，同時無法遮掩的還有那落至他們髮梢、肩上、身上的黑色雪花。

黑雪一觸及精靈們的身體，轉眼滲入體內。

翡翠猛然仰高頭，黑眸望著高空，瞳孔滲出恐懼。

赤紅的鳴花陣下，是彷彿佔據全世界的漫天黑雪。

黑雪落下了。

落在他們所有人身上。

翡翠不知道自己現在的表情是怎樣，但肯定不好看。

因爲他的小精靈們看上去更慌亂了。

「不不不……」翡翠呻吟出聲，失血和驚懼讓他的臉變得更加慘白，「爲什麼連你們也被雪淋到了……」

黑雪的入侵是無法逆轉的，他寧願只有他一個人遭到這種傷害。

「但是……」瑪瑙卻是露出罕見的稚氣微笑，「這樣就跟翠翠一樣了。」

翡翠剩下的話語哽在喉頭，他不由自主地紅了眼眶。

見到屹立在黑雪中的伊利葉後，那份懊悔很快就轉爲勃發的怒焰。

「斯利斐爾，幫我！」翡翠一手撈住空中的光團就往自己胸口按壓，黑瞳的邊緣再次泛起一圈鮮紅，彷若黑曜石被紅寶石圈圍住。

在斯利斐爾的引導下，翡翠可以感受到光元素前仆後繼地集中到他的身邊，他的腦海中清楚浮現光系魔法的構築。

「光系第二級初階魔法——鳴光之鍊！」

神聖金芒爆發，每一道光束都化成金黃色的鎖鍊，疾如雷電地追向伊利葉。

對於靈來說，光系魔法絕對是它們最排斥的存在。

生前是大魔法師的伊利葉也不例外。

他神色一凜，暗系魔法咒語頃刻流洩，虛空湧出多道暗影，瞬時成爲對應的闃黑鎖鍊。

「爲什麼？爲什麼黑雪會降下？我們不是破壞那個召喚陣了！」翡翠只覺喉頭似烈焰灼燒，令他只能嘶啞質問。

「重點從來不是所謂的黑雪召喚陣，我要的，一開始就是冒險公會的鳴花陣。」或許是目的達成了，伊利葉不吝於解釋，「你那位聰明的同伴，現在應該看出來了吧。」

「在下現在的確看出來了。」爲了能與伊利葉進行對話，斯利斐爾以光團模樣現身，只留一條光絲繫在翡翠體內，「白房子村以外的三個召喚陣，只是用來翻轉召喚功能，鳴花陣才是用來召喚的本體。但就在下所知，鳴花陣是在數百年前由冒險公會集結多人之力……」

斯利斐爾明白過來了。

數百年前，那是伊利葉還活著的時候，而且還以「大魔法師」之名響譽全大陸。

冒險公會會找上他也是理所當然。

「——你是當年的其中一人。」

「這就是爲什麼我喜歡跟聰明人說話。」伊利葉微微一笑，「當年的我當然不可能預知黑雪的出現，我只是在鳴花陣藏了一些小設計，等到我想使用時就能派上用場。」

就連冒險公會都料想不到，大魔法師一時的心血來潮，在未來會爲這個世界帶來這麼大的隱患。

就在這時，翡翠驀地注意到伊利葉的手背、頸側出現奇異紅痕。乍看像是遭到灼傷，顯現出赤紅的紋路。

翡翠極力控制住自己，才沒有驚呼出聲。

那個痕跡……就像自己吃進海鮮，就像凱亞拉碰到安古蘭花……

伊利葉，過敏了？

翡翠心中這一刻像有驚雷劈落，在他心底掀起驚濤駭浪。

什麼東西讓他過敏？

不管那是什麼，引發的症狀都不嚴重，才會讓伊利葉毫無所覺。

必須在伊利葉意會到之前，把那東西找出來！

快想、快想啊！翡翠催促著自己，絞盡腦汁地把他們踏入這片地域後發生的事全回想一遍。

那個過敏源一定就在這裡，在他們與伊利葉開戰之後出現的。

既然如此，那就是來自於他們。

珍珠的結界？不對。

他和瑪瑙的雙生杖？有可能。

瑪瑙的惡化力量？也有可能。

「通知瑪瑙，讓他將惡化之力纏在刀上面，儘可能攻擊到伊利葉。」翡翠眼明手快地扯下肩上的光團，一把扔向瑪瑙。

伊利葉捕捉不到斯利斐爾與瑪瑙的耳語，但不妨礙他要做的事。

他張開手，碧色符紋疾速繞圈成形，碧綠的強橫氣流向外掃蕩，將瑪瑙跟想從另一方位偷襲的珊瑚、珍珠掀飛出去。

沒了那幾人的干擾，伊利葉像是縮地成寸，幾個跨步已出現在翡翠面前。

他要驗證翡翠話語的眞假。

這個人……究竟是不是他曾經的契約者？

「現在告訴我，翡翠。」

伊利葉的手掌就要探出。

「——你喜歡我送你的花嗎？」

「……咦？」

如輕風的呢喃拂過翡翠耳畔，在他面露愕色之前，劇烈疼痛猝不及防地自他肩上傳來。

誰也沒想到，伊利葉竟是伏首靠近翡翠的肩膀，彷彿要將一大塊肉撕扯下來地狠狠咬上他的右肩。

「啊！」無預警的動作讓翡翠失聲痛呼，他大力推開面前的男人，血花跟著飛濺而起。

在對方順勢抽身而退的刹那間，翡翠看到那雙紫瞳內滑過一抹鮮活情緒，毫不掩飾的得意與傲慢溢於言表。

那不是伊利葉會有的眼神。

那更像是……縹碧!?

翡翠幾乎以爲自己忘記這個名字了。

發生那麼多的事情後，在浮空之島、在緋月鎮，以及在這裡……神棄之地。

伊利葉的存在早就徹底蓋過那個名字。

可如今，那許久不見的眼神勾起了他的記憶。

翡翠懷疑自己眼花了，他茫然地再盯住那雙眼睛，卻已什麼也捕捉不到，彷若只是曇花一現的錯覺。

「翠翠！」翡翠的負傷讓三名精靈神色大變，看向伊利葉的神情像是恨不得能啖噬他的血肉。

翡翠喘著氣，臉色微白，下意識按上肩頭，感覺到掌心下一片黏膩濡濕。

尖銳的刺痛一抽一抽地自傷口處傳出，鮮明得令人無法忽視。

可比起痛楚，翡翠更加在意的是另一件事。

那刻意只說給自己聽，連瑪瑙他們都沒發覺的呢喃。

——你喜歡我送你的花嗎？

花、花……伊利葉哪可能送他花，不要跟他說所謂的花是空中鳴花陣的……

翡翠思緒霍地凍住，震駭的情緒像一股電流直竄他的腦海，引發顫慄。

他確實收過花。

——弦月區的戈多拉。

——洛里亞的安古蘭。

電光石火間，一個太過荒謬，但證據又全都指向那個可能性的猜測躍上翡翠心頭。

他不敢置信地瞠大眼，那個名字險些要滑出他的舌尖，又被他及時咬住。

——縹碧。

給予他們線索的幕後人，是縹碧。

雖然很不可思議，翡翠甚至不明白這究竟是怎麼辦到的，但又確確實實地發生了。

在伊利葉的眼皮底下，只不過是他一段年少投影的縹碧，居然有辦法短暫地擺脫那具軀體的眞正主人，爲他們傳遞消息。

「斯利斐爾！」翡翠激烈的情緒波動從意識裡傳遞到斯利斐爾那方。

「您須要冷靜點。」

「太難了！他問我喜歡他送的花嗎？伊利葉怎麼可能會說這種話，能用他的身體跟我說話的……」翡翠連珠炮似地在腦內說話，「是縹碧吧！他咬我一定是帶著某種原因的，就像他之前送來的信紙一樣！」

「在下……無法回答您。」斯利斐爾罕見地流露一絲猶疑。

不論從哪點來看，只是一個短暫時期人格的縹碧，不可能逃得過伊利葉的摧毀。

可結合那兩封畫著花的信紙，還有剛才做出的突兀行爲，斯利斐爾不得不認同對方就是做到了。

還能無聲無息地藏起自己的存在，不被伊利葉發現。

但是，這個舉動背後的意義到底是什麼？

翡翠不認爲縹碧突然現身只是爲了咬他一口，還咬得那麼大力。

被推開的伊利葉似乎還有絲愣怔。

可緊接著，嘴裡無法忽視的血腥味讓他眼底凝結的寒冰破碎了。

他愣然地摸上嘴，發現上面沾滿鮮血後，一雙獸瞳立即轉向翡翠，後者肩上的傷口讓他意識到眼下發生什麼事。

可就因爲明白過來了，才讓他更加無法理解爲什麼會。

爲什麼……爲什麼他會不記得自己上一刻做過什麼？

就好像他的身體在短短幾秒內失去掌控，甚至連他的記憶也出現剎那的缺失。

這不可能，絕不可能有人有辦法……

伊利葉豎長的瞳孔驟然變得更加狹長，像是震驚到極致的野獸。

不可能有人，所以說……伊利葉一時就像忘了面前的精靈們，他望著手指上沾染的紅血，一個答案終於呈現在眼前。

這令伊利葉簡直無法置信，那只是一段過去的記憶，只是一抹虛幻的影子。

沒錯，那不過是自己年少時的投影。

那種脆弱又無用的東西，自己不是早就徹底抹殺了嗎？

在自己甦醒過來後，縹碧不可能還存在！

伊利葉之前一直如此相信，直到此刻，現實毫不留情地給了他一記反擊。

莫名其妙的舉動，還讓自己去咬一個精靈……到底要胡鬧到什麼地步！

伊利葉頭一次面露失控神色，他咬著牙，從齒縫間擠出一個名字，「縹碧……」

「爲什麼大壞蛋要說自己的名字？」珊瑚拉著珍珠的衣角，悄悄地問。

珍珠只是搖搖頭。

嘴裡揮之不去的血腥味讓伊利葉感到厭惡，他正要將這股惱怒發洩出去，冷不防從喉嚨深處蔓延開來的灼熱感讓他猛地按住脖子。

伊利葉瞠大眼，清俊的面容甚至不受控制地浮上一絲扭曲。

他的喉嚨，就像有烈火在灼燒。

那股火燒感還越來越大，熾燙的高溫不僅在喉嚨翻騰，還往下沿路燃燒，燒進了他的五臟六腑。

自從成爲了靈，伊利葉從未體會過疼痛，可現在感到的劇痛讓他破天荒地慌亂了。

這究竟是……怎麼回事？

「你對我做了什麼？」伊利葉咬牙切齒的逼問像是對著翡翠，又像是對著藏躲在他體內、讓他尋不著的縹碧，「你對我做了什麼啊！」

在伊利葉嘶聲吶喊的同一時間，令翡翠幾人震撼的事發生了。

本來只是淺淺浮在伊利葉手上和頸側的紅紋瞬間變得鮮紅嚇人，它們如藤蔓爬伸，延展到皮膚各處，像一條條猙獰突出的疤痕，張牙舞爪地展現自身的存在。

伊利葉眼裡浮現狂亂，他的身體、四肢百骸，都像有烈火遊走肆虐。

他雙手緊按著喉嚨，像是想掐住，又像是想要逼出自己誤喝的血液。

他猜得出來這跟他無意中呑下的血有關。

但是，爲什麼？翡翠的血爲什麼會對自己造成這種影響？

伊利葉的表情既憤怒又茫然，這一刻發生在自己身上的事對他而言如此陌生。

翡翠可以理解對方的困惑，也終於領悟到縹碧給的暗示。

伊利葉想必還不明白自己的身體到底出了什麼問題。

身爲他年少投影的縹碧卻早一步察覺到了。

遇上凱亞拉之前，翡翠都以爲精靈的弱點在死去後就會消失。

但凱亞拉向他證明了一件事。

只要是精靈，不論生者或亡者，都擺脫不了過敏的體質。

成爲靈的伊利葉也是。

恐怕這位大魔法師在生前或死後，都不曾體會過過敏的感受。

因爲他的過敏源著實太過稀罕，在法法依特大陸上太難碰到。

但現在……

伊利葉過敏發作了。

對精靈的血。

第12章

在伊利葉被體內疼痛折磨之際，翡翠和瑪瑙毫不猶豫地採取行動了。

鋒利的刀刃劃過精靈細緻纖白的皮膚，血花噴灑出來，濺覆上銀白的刀身。

染血的長刀二話不說朝著伊利葉揮劈過去。

他們的武器雖然不能對靈造成致命傷害，但上面的精靈之血可以。

體內彷彿永不熄滅的燃燒感妨礙伊利葉的速度，讓他閃避不及。

長刀和羽刀迅疾割開伊利葉的衣袍，直抵布料下的身軀，刺破皮膚，埋進深處。

精靈的血也被送了進去。

伊利葉痛楚加劇，讓他不得不拋棄一貫的優雅沉著，尖銳地斷氣出聲。

太痛了……在他身爲人、成爲靈的時刻，從來沒有經歷過這般疼痛。

珊瑚起初還不明白翡翠與瑪瑙突來的舉動，她看見珍珠也用法杖尖銳處割傷了自己，讓鮮血迅速往外擴散。

接著她聽見珍珠說話，聽起來平靜，卻蘊含著激烈的情緒波濤。

「他過敏了，對我們的血。」

過敏……腳步踉蹌的伊利葉沒有錯過那個關鍵字眼。

他恍然大悟，總算意會到自己身上發生變化的因由。

原來如此……那抹可憎的影子就是打著這個主意，才會刻意去咬那一口。

「別以爲這樣就能阻止一切，黑雪會降下，這個世界會迎來新生……只要鳴花陣仍在，你們就算打倒我也阻止不了任何事！」

伊利葉扯開冷笑，雙腳登時離開地面，如鬼魅飛至空中。

就算燒灼般的痛楚不斷折磨著他，他還是挺直背脊，高舉一隻手，艱澀的咒語像歌唱般吟出，空氣中的元素以驚人的高速流動匯集。

地面上的翡翠等人能感受到周遭空氣跟著震動。

一簇簇紅光閃現，如焰花在高處綻放，隨即流暢的光線與符紋勾勒出一面又一面赤色魔法陣。

在瓦倫蒂亞沙漠裡，永遠不缺最爲活躍的火之元素。

多面魔法陣環繞在伊利葉周邊，陣心中鑽出烈火凝成的惡龍，它們搖頭擺尾，張嘴咆哮，從大張的口裡噴射出熊熊烈火。

珍珠揮動雙生杖，白光在冰晶似的末端閃耀，光盾接二連三地張開，不斷地擋下火炎的轟擊。

豆大的汗珠從額角淌下，滑過臉頰，有幾滴還落至睫毛上。

珍珠用力眨了眨眼睛，無視汗水滴進眼裡帶來的刺痛。她只知道，不能停下，她必須保護大家！

在斯利斐爾的協助下，翡翠一起加入防守行列，長刀轉爲木杖形態，成爲魔法增幅器。

翡翠喃誦咒文，綠風四起，從四面八方集結在他身前，轉瞬纏捲成碧色之龍。

碧龍直衝上天與伊利葉的火龍展開凶狠撕咬，連帶也捲走那些意圖攻擊的火焰。

翡翠急促地喘著氣，他看見空中魔法陣的中心再度鑽出惡龍，它們矯健游走，身上烈焰騰騰翻滾。

必須、必須想點別的辦法，要能一口氣牽制伊利葉的行動……否則他們也無法利用精靈之血對伊利葉進行致命一擊。

電光石火間，翡翠霍地想起來了，那個被遺忘的契約！

他曾與縹碧締結過契約。

在伊利葉正式甦醒後，他以爲契約就消失了，或是再也沒有效用。

可現在，縹碧仍舊存在。

「斯利斐爾！」翡翠迫切地追問，「縹碧還在，我跟他的契約還作數嗎？有沒有辦法利用這個契約再喚出縹碧一次？」

斯利斐爾當下領悟翡翠的意思，他給出了肯定的答覆。

「契約者還在，契約就還在，在下會幫您。」

就在這時，伊利葉又一次迎來過敏造成的反噬，體內火焰像要把他整個身體撕扯得四分五裂。

來到舌尖上的音節驟然斷裂，赤色魔法陣逐一潰散，伊利葉就像斷線的風箏從高空直直墜下。

這個高度對生物來說非常致命，但對靈卻不會。

伊利葉墜落在沙地上，他撐起自己，手指耙抓著地面，留下深深凹痕。

他想要再飛起，卻駭然發覺自己動不了了。

不是疼痛，它們雖然能夠折磨他，卻無法真正擊倒他。

有別的東西，有不是自己的東西……佔據了他對這具身體的控制權！

伊利葉發出沉重的喘息聲，即便他早就不須呼吸。暴怒席捲上心頭，他扭曲了那張遍布疤紋的臉。

他的牙關咬得格格作響，「繅碧！」

接下來的短短瞬間，可以發生很多事，也能改變很多事。

「珍珠，張手！」斯利斐爾脫離翡翠，飛也似地撞上珍珠的手掌，轉瞬融了進去。

這是珍珠第一次讓斯利斐爾進入自己的意識之海。

她還能支配自己的身體，只是前所未有的知識流到她的腦海，讓她知曉該如何做。

白髮少女將法杖拄地，雙手交握住杖柄，一圈金光在她身邊閃耀，形成一個燦爛的金色魔法陣，光明的氣息如此濃烈。

這是一個光系魔法陣。

隨著金光盛放，法陣邊緣竄出多條金絲，像靈蛇游走至伊利葉身下，並從地面爬上，纏繞住他的手腳、身軀。

金絲就像一重重鎖鍊，沉沉地掛在伊利葉身上，奪走他全部行動能力。

伊利葉可以看見自己身上發生的事，也可以感受到光系魔法帶來的痛苦。

唯獨不能掙扎、反抗，或是逃離。

被迫顯露狼狽的大魔法師，如同一隻被逼至絕境的野獸。

伊利葉張嘴，但來到嘴邊的話語卻變成了——

「靈的核心在左眼。」

翡翠手掌飛快撫過刀鋒，湧溢的鮮血將刀身染得通紅。

下一秒，染覆著精靈之血的刀尖送進了伊利葉的左眼裡。

時間像在這名大魔法師周遭凝固了，臉上的狂亂和混亂也歸爲虛無。

伊利葉表情怔然，衣襬、指尖、髮梢全都在崩解破碎。

翡翠抽回自己的長刀，血液滴滴答答地墜落，身上各處傷口不住傳來尖銳的刺痛。血色覆蓋了他的半身，但他彷彿毫無所覺，雙眼注視著正在崩碎的大魔法師。

恍惚間，翡翠好似看到年少的縹碧從伊利葉身上出現。

那名黑髮少年露出矜傲得意的笑容。

「你看，我幫到了你，我的契約者，就說我是最完美的吧！」

他的神情快活又自戀。

然後轉眼在翡翠眼前灰飛煙滅。

✣✣✣

岩山另一側，邊界以天災打造的城牆消散殆盡，操控氣候的魔法陣不知何時中斷運轉。沒了視覺上的遮掩，可以望見大得驚人的鳴花陣佔據著整片天空，無盡的蒼涼沙漠朝著更遠處延展。

唯一沒有停歇的是從天空飄落的黑雪。

雪花無聲無息地落在岩山下方，那裡此刻一片狼藉，奇美拉的屍體四散各處，其中最醒目的莫過於一團肉塊。

它從原來的肉紅轉爲黯淡的灰白色，觸鬚一動也不動，顯然失去生命跡象。

黃沙被流淌的鮮血浸染成暗紅色，風中還能嗅到未散的腥臭味。

水之魔女臉色蒼白，倚靠岩石而坐。

不遠處是一具怪異的蒼白人形，它的胸口與腰間各有一個大窟窿，晶碧液體從斷面中流淌下來。

路那利慢慢吐出一口氣，用手指耙梳一下髮絲，試圖將散亂的髮型打理好。

他不知道翡翠他們何時會過來，但等他們到來時，自己可不能一副亂糟糟的模樣。

他得將最好的一面呈現給他的小蝴蝶看。

路那利噙著自信的笑，無論何時他總是明艷招搖，令人想到盛開的帶刺薔薇——即便是在胸口貫穿著一截蒼白觸鬚時也一樣。

那截觸鬚如箭矢沒入他的右胸，鮮血往外滲染，將華麗的布料染得殷紅，乍看下猶如胸前開了一朵艷麗花朵。

「眞麻煩……」路那利手指撫上右胸附近，「偏偏是右邊呢。」

翡翠的長槍曾經刺入路那利的左胸，異於常人的心臟位置讓路那利得以存活。

但這一次，壞運氣終於拜訪了水之魔女。

「我完成你的交代了，小蝴蝶……」路那利半斂著眼，手指往腰間包包探去，裡面放著一個漂亮的寶石髮飾。

當初在黑市瞧見這個髮飾，路那利就覺得這應該屬於翡翠。

所以等等翡翠過來的話，他就會把它送給對方。

是的，等翡翠過來……

黑薔薇與白薔薇所在位置離路那利沒有太遠。

兩名如同雙子的少年安靜地靠在一起，雙眼閉起，彷彿因爲太過疲倦而陷入熟睡。

誰也無法忽視白薔薇失去的一隻手臂及胸側的那道缺口，那裡彷彿被誰蠻橫地將血肉撕扯下來。

只不過，缺口內汩汩流出的不是鮮血，而是晶綠的液體。

白薔薇睜開眼睛，望見另一端的灰白肉團。那個醜陋的東西現今已喪失生機，再也不會對他的黑薔薇造成威脅了。

只可惜……自己還是太過大意了些。

白薔薇側著臉，看向身旁那張與自己相同的面容。

黑薔薇的鼻下、嘴邊，還有耳洞都覆著半乾血液，讓那張臉龐看起來有幾分駭人。可落在白薔薇眼中，依舊好看得不得了。

白薔薇想要抬手幫黑薔薇擦去那些血，又怕自己的動作驚擾那雙閉掩的眼睛。猶豫了一下，白薔薇最末還是沒有抬起手。

黑薔薇太累了，他須要好好睡一下。

白薔薇這時無比慶幸自己只是個人偶，不會感受到痛楚，也不會因爲疼痛而呻吟出聲。自然也就不用擔心會吵醒黑薔薇了。

白薔薇仰頭望向天空，漆黑的雪花悄無聲息地飄下。

似乎永遠不會停歇。

靈的消亡，什麼也沒有留下。

就連灰燼也不會有。

徹徹底底地消逝於這個世間，永遠不復存在。

翡翠跪坐在地，望著只餘虛無的前方，一時像是還沒辦法回過神。

縹碧消失了。

伊利葉消失了。

就連黑雪召喚陣也被破壞。

但就如伊利葉所言，盤踞在高空上、瓦倫蒂亞沙漠上、法法依特南大陸上的鳴花陣仍舊存在。

翡翠望著周遭的一切。

伊利葉消失了，被破壞的卻不會因而恢復原狀。

高得遙不可及的鳴花陣，就像在嘲笑著他們到頭來還是徒勞無功。

他們破壞不了鳴花陣，也阻止不了黑雪的降落。

他們甚至都已經被黑雪入侵。

「……不，我們可以破壞鳴花陣。」珍珠仰著頭，慢慢地說。

當她說完這句話，她望向自己的兩名同伴，驀地像如釋重負地笑了起來。

奇異的是，總會問個不停的珊瑚對這句沒頭沒尾的話卻像是理解了。她大力地點點頭，眸裡閃動著熱烈的光采。

「你們在說什麼？」翡翠說不上來，但他有種不安的預感。

「翠翠。」瑪瑙看著他們最重要之人，金眸柔和，「晚點見。」

「什麼……」翡翠茫然地看著自己的小精靈，「你們要去哪？」

「我們要去遠一點的地方。」珍珠撐起身子，從地上站起，與瑪瑙、珊瑚往前走了幾步又停住。

翡翠還是不明白，但目前的這個距離並不會太遠，他還能看到他的小精靈。

然後，他看到瑪瑙、珍珠、珊瑚握住彼此的手。

這回，瑪瑙不再投予嫌棄眼神，珊瑚也不再氣呼呼地抗拒，珍珠更不用揚起莞爾的笑。

三名精靈頸後圖紋逐漸亮起微光。

星星、月亮、太陽都在發著光，他們身下的影子也竄湧出難以計數的光絲。

燦爛的金色絲線飛速向外延展建構，瞬息之間纏捲出巨大壯麗的輝煌之樹。

光絲勾勒出枝椏葉片，更多瑩瑩光點從樹梢間飄出，在枝葉旁形成了星星、月亮、太陽的圖騰。

不再是過去記憶的投影，這是翡翠第一次眞正見到精靈族的世界樹。

他怔怔地望著成爲樹木中心點的三名精靈，下一瞬，眼神從怔然轉變爲驚恐。

瑪瑙、珍珠、珊瑚的身影也在發光，那些光似乎是從他們體內透出來的。淺金色的光芒一片片往上攀爬，爬上他們的臉頰。

同時從腳底開始，亮起的金光也在崩解。

「不不不！」翡翠尖叫出聲，目眥欲裂。他腳步不穩地往前衝，中間一、兩次差點絆倒。顧不得身體如千斤重，他踉蹌地跑著，一心只知道跑著。

明明他與瑪瑙三人是那麼近，但這一刻恍若咫尺天涯。

「不可以！你們不能——」翡翠拚命伸長手臂，手指用盡力氣伸展，好似這樣做就能挽留住他最重要的寶物。

只差那麼一點點，他的指尖就要碰到了……

翡翠極力伸出的手最後什麼也沒碰到。

彷彿最脆弱精緻的瓷器再也承受不了丁點負荷，三道身影在他面前破散爲無數光屑，飄飛至樹幹裡。

不管他將手指攥握得再怎麼緊，他能抓到的只有一團虛無的空氣。

翡翠跌跪在地，臉上的神情既無措又茫然。

明明上一刻他的小精靈們還在眼前，爲什麼下一刻就消失不見了？

獨獨留下一棵磅礴壯麗的世界樹繼續延展它的枝葉。

翡翠抬高頭，抬到脖子都發疼了，他張大的黑瞳裡倒映出空中的奇景。

巍峨巨大的世界樹高入雲霄，金光構成的枝葉承載著星星、月亮、太陽，往這世界各處蔓延。

瘋長的枝椏刺穿高空的鳴花陣，撕扯破壞著赤色的紋路。

在世界樹的干擾下，鳴花陣逐漸支離破碎。

爲這座大陸帶來血色陰影的巨大魔法陣開始轉淡，直到完全消散在天幕之下……

鳴花陣消失了，但召來的黑雪卻不是一時半刻能夠立即停住。

沒了赤紅法陣的影響，藍天下的紛飛黑雪更加明顯。

輕飄飄的細雪落至翡翠髮梢、肩上，再融入他的皮膚底下。

「你知道……你知道他們要這麼做？」翡翠收回目光，看向了過程中一直保持靜默的眞神代理人。

「在下不會干涉他們的決定。」斯利斐爾平靜地說，「就如同那一次，在下也不會干涉您的選擇。」

翡翠知道斯利斐爾說的是浮空之島那次。

他沉默不語，整個人失魂落魄地跪坐原地，怔怔地注視著面前輝煌絢爛的世界樹。瑰麗的樹幹表面流動著七彩光輝，其中一條枝椏垂下，輕輕捲住翡翠的手腕。

就在這瞬間，翡翠突然明白世界樹對精靈族的意義。

精靈誕生於世界樹，最終也將歸還於世界樹。

——本該是如此的。

但是、但是……由瑪瑙、珍珠、珊瑚形成的世界樹改變了這條規則。

除非翡翠自願，否則世界樹是不會接受他的存在。

那是瑪瑙他們留給翡翠的自由，也是他們對翡翠自私的束縛。

如果三名精靈還在，他們會像是害怕被責怪，但內心深處又知道能仗著對方寵愛而有恃無恐的孩子一樣，露出不安又希冀的表情。

翡翠慢慢揚起嘴角，拉開一個無奈又縱容的笑意。

「既然如此……這一次你也一樣不會干涉我的選擇對吧。」翡翠站了起來，主動迎向流光四溢的世界樹。他將右手貼上樹幹的同時，左手也按上了自己的左胸口。

那裡除了是心臟跳動的地方，也是收集來的擬殼能量的存放處。

就像是與生俱來的本能，讓翡翠知道接下來該如何做。

隨著覆上血污的指尖往心口堅定地推進，一陣強烈碧光旋即自翡翠胸前迸綻，轉眼將他整個人吞覆進去。

碧光擴大再擴大，與世界樹的流光交織纏繞。

兩者很快融爲一體，接著像受到看不見的外力猛然壓縮，成爲一個人的大小。

璀璨碧光中，屬於精靈王的身軀正化成光屑冉冉消散。

世界意志的聲音同時響起。

「宣告，能量不足，無法建構……宣告，能量依舊不足……」

斯利斐爾平靜地伸手探入碧光之中，任憑自己的軀體也被光芒一點一滴吞噬。

假如翡翠還能看到這幕，他一定會不敢置信地驚呼：你沒事幹嘛要過來！

而斯利斐爾就會回答：在下的職責是跟隨精靈王。您到哪，在下自然也到哪。

隨著銀髮小男孩完全消失，那道無機質的聲音再次響起。

只不過這次無人能夠接收到那道聲音了。

「確認，完整的神之擬殼獲得。宣告，眞神即將甦醒——世界將迎接神的降世。」

碧光緩緩浮起，光華深處平空誕生了新的金色光點。

奪目金光逐漸形成兩道人形。

當光華全部散去，一高一矮的身影浮立於空中。

高的是名棕髮年輕人，他有著一雙溫暖如夕陽的眼睛，五官俊朗，眉眼間充斥溫和的神采，唇畔笑意更給人好親近的印象。

祂輕易地以手臂托高一名白髮小女孩。

小女孩容貌稚嫩，髮間露出一雙尖長耳朵，一雙如紫水晶剔透的眼瞳冷若冰霜。

但此時此刻，在這空曠的沙漠裡，無人得以窺見到神祇的容顏。

不再是夢境的連結，不再是飄渺不定的影像。

羅德、謝芙兩位神祇，這一次眞正地降臨於法法依特大陸上了。

隨著眞神現世，世間的一切也都隨之靜止。

風停止吹拂。

黑雪停止降落。

海浪停止湧動。

就連遙遠的北大陸也像被按下了暫停鍵。

這一刻，所有生物或非生物都像是被停滯了時光。

「唔嗯……」羅德低頭看看自己的身體，像是感嘆地說著，「雖然染上了別的顏色，但最終還是以另一種方式構成了吾等的擬殼。」

「汝的廢話就不能再少一些嗎？」謝芙投以冷淡的一眼，「吾等的世界可是布滿黑雪了。」

「哈哈，是呢。」羅德毫不在意謝芙的嫌棄，祂望著懸停在祂們四周的雪花，輕碰上其中一枚碎屑，指尖綻放金光，轉眼就讓那枚雪花消失殆盡，「但吾等的精靈王，不是告訴吾等解決的辦法了嗎？」

在翡翠犧牲自己與收集而來的能量建構出新的擬殼時，眞神也從他的記憶反饋得知了黑雪的成分。

原來那是暗元素和異界產物的結合體。

既然知道黑雪是如何成形，祂們也就知道該如何對症下藥，著手清除。

「好不容易培育出的世界樹和精靈王就這樣失去了，眞是可惜。」

「汝的語氣可聽不出惋惜。」

「哎呀，但這也是沒辦法的。沒有失去，就沒有接下來的成果。」

羅德輕笑出聲，笑聲溫暖，像是冬日的陽光、寒夜裡的暖爐、風雪中的燈光……那些所有給予人美好希望的存在。

「好了，該來處理入侵吾等世界的異物了。」

羅德和謝芙朝空中舉起一隻手，五指虛虛攏著，掌心中間徐徐升起金燦的光輝，彷彿高高舉起一把火炬。

接著，由羅德宣告：

「這個世界要有光了。」

神說要有光。

那麼這個世界就充滿著光。

隨著神之語流洩，兩名神祇掌心中的光華霎時轉爲萬丈光芒，釋放出浩蕩的神威，熾亮金光如浪潮橫掃大陸各處。

那是最純粹的光元素組成的大浪，凡是漫淹之處，黑雪都像瞬時蒸發般消失無蹤。

聖潔的光輝籠罩著全大陸，它的存在像是剎那，又像是永恆。

謝芙將掌心放置唇邊，祂輕輕地吹了一口氣，金耀光芒剎那間又像泡泡破碎，成為無數絢麗的光點。

一場光之雨靜靜飄降在陸地與海洋之上。

當最後一絲金光沒入地面與海水，法法依特大陸又歸於平靜。

這個世界是羅德與謝芙的國土。

祂們不須親自用腳丈量，就能感知到世界所有角落的變化。

而現在，祂們能真切地感受到黑雪消失了。

曾經如附骨之蛆，怎樣也無法從大陸上剝離的黑影再也不復存在。

羅德和謝芙環視這個世界。

黑雪雖然消逝，可終究留下了入侵過的痕跡。

祂們的目光穿越沙漠，看到了遙遠的城鎮、森林、田野，看到這世上的所有生物。

只要時間持續向前流動，留下的傷害就無法逆轉。

於是，神在低語。

「那麼，截取吧。」

「那麼，儲存吧。」

所有靜止的人事物倏然間化爲模糊色彩，它們散去了輪廓，失去了形體，最終融入了時間，成爲一條條璀璨的時光之河。

時光之河在眞神身周流轉，既快速又緩慢，持續地以順時鐘方向推進。

謝芙又一次舉起手，時光之河登時凝止，不再流動。

隨後換羅德舉起手，河水調轉了方向，重新緩緩動起。

隨著時光之河逆時鐘方向流轉，世界再次被塡滿了全新的色彩。

白晝、黑夜。

空氣、海洋、大地。

星辰、日月。

水中生物、天上飛鳥、地上活物。

法法依特大陸重新遍布蓬勃生機，一切回歸原位。

塔爾分部的灰髮女士慢悠悠地喝著她的下午茶，裝作沒看到一份她得簽署的文件。

黑髮黑眸的少年安靜地翻找著資料，與他如同鏡像倒影的白髮少年微微一笑，毫不留情地對著自己負責接待的人冷嘲熱諷。

浮光密林裡，金髮的英俊近衛氣喘吁吁地追著一隻金色的圓胖蝙蝠跑。紅髮女法師在後頭斥喝著同伴動作太慢，大鬍子劍士抱著他的劍在旁邊哈哈大笑。

在名爲「魔法師的少女心」的甜點店中，容姿艷麗的水之魔女優雅地吃著面前甜點，無視對面兔耳帽少年的哭窮。一旁還有地兔族少女樂呵呵地拿出兔兔牌番茄汁，見縫插針地把飲料灌入兔耳帽少年嘴裡。

東海極深處，紫髮青年打著呵欠，看著前方的九十九號表妹與未婚夫扭打成一團，心不在焉地想著自己哪一天要找到能報恩的對象，對那個人「以身相許」。

當時光之河的最後一點痕跡消退，眞神實現了曾經對精靈王允諾過的。

——世界會重來，時光會倒轉，被破壞的將會恢復，已逝之人終將復活。

「那麼，你呢？」羅德忽地轉過頭，望著身邊一道幾乎不成形的光之人影，「你要去哪裡？」

人影像費了一番力氣，慢慢地拼組出音節。

「在下的選擇依舊是……」

最終章

鈴鈴鈴！

尖銳急促的鈴聲驀地撕裂寧靜，索命似地不斷響起。

被窩裡伸出了一隻手，往床頭櫃的方向摸了摸，摸到正在震動跟作響的手機後，胡亂地在螢幕上點按幾下。

鈴聲被關掉，房間裡再度恢復平靜。

那隻白皙的手飛快又回到被窩裡，手臂的主人更是從頭到尾都沒睜開眼睛，繼續和夢境裡的美食纏纏綿綿。

淋滿光滑焦糖醬的雙層厚鬆餅真的太吸引人了，誰能抗拒得了這份動人的誘惑？

起碼這個房間的主人不能。

他的意識很快又往深幽處下潛，只要沒有外力吵他，他肯定能睡到天荒地老。

但這個願望被不留情地打破了。

手機鈴聲被關掉沒多久，新一輪噪音強勢到來。

咚咚咚！咚咚咚！咚咚咚！

敲門聲十萬火急地響起，伴隨著男人緊張的叫嚷。

「小窈、小窈！快起來，十點半了！不能再繼續睡下去了，你媽她要——」

男人的語氣倏地融入一抹心驚膽跳，尾音也拔得尖高。

「啊啊啊！她來了！小窈，你媽提著刀要來你房間了啊！」

無論多濃厚的睡意，或是夢中多吸引人的美食，都比不上這一句慌張的示警。

床上用棉被蓋成的小山丘瞬間瓦解，被子飛也似地掀開，原本躺在床鋪上的人影更是像條魚般彈震而起。

「我起來了！我已經起來了！」

翡翠披頭散髮地跳下床，還特意弄出乒乒乓乓的聲響，免得門外的人——主要是他老媽——不相信他真的起來了。

等到下樓腳步聲響起，解除危機的翡翠才長吁一口氣，一屁股坐回床鋪。

先別管普通人家的母親會不會提刀破門叫兒子起床，反正他家的就是會。

而且執行得很徹底。

只要他在假日賴床超過十點半，就等著接受母親大人的「愛心關懷」吧。

「啊啊，嚇死我了……」

翡翠把散下的長髮往後耙梳，手指梳到一半忽地僵住了動作。

他慢慢低下頭，將烏黑髮絲抓撈在手裡——不管怎麼看，都是滑順又富有光澤的長髮。

而且眞的是黑色的。

不是綠中又帶著白。

翡翠的大腦這瞬間像是當機，思考全部停擺。他抬頭環視周圍一圈，映入眼中的是熟悉又似乎有著一絲陌生的景象。

熟悉，是因爲這裡是他的房間。

陌生，是他已經將近兩年沒再見過了。

從他車禍死去、重生至法法依特大陸後。

……法法依特大陸！

這個字詞一在翡翠腦海中浮現，登時如道閃電劈落下來，讓他瞳孔收縮，連帶那些安靜蟄伏在角落的記憶也跟著如闖過堤防的洪水凶猛湧動。

「到底是……怎麼回事？」翡翠喃喃擠出聲音，話裡帶著不自知的迷茫與脆弱。

他記得很清楚，自己明明奉獻身體給眞神了，換來眞神降臨法法依特大陸的機會。

他雖然沒看到最後的結局，但黑雪的災難想必徹底消弭了才對。

否則他也不會再見到眞神，還聽見褐髮男人外貌的神祇稱讚自己做得很好。

然後，然後眞神說了什麼？

啊啊，想起來了。

祂說：「你有什麼遺憾嗎？」

遺憾啊……要說遺憾肯定有很多。翡翠當時腦中下意識跑過一長串美食清單，要是再有機會，他眞想把構成自己全名的小吃都吃過一遍。

可是兜兜轉轉，最後那些繁雜的念頭消失，只凝聚成唯一一件事——

「我想跟家人朋友好好告別。」

翡翠想著，他不知道自己有沒有說出來。話說當時他還有嘴巴嗎？他都感覺不到自己的存在了。

但是，如果要說最遺憾的……肯定就是它了。

那時候，他離開得太快，生命力完全流失前見到的只有照後鏡裡倒映出的自己。

倒在血泊中，髮絲凌亂，臉龐白得像血液完全流光。

死前最後見到的居然是自己瀕死的臉，那眞的也……太慘了吧。

跟他一起回繁星高中的同學大概都嚇壞了，最重要的是他老爹和老媽，還有那票一直很照顧他的學長姊……

他走得太快，來不及好好道別。他想跟他們再多說點話，就算只有一、兩句都好。

再見……我好想見你們……其實我很怕……

然而什麼都來不及說出來，溢出嘴角的只剩下血沫。

淚水好像流出來了，混著臉上的血污，估計把他的一張臉都糊得髒兮兮了吧。

死亡來得太過措手不及，粗暴又無情地把他與親朋好友拆開。

他明白自己這一次消散後，恐怕是眞正的不復存在。

人哪有一而再、再而三的重生機會呢？

他都重生兩次，跟別人比起來也算是夠本了。

等他消亡後，他也可以跟提早一步離開的瑪瑙、珍珠、珊瑚重聚了吧。

那三個孩子想必也在等他。

所以、所以，如果眞的能有一次彌補遺憾的機會……

翡翠只想與另一邊世界的人們好好告別。

翡翠以爲眞神的詢問不過是個形式上的流程。

就像病人臨終前，總會有人關懷一下；至於能不能達成病人的願望，那是另外一回事。

他萬萬沒想到……自己直接回來原本世界了！

簡直像天降意外大禮包，砸得他頭暈眼花，一時半會緩不過來。

翡翠一臉呆然地坐在床邊，眼睛連眨動都忘記了，彷彿一尊被按下靜止鍵的雕像。

直到再熟悉不過的嗓音又一次大叫起他的名字，瞬間解除了他身上的凝固魔法。

「小窈，下來吃早餐喔！不然你媽又要上去關心你了！」

聽見父親十萬火急的提醒，翡翠……不，惠窈反射性扯著喉嚨高喊。

「啊啊啊，就說我起來了！真的啦！」

喊完後惠窈像是觸電般，渾身一個激靈，猛然站直身子，一個箭步衝進了浴室裡。

鏡中倒映出的是一名黑髮少年的模樣，只不過那張雪白的容顏太過妍麗，讓人產生雌雄莫辨的感覺。

這張臉，這是自己的臉沒錯。

是屬於原來的惠窈，而不是「翡翠」那張有如開了美顏效果的精靈王臉蛋。

惠窈用力地捏了一下臉頰，鮮明的疼痛讓他瞬間倒吸一口氣。

「靠靠！好痛！」

眞的不是作夢，他回來了，還變得活跳跳的！

惠窈急忙又衝出浴室，撈過床頭櫃上的手機一看，螢幕亮起，立刻就能看見上頭顯示的時間。

惠窈張著嘴，一雙眼睛瞪得老大。

這個時間點……

像是怕自己猜錯，他趕緊扳著手指估算，最後得到了一個答案。

——這是他高中一年級的時候。

換句話說，他不只回到原本世界……還回到唸高一的時期了!?

惠窈極力控制著呼吸的速度，不然過度激動的心情會造成他換氣過度。

他緩緩地吸氣、吐氣，握著手機的手指微微顫抖。

他都能再次復活的話，他的小精靈們……他的瑪瑙、珍珠、珊瑚是不是也……還有法法依特大陸那些因黑雪而死去的人們……

希望如火苗生起，迅速又轉爲熊熊烈焰。

可隨即，惠窈明亮的表情又黯淡下來。

……如今他人已經回來了，再也見不到他的小精靈了。

惠窈像條遊魂在房間裡轉著圈圈，他站在門前，將額頭抵在門板前，感覺自己像被撕成兩半。

一半開心自己回到家人身邊，一半難過與瑪瑙他們分離。

「可惡啊……」惠窈吸吸鼻子，慶幸房間只有自己一人，這種狼狽的模樣才不想被別人看見。

似乎是懷疑自己兒子又睡回去了，惠先生高分貝的呼喚下一秒又響徹屋子。

「小窈！」

這一聲把沉浸在兩種極端情緒的惠窈嚇得挺直身體。

「這就來了！」惠窈使勁拍了下臉頰，強迫自己暫時別耽溺於憂傷當中。

他的家人就在樓下等著他。

「老爹、老媽！」

惠窈以最快速度完成梳洗，趿著拖鞋一路衝下樓，發出驚天動地的聲響。

「怎麼了？怎麼了？」坐在餐桌前吃飯的惠先生手一抖，差點掉了筷子，「發生什麼事了？地震了嗎？好像沒有啊……」

無視惠先生的疑問，惠窈衝下樓梯又猛然停住。他怔怔地看著餐桌前的父親，視線再望過去，是坐在客廳裡追劇的母親。

曾經看習慣的日常光景，如今再見到竟恍如隔世。

「小窈，你這孩子怎麼了？」惠先生疑惑地看著自己杵在樓梯前的兒子，「怎麼呆呆站在那不動？今天是你媽特別下廚做的番茄蛋包飯，不是你最喜歡的嗎？」

「嗯嗯，最喜歡了，我要吃！」聽見早餐是番茄蛋包飯，惠窈即刻回神，所有感傷也被他扔到九霄雲外去。

先不管其他了，總之好吃的最重要！

「對了，小窈，等等你吃完後，順便把那袋蘋果……」惠先生指了指廚房方向，「拿去給對面的新鄰居，就我們家正對面那戶。」

惠窈努力回想，先想起了自個兒家的門牌號碼，再想起正對面是幾號，「八十八號那間嗎？終於有人搬進來了啊……所以要我去敦親睦鄰嗎？老爹你自己去不也可以？」

「不不不。」惠先生嚴正地搖手，「新鄰居家有小孩子，我怕我過去會嚇到人。」

啊……惠窈看著一身黑西裝還戴墨鏡的父親，理解了。

他老爹估計是怕自己嚇到小朋友。

至於爲什麼沒有讓他老媽負責這項工作？惠窈視線瞟過去，落至客廳裡就算看著虐戀情深劇也一臉冷若冰霜的女性，又慢慢移了回來。

看來看去，全家的確只有他最適合與新鄰居打交道。

抱持著一顆感恩的心吃完番茄蛋包飯，惠窈拎起那袋要送人的蘋果，出門去認識認識那家新鄰居了。

對面與惠窈家同樣是附帶庭院的建築，圍牆砌得比較高，不踮腳看不清裡面光景。

不過惠窈沒有偷看別人家院子的習慣，他按下門鈴，對講機很快響起問話聲。

是小孩子的聲音。

惠窈簡單地介紹自己，耐心地等待對方前來開門。

沒有等上太久，庭院的黑色大門就從內打開了。

惠窈揚起笑臉，正打算親切地與鄰居打招呼，順便送上一袋蘋果，結果蘋果還沒送出去，就先從他手上掉落了。

沉甸甸的蘋果「啪」地砸在地上，本來完好的表皮迸開裂縫，蘋果香氣跟著變得更爲濃郁，瀰漫在門口處。

惠窈像是沒意識到自己掉了蘋果，失神地看著前來開門的那道矮小身影。

小男生高度不到惠窈胸前，大約是小學生的年紀，還揹著一個側背包。

黑頭髮、黑眼珠，膚色猶如吸收大量陽光，透著異國風情的褐色，奇妙的是，臉上還戴著單邊鏡片。

明明是青稚的年紀，個子還矮矮的，可看人的眼神就像視人如螻蟻，那張巧奪天工的面容有種與生俱來的矜貴冷淡。

就算頭髮和眼睛的顏色不一樣了，但那張臉、那個眼神……

難道眞的是……

惠窈怔怔地盯著面前的小男孩，聲音完全塞住了，喉頭彷彿哽了一團灼熱的硬塊，熱度向上延燒，最終讓眼淚不由自主地冒了出來。

「您動作眞慢，現在才過來，讓在下不得不懷疑您腦子跟四肢不協調。」小男孩彎身撿起地上那袋被忽略的蘋果，「也許在下不用懷疑，畢竟您連好好拿東西都無法。」

啊，這熟悉的嘲諷語氣、這熟悉的味道！

惠窈剛湧上的澎湃情緒瞬間像火苗遇上了一桶水，「滋啦」一聲，被完全澆熄，嘴巴同時本能地反嗆回去。

「我腦子跟四肢一直都協調得很，要不要我吃掉你證明給你看啊！」

不假思索地嚷嚷完之後，惠窈慢一拍地意會到一件事——

那道稚嫩又欠揍的聲音，是從他腦子裡直接浮現的。

這下連懷疑都不用懷疑了，面前的小鬼只會是那個人沒錯。

斯利斐爾！

惠窈的嘴巴張合幾次，像是深怕自己還在作夢，乾脆狠下心地想要用力掐上——

啪！

惠窈打算朝斯利斐爾臉頰伸出去的手被無情打掉了。

「痛嗎？」斯利斐爾依然繼續用意識與惠窈說話，「痛就不是作夢了。」

「哇啊！要說討人厭，斯利斐爾你果然還是第一名。」翡翠也不自覺跟著用意識說話，「等等，你早就知道我會來找你？不對，你爲什麼知道我是誰？」

惠窈慢了好幾拍才醒悟到這點。

他現在可不是精靈王的模樣，髮型還直接變成了黑長直，更不用說臉……嗯，臉的美顏濾鏡效果也沒了。

現在就只是個普通好看的美少年。

而不是超級無敵好看的絕世美少年。

「您自己智商不夠，也懷疑其他人跟您一樣嗎。您忘了，在下見過最原始的您。」斯利斐爾說道。

「原始？難不成是脫光光的我嗎？噫，斯利斐爾你好變態！」惠窈抱住自己。

青筋在斯利斐爾額角迸現，他捏緊小拳頭，在心裡告訴自己不要跟一個智障計較。

這個自我說服多少還是有用的。

斯利斐爾胸口劇烈起伏幾下，又趨於平緩，只是他看向惠窈的目光裡依舊赤裸裸地寫著嫌棄。

斯利斐爾面無表情地說，「主人。」

「別喊我主人，每次聽你這麼喊，我都覺得你像是在喊我智障。」惠窈迅速阻止，「而且我們這邊不流行喊這個的，會被人誤以爲在玩什麼奇怪的遊戲。」

「您可以把『像是』兩個字拿掉，在下一點也不會介意。」斯利斐爾貼心地說道：「還有您眞的該找時間吃點能補腦的東西了。您在成爲精靈王之前，在下見過您原始靈魂的模樣。雖然您現在連僅剩的優點也沒了，但在下在過來這裡時就有心理準備。」

「你到底是如何過來的？」提及重點，惠窈也沒了開玩笑的心思。他舔舔嘴唇，語氣除了急促外，還帶著一絲自己不察的冀求，「瑪瑙、珊瑚和珍珠呢？他們現在……」

「在下會來這，自是有任務的。根據眞神所說，這世界適合他們休養。」斯利斐爾給出了解釋。

當然，他是不會主動向惠窈坦承，他是自願跟著這位精靈王一起過來這世界的。

「他們……」惠窈像是鸚鵡，只能傻愣愣地跟著重覆字詞。

斯利斐爾長嘆一口氣，「您的眼睛果眞是裝飾品，到現在您都沒注意到這個嗎？」

「哪個？」惠窈疑惑地在斯利斐爾身上打量，只看出來斯利斐爾變成一個小朋友還是好看的，要是性格別再那麼機機歪歪就好。

斯利斐爾放棄再給提示，反正他的主人也沒那個腦子領悟，他主動把掛在腰側的包包舉高。

惠窈起初沒反應過來，只覺得這包包的款式與他在法法依特大陸用的那個眞像。

就是眞神出品，他那時專門用來裝著……裝著……

惠窈思緒霍地出現空白，他遲緩地眨動幾下眼睛，不敢置信的表情漸漸浮現臉上。

惠窈想要一把搶過那個包包，可手指卻在發顫，顫意就像會傳染一樣，一直從指尖蔓延到上臂。

他的兩隻手都在顫抖，連斯利斐爾主動遞給他的時候，他都膽顫心驚，就怕自己不小心顛到包包裡的存在。

惠窈從來沒有這麼小心翼翼，好似那不是一個包包，而是最最珍貴的易碎品。

待親眼目睹靜靜躺置在包包內的三顆金蛋，惠窈提至嗓子眼的一顆心瞬間落下，眼眶也不自禁地發紅。

無暇抹去溢出眼角的淚水，他迫不及待地把包包揹到自己身上。

當肩膀感受到那份重量的剎那，惠窈只覺自己的一顆心至此是眞正地落到了歸處。

「我得感謝眞神……」惠窈喃喃地說，「祂們給了我太大的禮物……」

就算當初自己精靈王的軀體是爲了奉獻給眞神而消散，可一切看來都是值得的。

——眞神給了他更重要的一切。

神是冷酷，也是慈愛。

神會奪取，亦會給予。

激動的心情稍微平復之後，惠窈一拍額頭，想起自家老爹交代的任務，也想起那袋不幸被他失手摔落的蘋果。

「蘋果是給你的，雖然不小心裂了。對了，我老爹說你是我們的新鄰居？」

「是眞神的安排。這裡的人會被擾亂認知，以爲搬到這屋子的是一個小家庭，包括您的雙親也不會有任何懷疑。」

「啊，懂了懂了。」惠窈沒再深入追問。

反正問就是眞神的力量會補足一切該有的邏輯。

惠窈眼下心情可說是好得不可思議，好到假如他手上有好吃的，他也願意分個十分之一出去。

「我只剩一個問題。」惠窈忽地一本正經開口，「斯利斐爾你還能再變回原形吧。」

「您作什麼白日夢呢？」斯利斐爾冷笑一聲，哪裡不知道惠窈在打什麼主意，「這裡不是法法依特大陸，在下自然還是會受到不少限制。保持現在的形態，像普通人正常生長便是其中之一。」

「什麼？所以不能變了嗎？完全沒辦法變了嗎？」惠窈不肯相信，不斷追問。

斯利斐爾不介意大潑冷水，「您作夢就有辦法了。」

「不……」惠窈受到莫大打擊，他看著斯利斐爾的眼神像看著一個負心漢，不，是負心鬆餅，「眞的，完全……」

「眞的。」斯利斐爾冷酷無情地說道。

惠窈的身子搖晃幾下，下一秒就像受到刺激，猝不及防地抱住斯利斐爾哭訴。

「爲什麼你要想不開變成人？明明原形就更好……明明鬆餅超美味的！」

惠窈抱著小男孩模樣的斯利斐爾，心痛得眼淚都流出來了，恨不得自己這一抱，能把對方嚇得變回那個令他魂牽夢縈的絕世美鬆餅。

斯利斐爾有沒有嚇到先不論。

躲在自家大門後面偷看的惠先生倒是先被結結實實地嚇住了。

惠先生原本是在家裡等著兒子回來，在他看來這不過是幾分鐘的事。

就按個電鈴，寒暄幾句，把蘋果送給新鄰居，敦親睦鄰的任務就算完成。

可沒想到他早餐都吃完了，碗盤也洗完晾在流理台旁邊，依舊不見惠窈歸來。

怎麼回事？他那麼大一個兒子總不會連走到對面都能迷路吧。

還是說新鄰居太過熱情，把他兒子請到家裡作客了？

他家小窈那麼漂亮，獨自進到新鄰居家會不會有危險？

各種猜測盤旋在惠先生心中，越想越坐立難安，所以決定親自出去確認一下狀況。

惠先生彷彿做賊般走出屋子，偷偷摸摸地先躲在門後觀察外邊動靜，這一看，就讓他瞧見了惠窈的身影。

外表像個女孩的惠窈正站在新鄰居家門前，與鄰居小孩說著話。
從他的角度看不見惠窈的表情變化，隔著一段距離也聽不清他們在說些什麼。
惠先生望著似乎一直在說話的兩人，疑惑像是泡泡不斷飄湧上來。
眞奇怪，小窈什麼時候有耐心跟小朋友聊這麼久的天了？
看那個小孩子長得也不是白白嫩嫩，會令人想到好吃湯圓的那種。
啊，該不會……小窈是看上了人家膚色像美味的巧克力，才會一直賴著不肯離開？
正當惠先生進行合理推測之際，冷不防就聽見自家兒子霍地拔高了聲音大叫。
「要不要我吃掉你證明給你看啊！」
這怎麼聽都很危險的發言令惠先生心頭一顫。
過不久，令他更震驚的畫面出現了。
他的兒子居然彎下身，一把熊抱新鄰居家的小孩，還大喊著明明什麼、明明什麼。
所以到底是什麼？可惡，眞想知道啊！
不對，現在不是想這個的時候！
惠先生趕忙將不合時宜冒出的好奇心使勁壓下去，取而代之的是滔天憂心。
畢竟是自家兒子，惠先生自認對惠窈的愛好還是很了解的。

惠窈喜歡好吃的、好喝的，總之喜好清單上絕對沒有小孩子這一條。

怎麼今天突然轉性了？

下一秒惠先生倒吸一口涼氣，一個驚人的猜想躍上他的心頭。

難道小窈是被某個人影響……啊啊，就知道不該讓他跟著那個喜歡對小孩子發花痴的傢伙！

今天都能對初見面的小朋友熊抱，那是不是改天就會……不行，不可以！

「小窈你清醒點，你不能對小孩子出手啊！」惠先生面色如土，也顧不得隱瞞自己偷看的事實，心急如焚地衝了出去，說什麼都要阻止兒子走上歧途。

「咦？欸？老爹!?」惠窈嚇了一跳，手還抱著斯利斐爾不放，腦袋則先轉了過去。

只見自家老爹十萬火急地跑來，一臉痛心疾首，彷彿自己做了什麼大逆不道的事。

「小窈你在幹什麼？」惠先生緊張地把自己兒子大力拉起，隨後又朝那名慘遭熊抱的小男孩愧疚道歉，「不好意思啊……小朋友，你沒被嚇到吧？」

斯利斐爾眉頭小小抽動了下，突然闖進視野的黑西裝男人，有著類似魔物的氣味。

「您的父親是魔物嗎？」斯利斐爾在腦海中詢問。

「哎呀，我們這沒有魔物這種東西啦。」惠窈灌輸著屬於這個世界的知識，「要說妖怪，妖怪才正確。總之不是人類，然後還活著的非人物種都統稱爲妖怪。」

惠先生自是不知道自家兒子跟鄰居小朋友能夠在腦中對話，他看看惠窈，再看看小朋友，確定後者臉上沒有丁點害怕和嫌棄才鬆了口氣。

還好還好，不然他眞怕待會小朋友家長衝出來報警。

「小窈啊，你剛是在明明什麼東西？」惠先生對這個未解疑惑仍掛念在心。

惠窈倒是沒料到惠先生聽到了他們的部分對談，好在他跟斯利斐爾主要都是在腦中聊天。不然有關眞神、法法依特大陸的事被聽到，他老爹只怕要以爲他是不是嗑了什麼來路不明的東西。

「老爹，我跟你介紹，這位是絕……」惠窈差點失口喊出他對斯利斐爾的愛稱。

斯利斐爾雖然不知道惠窈想說的是絕世美鬆餅，可他直覺那絕不是他想聽見的。

他飛快踩了惠窈一腳，冷冷睨了對方一眼，語氣森冷地在雙方的頻道裡警告。

「您要是敢說跟鬆餅有關的字眼，在下會讓您後悔的。」

「那小斯……」惠窈只好改個稱呼，畢竟「斯利斐爾」聽起來繞口又不夠在地化。

斯利斐爾繼續拋出冷颼颼的眼刀表明他的拒絕。

「哎，到底是在明明什麼？」惠先生仍在叨唸。

見老爹猶然記掛著自己先前不小心脫口而出的激動吶喊，惠窈腦筋飛速轉動，倏然間靈光一閃，一個絕妙好主意躍然而出。

他立刻摟著斯利斐爾的肩頭，假裝沒看到對方冷如霜雪的眼刀。

「老爹，跟你介紹一下，這是我剛認識，然後就一見如故的新朋友。」

惠窈對父親露出了最燦爛的笑容。

「他就叫明明喔！」

從遙遠的法法依特大陸來到名為「繁星市」的地方，斯利斐爾倒是很快就適應了。

曾經讓瑪瑙、珍珠、珊瑚震驚無比的都市景象及科技產品，他接受和理解的速度也比惠窈想像的要快。

——太快了吧，簡直就是無縫接軌！

對於惠窈的目瞪口呆，斯利斐爾完全不想搭理。

應該說打從莫名其妙地獲得化名，斯利斐爾就一點也不想理會惠窈。

他也懶得再提醒惠窈，早在法法依特大陸時，他就接收過對方的知識與記憶，自然能在瞬間進入狀況，融入這裡的生活。

收下敦親睦鄰的蘋果後，斯利斐爾面無表情地瞅了惠窈一眼，然後猛然踩了對方一腳，再搶回那個背包。

「在下怕您剛回來太興奮，夢遊中不小心把瑪瑙他們煮來吃了。」

「什麼？我是那種人嗎？我怎麼可能是！我……應該不是吧……」

聽出惠窈的心虛，斯利斐爾冷笑一聲，朝看得目瞪口呆的惠先生點點頭，便轉身回到屋子裡，把兩位鄰居留在外面。

然後惠窈半夜就爬窗過來了。

就算是在這個世界，斯利斐爾也不像一般人需要睡眠。

他直挺挺地躺在床上，雙手交握在胸前，不久就聽到窗外傳來了咚咚咚的敲窗聲。

「開窗、開窗，我知道你沒睡。」仗著能夠用意識溝通，惠窈毫不客氣地在斯利斐爾的腦海連連催促。

斯利斐爾太了解惠窈不達目的絕不罷休的性子，他咂了下舌，認命地下床開窗。

惠窈靈活地跳了進去。

明明是三更半夜，惠窈卻是一身輕便俐落的打扮，一副要外出夜遊的模樣。

「斯利斐爾，我來帶瑪瑙他們去散步啦。」

「這個時間點？您腦子不管在哪個世界都沒長出來吧。」

惠窈裝作沒聽見斯利斐爾辛辣的嘲諷，「都到新世界了，當然要多到外面走走逛逛啦，順便打打魔物……啊，不對。」

惠窈愉快地說：

「是去打怪囉！」

如果讓斯利斐爾再有選擇的機會，他一定會堅持不讓惠窈進來他的房間，更不會讓惠窈把他誘拐出去。

說什麼順便打怪……

根本是順便散步，打怪才是重點吧！

最好的證據就是——三更半夜，惠窈把他一個人單獨丟在冷冷清清的街道上，自己不知道躲到哪裡去了。

根據惠窈的說法，他們這地區最近疑似有妖怪出沒。

從收到的情報來看，那隻妖怪喜歡攻擊落單的小孩子，挖出心肝肺，最好還要長相出眾的小孩。

但不知道是不是它標準太高，至今只有見到它出沒，但沒實際攻擊人的消息。

雖然它尚未傷人，可也不能放任不管。

因此惠窈決定主動出擊。

讓斯利斐爾充當誘餌，把那隻妖怪給釣出來！

「其實我第一次聽到的時候，差點以爲是我學長呢。喔，他是一個非常熱愛小孩的人，斯利斐爾你……唔，你現在的年紀應該還在他的好球帶內。不過別擔心，我會保護好你的。」不知道躲在何處的惠窈嘀嘀咕咕地與斯利斐爾聊天。

斯利斐爾一點也不想和對方說話。

「要是成功逮到，我明天就請你吃鬆餅，超好吃的舒芙蕾厚鬆餅喔！」

「在下不須要進食。」

「沒關係，你可以看我吃。」

在幾乎是惠窈單方面的聊天下，斯利斐爾面無表情地在街道上慢慢走著，偶爾還要小心有沒有警車出現。

惠窈特別交代，要是被發現這時間還有小朋友獨自在外遊蕩，警察會把人帶走的。

斯利斐爾走著走著，忽地留意到自己的鞋帶不知不覺鬆開了。

他蹲下身子，低頭綁起鞋帶。

路燈在後方斜斜地照著，可以看到影子映在路面上。

——除了斯利斐爾的之外，不知何時又多出一條影子。

同時間，一隻覆著灰色細毛、有著利爪的手正無聲無息地靠近他。

眼看尖長的指甲就要觸及那截毫無防備的頸項，斯利斐爾頭也不抬地說，「您要等到什麼時候？」

他不只在腦中說話，嘴上也說了出來。

冷不防冒出來的說話聲讓利爪主人嚇了一跳，緊接著它眼瞳猛地收縮。

面前的小男孩竟從黑髮轉變爲銀髮。

當它瞧見斯利斐爾轉過頭，那雙鮮紅色的眼珠更是讓它驚疑地大叫。

「你是妖怪!?」

「猜錯了，人家可是神明的代理人呢。」

笑聲自狼首人身的妖怪身後響起。

它連忙反射性轉過身，剛聽到一陣破風聲，腹部就傳來一陣猛烈的疼痛。

一記拳頭正面擊上它的身體。

那顆狼首正想咧出嘲笑——這種普通拳頭可是對它造成不了什麼致命傷害——乍現的漆黑就讓它眼裡浮上駭然。

惠窈揚起甜美的微笑，「妖怪，是我才對喔。」

那是一團漆黑的火焰。

比黑夜還要深暗，彷彿能把所有光明吞沒。

凶猛灼熱的烈火在妖怪驚懼地發出哀嚎之前，霍然壯大，毫不留情地一舉吞噬了它，剎那間讓它灰飛煙滅。

斯利斐爾的頭髮、眼睛又恢復爲尋常的墨色。

惠窈朝拳頭輕吹一口氣，剩餘的黑焰順勢熄滅。

這還是斯利斐爾第一次見識到惠窈展現出身爲妖怪的特殊能力。

不是精靈王，不是翡翠。

而是惠窈。

「啊，之前太忙……你懂的，忙著驚嚇，忙著驚喜，有句話忘記跟你們說了。」

惠窈笑咪咪地朝向斯利斐爾張開雙臂。

「歡迎——來到我的世界！」

尾聲

在遙遠的法法依特大陸虛空中，那是所有生靈無法觸及之地。

那是神之領域。

只有羅德、謝芙兩位神祇的所在之地。

厚重的雲海如浪潮一波波緩慢湧動，在即將觸及兩位神祇的雙足時，又自動退開。

法法依特大陸的創世神，羅德與謝芙正面對面而坐，中間是一副棋盤。他們各執一色棋子，慢條斯理地進行黑與白的攻防戰。

羅德仍披著先前用過的人類模樣，褐髮橘眸的年輕人外表讓他看上去爽朗又無害。

謝芙也同樣維持著小女孩的外貌，紫水晶似的眸子，如月光皎白的髮絲，青稚的臉蛋卻是冷冷淡淡的神情。

棋盤邊擺著一個巴掌大的木盒，盒蓋掀開，裡頭盛滿無數耀眼的金沙。

當羅德手指陷入其中，隨意地撈起一把沙粒，再任憑它們從指縫間滑落，就會發現它們原來是半透明的光點。

光點密密麻麻地堆擠著，才會形成一片金黃燦爛。

這些都是記憶碎片，每一片存放的都是關於某個人的記憶。

——如今並不存於此界的精靈王。

「吾不能理解，汝為何還要讓他回歸異界？讓他直接在此界復活不好嗎？」謝芙拾起白色的棋子，接連吃掉阻擋在前方的黑色棋子，「別告訴吾，汝想讓他拋棄精靈王的職責。」

「怎麼會呢？精挑細選的精靈王，又有著救世大功勞，吾可沒想過要再另選，更不用說世界樹也只認定他了。」羅德毫不在意地看著自己的棋子被吃掉，「吾只是滿足翡翠的遺憾罷了。況且讓他回到原本世界，這也是當初說好完成救世任務後的報酬。」

「異界裂紋可不是說有就有，即便是吾等，也無法操控。」謝芙警告。

「不，會有的。」羅德微微一笑，暖色調的橘瞳讓他的笑容看起來格外親和，「有一道汝和吾都知曉的裂縫，會在數年後開啟。」

謝芙沒有問是哪一道，羅德說出口的瞬間，她就明白了對方的意思。

「汝總愛做些多此一舉的事。」謝芙輕哼一聲，但這話也算認同了羅德的做法，「明明讓他留著就能省去那些工夫。」

「精靈是神之眷屬，神也要賜予他恩寵才行。」羅德嘴角笑意更甚，「而在註定的時間到來之前，這些記憶碎片得要替他保存得好好的才行。」

「汝確定都收集完畢了?沒有遺漏?」謝芙的白棋又一次吃掉羅德的黑棋。

面對註定要贏的棋局，她突然失了興趣，索然無味地推倒所有棋子。

「吾可是有汲取上一個記憶盒子的失誤。」羅德似乎有點得意，隨手抓了一把金色碎片，又看著它們像金瀑淌落，「只要是知道翡翠的活物，不限於人，他們對翡翠的記憶已全都在這裡了。噢，就連人偶也不例外。」

「汝大意了，汝還是漏算一個。」謝芙稚嫩的嗓音毫不掩飾其中的嗤笑，「咒殺之物……不須吾再多提醒汝了吧。」

「啊!」羅德恍然，他確實遺漏了這一個。他的指尖往棋盤一點，棋盤表面頓時成爲一片星空，星空底下是燈火閃耀的城鎮。

黛黑的夜空裡很快飄竄上一束細微金點，它們從棋盤內飛出，猶如受到無形之力的引導，飄向了記憶之盒中，與那些燦爛的碎片堆在一塊。

「一切都準備好了，接下來吾等只須等候就好。」羅德微微一笑，瞇起的眼睛如同落日餘暉溫暖人心。

異界固定好的命運軌跡，即便是眞神也無法改動。

祂們也不會試圖改動。

神是慈愛，也是冷酷。

神會給予，亦會奪取。

翡翠，或者說是異世名爲「惠窈」的精靈王，他的人生絲線將會往前延伸——然後在未來的同一個時間點，戛然而止。

等到那時候，盒裡的記憶碎片就會回到原來的地方——而這世界的精靈王，終將歸來。

《我，精靈王，缺錢！》全書完

後記

「精靈王」最後一集的~後記時間！

唔哇，眞的是不知不覺……「精靈王」系列終於來到最後一集了。

此處應有掌聲，順便也給我自己撒一下花XD

好久沒寫超過十集以上了，之前系列都固定是七本、七本的。

「精靈王」原本思考過要12集還是13集完結，後來算了下劇情節奏，發現還是一口氣衝刺完比較刺激XD

和編輯討論過，就決定這一集爲大家送上完結篇啦。

這次也是胖胖的一集，比前面集數的字數都要再多。

討論完它的胖度，再來當然就是~美美的圖了。

讓我們一起讚歎夜風大，完結篇的彩圖也是美得要命！

封面除了我們主角精靈王之外，還多了兩位角色登場。

這兩位來頭不小，而且在書裡已出現過許多次——就是法法依特大陸的創世神，同時也是強迫翡翠當精靈王的真神，羅德和謝芙！

他們三人感覺也很適合組成團隊去冒險呢www

會取名為羅德和謝芙，就是故意要用它們的諧音，LOAD和SAVE，也就是遊戲裡常見的讀檔和存檔。

兩位真神在故事裡展現出的力量也是偏向這方面，這才順利讓世界重新啓動。

而翡翠在完成救世任務後，真神也遵守承諾，讓他回去原來世界了——雖然這承諾也算是藏了點陷阱。

另外，最終章後頭也埋了一個小小小彩蛋，有興趣挖掘的話，可以去翻一下《神使劇場：愛的試煉地》，會有意想不到的驚喜。

拉頁圖則是我最愛的大集合了！

翡翠一家五口聚在一起的畫面真的太好看，有種他們隨時要再踏上新旅程的感覺。

雖然「精靈王」的故事結束了，但屬於翡翠他們的冒險仍在繼續。

相信在這位精靈王的帶領下，未來的繁星冒險團一定能～吃到更多美食的（咦）！

說到美食，寫最後一集時，大概是太耗腦力，畢竟要把前面埋的那些伏筆全部收回，結果這段時間嘴巴超饞的啊。

每天都要一杯手搖飲，有時還會兩杯咳咳咳……

總之就是克制不住一顆瘋狂想吃東西的心，感覺不吃就沒辦法繼續寫稿了。

害我都不敢面對體重計，反正我是絕對不會站上去的！

最後一集把前面埋的謎一口氣解了。

希望有帶給大家～啊，原來是這樣的感覺。

另外要頒一個ＭＶＰ獎給我們的縹碧。

看到他出現時，有沒有意外和驚喜啊？

關於他的結局，則是一開始就已經決定好了。

對他來說，他就是要讓他的契約者認同自己是多麼完美。

他也用行動來展示了。

在這邊也給我們的縹碧來個掌聲！

大家看完後如果有任何感想，都可以掃書上的QRCODE到感想區。
拜託記得要給我感想，這樣作者才能長得又高又壯啊。
眞的太需要這個酷東西了！
那我們下個新故事見了～

心得感想區 QR Code
歡迎大家上來分享唷！

醉琉璃

國家圖書館出版品預行編目資料

我，精靈王，缺錢！/ 醉琉璃 著.
——初版. ——台北市：魔豆文化出版：蓋亞文化
發行，2023.07
冊；公分.（Fresh；FS209）
ISBN 978-626-96918-5-2（第12冊：平裝）
863.57 112007079

我，精靈王，缺錢！12 完

作　　者　醉琉璃
插　　畫　夜風
封面設計　莊謹銘
總 編 輯　黃致雲
發 行 人　陳常智
出 版 社　魔豆文化有限公司
發　　行　蓋亞文化有限公司
地址：台北市103承德路二段75巷35號1樓
電話：02-2558-5438　傳眞：02-2558-5439
電子信箱：gaea@gaeabooks.com.tw
投稿信箱：editor@gaeabooks.com.tw
郵撥帳號 19769541　戶名：蓋亞文化有限公司
法律顧問　宇達經貿法律事務所
總 經 銷　聯合發行股份有限公司
地址：新北市新店區寶橋路二三五巷六弄六號二樓
電話：02-2917-8022　傳眞：02-2915-6275
港澳地區　一代匯集
地址：九龍旺角塘尾道64號龍駒企業大廈10樓B&D室
電話：+852-2783-8102　傳眞：+852-2396-0050
初版一刷　2023年 07月
定　　價　新台幣 320 元
Published and printed in Taiwan

ISBN 978-626-96918-5-2

魔豆

魔豆